한국 현대소설의 경계

The Boundaries of Modern Korean Novels

한국 현대소설의 경계

The Boundaries of Modern Korean Novels

김종수 지음

한국학술정보㈜

서 문

이 책은 소설의 지번(地番)을 확정하기보다는 소설의 지역(地域)을 탐사한 한국 현대소설에 관한 한 보고서이다. 본 보고서에 따르면 한국 현대소설은 영역을 부단히 확장하여 왔다. 현실과 허구의 경계를 넘나들며 한국 정치의 당위적 조건을 설파하기도 하고, 현대인의 내면과 욕망의 심연을 탐험하였으며, 매체media의 한계를 초월하여 그 영향력을 확대하였다. 습자지처럼 현실의 밑그림을 비추기도 하고, 창호지같이 세계의 삭풍을 막아주었던 한국 현대소설은 대중문화의 입체를 구성하는 홀로그램이기도 한 것이다.

이 책의 I부에서는 '소설의 정치성'을 다루었다. 줄곧 위기의 시대로 인식되어온 한국의 역사 속에서 한국 현대소설은 개인적 체험보다는 사회의 전체적인 운명에 관심을 기울여 왔다. 현실을 갈피짓는 일에 참여하려는 소설적 고투가 현실의 정치담론을 소설의 인력에 포섭하면서 한국 현대소설의 자기 갱신을 불러 왔던 것이다. 현실 정치와 소설이 상호 넘나드는 접점에서 형성되는 한국 현대소설의 윤곽을 점검해 보았다.

식민지 현실을 냉정하게 묘파하는 시선, 한국 전쟁의 전장에서 분출되는 피비린내, 인간의 본성과 운명의 힘이 충돌하며 발생하는 파열음의 기록을 II부에서 고찰하였다. 여기에 '사랑'을 둘러싸고 전개되는 욕망의 지형도를 덧붙였다. 심연을 예측하기 어려운 인간의 내면과 무정형의 욕망을 기술하는 한국 현대소설의 범위를 가늠해 보았다.

Ⅲ부에서는 영화적으로 변용된 한국 현대소설의 대중문화적 의미를 탐구하였다. 한국 현대소설은 산업적 요구에 호응하고 예술적 성취를 이뤄내려는 한국영화의 전개과정에 지대한 영향을 끼쳤다. 한국 현대소설은 한국 대중서사가 형성하고 있는 사회문화적 맥락의 중핵임을 밝혔다.

거칠고 부족한 글들이지만 이 책이 한국 현대소설의 새로운 분석과 이론의 정립에 기여할 수 있기를 바란다.

이 책을 출간하면서 고려대학교의 여러 선생님들께 고마운 마음을 전하고 싶다. 자유로운 연구풍토를 제공하면서도 문학연구자로서 지녀야 할 엄정하고 진지한 자세를 가르쳐주셨다. 특히 정직과 관대를 학문적 소양의 기본 덕목으로 가르쳐주신 김인환 선생님께 감사드린다. 그리고 출판을 흔쾌히 맡아준 한국학술정보(주)에도 감사의 마음을 전한다.

2008년 10월
개운산 밑에서
김 종 수

목 차

Ⅰ. 소설의 정치성과 도식의 거부　　　　　　　　11

1. 한국 근대 정치소설의 기원 – 이해조의 「자유종」　　13
　　1) 근대적 정치의식과 소설적 형상화　　　　13
　　2) 토론체 소설의 정치적 권위 형성 방법　　　18
　　3) 정치소설의 풍자와 국가주의　　　　　　24
　　4) 한국 근대 정치소설의 문학적 실천　　　　33

2. 계몽의 정치성과 도덕의 형성 – 이광수의 문학론　　36
　　1) 이광수의 계몽기획과 그 굴절　　　　　　36
　　2) 정(情)의 정치성과 도덕의 계몽　　　　　40
　　3) 새로운 문학과 동정(同情)의 기능　　　　46
　　4) '적당한' 도덕주의로서의 문학　　　　　　50

3. 정치적 유토피안의 소설적 모험 – 최인훈의 「總督의 소리」　　53
　　1) 1970년대와 연작소설　　　　　　　　　53
　　2) 담화(談話)의 정치성과 반어의 효과　　　56
　　3) 풍자와 자기 반영적 인물　　　　　　　62
　　4) 최인훈의 소설적 모험　　　　　　　　　65

II. 소설의 기술과 욕망의 지형도   69

1. '사랑'에 접근하는 방법론에 관하여 – 이광수의 『무정』 연구사   71
   1) '계몽'에서 '연애'로   71
   2) 육체, 순결, 결혼   75
   3) 텍스트 경계의 확장과 소설적 재현 방식   80
   4) 근대인의 성립과 근대소설의 형성   87

2. 상처의 기록과 기억의 운명 – 한국전쟁소설   92
   1) 전쟁 체험의 형상과 전장(戰場)의 묘사   92
   2) 내면화된 전쟁의 상처와 기억의 술회   95
   3) 전쟁 후유증의 이상주의적 치유 과정   102
   4) 생명의지의 발견과 전쟁이념의 검증   106
   5) 분단시대의 소설적 대응   110

3. 불안과 환멸의 이중주 – 강석현의 소설   114
   1) ≪가톨닉靑年≫과 강석현   114
   2) 왜곡된 경제관념과 무능력한 인텔리의 삶
      –「金鑛病者」와「朴一采의 家庭」   116
   3) 식민지 삶의 환멸과 여성의 운명
      –「李男爵과 그의 家族」과「누이書信」   121
   4) 1930년대 지식인 소설로서의 가치   126

4. 공간의 상징과 설화의 세계

　　　　－황순원의 「소나기」와 김동리의 「역마」　　130

　1) 서정소설과 공간　　130

　2) 경계적 공간의 전경화와 공간의 감각적 재현　　132

　3) 설화적 공간의 상징성과 대립적 구성　　139

　4) 「소나기」와 「역마」의 서정성　　146

Ⅲ. 소설의 영화화와 맥락의 발견　　149

1. ‘읽을거리’와 ‘볼거리’의 차이

　　　　－소설 『단종애사』의 영화적 변용　　151

　1) 역사물의 대중문화적 의미　　151

　2) 역사의 대중화와 관념적 민족의식의 형성　　155

　3) 대비적 영상미와 전후(戰後) 현실도피적 심리의 투영　　160

　4) 산업적 요구의 심화와 억압적 정치현실의 반영　　164

　5) 매체의 산업적 요구와 역사물의 대중성　　169

2. 예술 지향과 산업적 요구의 동거

　　　　－1960년대 문예영화의 원작소설　　　　173

　　1) 문예영화의 1960년대적 함의　　　　173

　　2) 1960년대 문예영화 원작소설의 유형　　　　178

　　3) 계몽영화와 멜로드라마로의 변환　　　　186

　　4) 반공영화와 영화의 예술적 성취　　　　189

　　5) '한국적인 것'의 형상화　　　　192

　　6) 스펙터클의 강화와 볼거리로서의 역사　　　　195

　　7) 원작소설의 의의와 가치　　　　197

3. 윤리적 문학관과 현대문명의 성찰 － ≪가톨닉靑年≫ 연구　　　　202

　　1) ≪가톨닉靑年≫ 연구의 의의　　　　202

　　2) ≪가톨닉靑年≫의 문학의식　　　　210

　　3) ≪가톨닉靑年≫의 문학사적 가치　　　　215

　　4) 민족문화의 보급과 문학적 감수성의 확대　　　　238

부록　　　　242

색인　　　　248

I

소설의 정치성과 도식의 거부

1. 한국 근대 정치소설의 기원
—이해조의 「자유종」

1) 근대적 정치의식과 소설적 형상화

한국 근대소설의 특징적 면모를 지적할 때, 의미상의 사소한 차이를 인정하더라도, 사회성과 역사성은 논의의 주된 중심을 이룬다. 한국 근대사는 정치적 격변의 연속이었음은 누구나 알고 있는 사실이다. 근대 계몽기부터 일제 점령, 좌우 이념 투쟁, 한국전쟁과 산업 근대화 과정에 이르기까지, 한국에서 개인의 감정과 사유를 안정된 일상생활의 구조 안에서 객관화하여 미적 체험의 세계로 형상화하기에는 사회·역사적 문제가 보다 시급했다. 물론 앞서 언급한 한국 소설의 특징적 면모와는 다른 특성의 소설들이 다양하게 존재하고는 있었지만, 우리의 작가들이 궁극적으로 변화하는 사회 전체를 그들의 작품 속에서 표현하지 않을 수 없었을 것이라는 점은 한국 근대소설을 정치적이게 하는 요인이 된다.[1] 이광수의 『무정』에서 찾아볼 수 있는 개혁에 대한 관심, 염상섭의 소설들에 나타난

---

[1] 김우창은 문학—특히 소설—이 서구의 경우와 달리 사회변화의 소용돌이 속에서 보편자 또는 전체성을 기록하거나 그것의 위기를 기록하는 문학 양식이 되어 온 것으로 파악하고 있다. 그래서 그는 우리 작가들에게 절대적인 현실이 계속적으로 사회 전체의 위기였기 때문에 부분적 사실에의 충실(일상생활의 묘사)보다는 사회의 위기에 관심을 기울였다고 지적한다. 즉 우리 근대사가 개인적 체험보다는 집단적 경험으로 이해될 수밖에 없었으므로, 한국 근대소설이 급진적인 의미에서 정치적인 것이 아니더라도 '사회의 전체적인 운명'에 깊은 관심을 표했다고 김우창은 주장한다.—김우창, 「한국 현대소설의 이론을 위한 서설」, 『시인의 보석』(민음사, 1993), 133–145쪽.

근대적 충격으로 벌어지는 세대 간의 갈등과 가문의 몰락, 김동리·
황순원의 작품 등에서도 발견할 수 있는 외부세력의 힘에 의해 파
탄 나는 전통적 세계의 모습들은, 모두 급격하게 부과된 밖으로부터
의 변화를 세계의 전체적인 양상에 대한 파악에 기초하여, 잘못되어
가는 듯한 사회의 방향을 형상화하고 있다. 그러므로 한국 근대소설
의 이해를 위해 사회·역사적 맥락에서 '의미'를 부여하고 그 가치
를 따지는 연구는 한국 소설의 성장 과정을 역사적 격변에 대응하
는 '문학적 실천'으로 이해하게 마련이다.

그런데 이 '문학적 실천'의 의미가 한국문학사에서 매 시기마다
정치적 이해를 달리하는 문학 집단들 간의 논쟁거리가 되어 왔음은
주지의 사실이다.2) 그 많았던 논쟁의 구체적인 실상을 밝히는 것은
본 글의 논지와는 관련이 없는 것인데, 그러나 흥미로운 점은 그러
한 논쟁들이 역시 정치적 격변의 시기에 등장하여 뚜렷하게 대립하
며 갈등하였다는 사실이다. 그리고 이러한 대립과 갈등의 시기를 거
치고 나서 문학사적인 의미를 가지는 작품들이 속속 등장했다는 점
은 한국문학사에서 문학적 성장 과정이 정치적 상황과 긴밀한 연관
이 있음을 보여 주는 단적인 예라고 할 수 있다. 더욱이 이러한 갈
등의 과정이 '문학의 본모습'을 고민하게 만든 생산적 대결의 장이
었음은 누구도 부인할 수 없을 것이다. 즉 매 시기 '문학적 실천'3)

---

2) 한국 근·현대문학사에서 정치적 이해의 차이로 비롯된 논쟁의 양상은 대략 다음과
   같다. 근대 계몽기의 신채호, 박은식 등의 전기 작가들과 이인직, 이해조 등의 신소
   설 작가들의 판이한 창작방법, 1920년대 카프의 사회주의 리얼리즘과 30년대 시문학,
   구인회 등 모더니즘 계열의 갈등, 해방공간의 좌익문단과 우익문단 간의 대립, 1960
   년대 참여-순수 논쟁, 1980년대의 노동문학 등의 경우를 그 예로 들 수 있다.
3) 사실 한국 문학의 '문학적 실천'에 대한 논쟁은 한국의 전통적인 유교적 문학관에서
   기인한 것으로 이해할 수도 있다. 한국문학사를 검토하다 보면 문학을 공부하고 문학
   의 장(場)에서 움직이던 사람 중에서 문학이 정치의 도구나 수단에 불과한 것이라는
   편견을 가지고 있었던 것을 발견할 수 있다. 이것은 곧 유교적 세계관의 지배하에서
   중세 지식인들의 머릿속에 박혀 있던 '문(文)이 도(道)를 싣는 것은 수레가 물건을
   싣는 것과 같다.'라는 주희의 주장이 현대에도 지속되어 왔다고 해도 과언은 아닐 것

의 문제를 놓고 '문학이란 무엇인가'라는 궁극적인 물음을 제기하며 사회와 문학의 관계의 본질에 대한 풍부한 논의를 이끌고 '문학적 실천'을 수행하여 한국 문학이 오늘에 이르게 되었던 것이다.

이처럼 우리가 한국 문학을 이해한다는 것은 정치·역사적 상황과 동떨어져 생각할 수 없는 것이며, 그것은 고정불변의 문학관에 의거해 문학의 가치평가를 행하는 것이 아니라 그 구체적 시대-역사적 상황에 입각한 문학적 활동의 역동성을 발견하여 가치를 부여하는 가운데 가능하다. 이전에 선험적으로 규정된 문학관을 통한 이해가 문학을 하나의 수단에 불과한 것으로 여기는 데 반해, 이러한 사고는 '문학'에 대한 더욱 깊이 있는 성찰과 방법적 실천의 모색을 요구하며 '문학적 실천'이라는 끊임없는 사회적 관계와 사상들을 형상화하려는 노력을 발견하는 것이 한국 문학 연구자들에게 필요함을 일깨운다. 한국 문학은 그 시대적 흐름 속에서 사회·역사적 상황에 대한 반응의 양식을 그때마다 역동적으로 실험하며 발전해 왔던 것이다. 이러한 인식은 문학의 영역을 좁게 한정하는 것이 아니라 문학이 그 시대적 상황을 역동적으로 대응해 가며 문학의 영역을 넓히고 틀을 형성해 왔다는 가정을 가능하게 한다.

따라서 한국 소설에서의 정치성, 정치의식을 따져 보겠다는 것은

이다. 그러나 유교적 문학관이 단순히 문학을 수단으로 여겨서 그것을 폄하하는 것이라고 생각하기보다는 도(道)를 소홀히 하고 예(禮)와 말로서의 문(文)에만 힘쓰는 풍토를 비판하는 것으로 이해하여 도와 문의 유기적인 조화를 지향하는 말이라고 이해하는 것이 타당할 것이다(강희복, 「퇴계의 시와 심학」, 『한국사상사학』 10집(한국사상사학회, 1998), 74-75쪽. 참조) 이러한 논의는 문학의 내용-형식의 조화를 지향하는 것으로 이해할 수 있다. 내용은 형식과, 형식은 내용과 분리될 수 없다. 좋은 작품은 좋은 내용을 좋은 형식 속에 가둔 것이 아니라 형식 자체가 내용이 되고 내용이 형식이 되는 관계 속에 있는 것이다. 좋고 나쁜 형식과 내용이 있는 것이 아니라 하나의 작품이 통일적으로 체계 있게 구성되어 있느냐 아니냐가 문제인 것이다. 그러므로 문학이 사회·역사적 맥락에서 적극적인 실천을 지향하고는 있으나 문학의 담론적 상황에 대한 논의들은 문학 외적인 상황으로부터 자율적인 것임을 인정해야 할 것이다.

단순히 '문학이 당시의 정치의식의 확장을 위해 복무하였는가'라는 문제가 아니라 '다양한 형식실험을 통해 문학성을 어떻게 형성해 왔는가'를 살핌으로써 문학의 영역을 넓혀 간 역동적 힘을 발견하는 일을 지향한다. 이 글은 문학 영역의 확장 과정을 실제 작품들의 분석을 통해 확인하는 계기를 마련하고자 한다. 또한 선험적인 서구 문학이론의 수용으로 문학이 형성되었다는 논의와 전통적인 문학의 영향을 근대문학이 계승하고 있다는 논의 사이의 단절을 보완하며 그 구체적인 역사와 시대 상황 간의 교류와 교섭이 우리 문학의 형성에 기여한 측면을 실증적으로 밝혀 보려 한다.

위와 같은 의도에 따라 이 글은 한국 근대 계몽기의 소설을 연구 대상으로 선정하였다. 이것은 한국 소설의 형성 과정에 대한 이해에서부터 한국 소설의 특징적 면모가 검토되어야 한다는 당위적 가설에서 출발하고 있기 때문이며, 당시에 근대로의 사회체제적 변화 과정이 내포하고 있는 질적 변환의 의미가 '소설적 형상화'에 미치는 영향관계를 살피는 것이 한국 소설의 전개 방향을 짐작게 할 수 있을 것이기 때문이다.

최근에 이루어지고 있는 근대 계몽기의 서사문학 연구는 한국 소설의 형성 과정을 논의하는 가운데 그 형성단계로서 근대 계몽기 신문 논설류에 관심을 집중하고 있다. 이러한 연구는 한국 소설이 단순히 서구적 외래문화의 이식이라는 주장을 극복하려는 의도로 보인다. 조선 후기 한문 단편과 전, 야담류의 전통이 근대 계몽기라는 정치적 격변기에 우리의 서사문학에서 발견되고 있음을 지적하여 한국 근대소설이 한국 문학의 전통을 계승하고 있음을 밝혀 한국 문학이 주체적으로 형성되었음을 주장하고 있는 것이다.4) 특히

---

4) 최근에 주목받고 있는 근대 계몽기 서사문학에 대한 대표적인 연구는 다음과 같다.
   김영민, 『한국근대소설사』(솔, 1997).

근대 계몽기 신문 논설류의 연구들은 한국문학사에서 근대 초기에서부터 서사문학이 당시의 시대적, 정치적 상황의 변화 양상과 관련해 긴밀한 상호 교섭 관계가 있었음을 분명히 밝혀 주고 있는데,5) 그 대표적인 예가 근대 계몽기의 정치적 상황을 직접적으로 서사화한 토론체 논설들이다. 민주적 의식의 발현이라고 할 수 있는 '토론'의 형식을 소설화하고 있다는 외형적 측면은 당시의 사회·정치적 맥락과 관련된 토론 문화의 반영이었음을 가정해 볼 수 있다. 이 글은 「自由鐘」6)을 중심으로 한 토론체 정치소설을 분석 대상으로 삼아7)당시의 정치적 담론들이 '토론체'의 형식에 수용되는 양상들을 파악함으로써 근대 계몽기 소설의 한 특징을 규명하도록 한다.

양진오, 『한국 소설의 형성』(국학자료원, 1998).
정선태, 『개화기 신문 논설의 서사 수용 양상』(소명출판사, 1999).
한기형, 『한국 근대소설사의 시각』(소명출판사, 1999).

5) 근대 계몽기에 정치적 담론이 공공 영역의 차원으로 확장된 것은 신문의 등장과 밀접한 관련이 있음은 선행연구들이 지적하고 있는 바이다. 당시의 '계몽'이란 거대 담론의 유포를 목적으로 지식층들은 신문을 적극 활용하여 민중의 각성을 꾀하였다. 1896년에 발간되기 시작한 ≪독립신문≫을 필두로 ≪매일신문≫, ≪제국신문≫ 등의 논설이 보여 주었던 서사문학적 양식의 도입은 신문 편집자들이었던 개화 지식인들이 개화의식을 확장시키고자 하는 의지를 반영한 것이었다. 한편 정선태는 당시 신문 논설류를 문답식 구성, 토론식 구성, 일화식 구성으로 분류하여 그 서사-문학성을 밝히고 있다. - 정선태, 『개화기 신문 논설의 서사 수용 양상』(소명출판사, 1999), 68쪽.

6) 이 시기 정치적 담론을 소설적으로 수용하는 대표적인 방법인 토론체 소설은 인물의 행동을 통한 사건의 전개라는 서사적 측면이 보이지 않고 인물들의 대화들이 정치적 주제를 초점으로 전개되고 있을 뿐이다. 당시 토론체 소설로는 우화 형식을 빈 안국선의 「금수회의록」(1908), 김필수의 「경세종」(1908), 몽유록 형식을 빈 유원표의 「몽견제갈량」(1908), 박은식의 「몽배금태조」(1908) 등이 있다.

  한편, 김윤식은 『한국문학사』에서 이 시기의 문학을 거론하며 "개화사상의 질적 전환을 시도한 연설토론체적 성격의 작품들을 정치소설의 한국적 전개"라고 평가하며 그 대표로 안국선의 소설을 지적하고 있다. 그러나 「자유종」의 경우 우화와 몽유록의 형식이 지닌 간접성을 벗어 버리고 현실 문제에 대한 직접적인 발언으로 소설을 구성하였다는 점에서 당시 토론체 소설 중에서도 특히 주목할 작품이다.

7) 그것은 앞서 제시한 선행연구들이 대체로 근대 계몽기 서사문학들을 유형으로 분류하고, 서사 양식의 영역을 확장하는 데 힘쓰는 과정에서 구체적인 작품에 대한 세밀한 분석과 실증적인 검토 과정이 간과되었다는 판단에서이다.

2) 토론체 소설의 정치적 권위 형성 방법

봉건시대의 우화와 몽유 형식의 의장을 벗어 버리고 현실 문제에 대한 직접적 발언으로 소설을 구성하고 있는 「자유종」에 등장하는 인물들이 모두 '여성'이라는 점은 이채롭다. 당시에 근대적 평등사상이 그동안 억압과 차별을 견뎌야 했던 여성의 목소리가 분출될 수 있는 여건을 마련했음은 충분히 예상할 수 있다. 그러나 소외받던 '여성'들로서는 당장 근대적 평등 사회 건설에 기여할 실질적 힘이 부족했다. 여성들은 근대적 평등사상이 유포한 권리와 책임의 문제에서 실천적 행위를 고민하였다. 「자유종」에 등장하는 여성 토론자들은 실질적인 능력이 없던 여성들이 언어적 실천행위ー비판적 의견 개진으로 자신들의 권리와 의무를 수행하기를 바라는 당시 지식인들의 당위적 평등관을 반영하고 있는 것이다. 언어적 다변을 금기시해 온 봉건적 규범을 타파하며 좀 더 적극적인 의견 개진을 수행함으로써 급격한 정치 변화의 시기에 방향성을 제시하려고 하는 여성들로 소설의 인물을 설정한 것은 그 자체만으로도 혁신적인 작가의식을 드러내 준다.

그런데 "이시되에 두눈과 두귀가 남과갓치 총명흔사름이 엇지 국가 의식만 축늬릿가 우리 자미잇게 학리상으로 토론흐야 이날을 보닙시다."[8])에서와 같은 예문에서는 '여성' 스스로가 가지고 있는 긍지적 면모를 파악할 수 있으나, 그것은 보편적 여성의 지위 향상이 아니라 상류층 여성들만으로 한정되고 있다. 소설 안에서 자신들을 '슉부인'으로 소개하는 말 말고도 토론자들이 자신들의 의견을 전개하면서 주장의 논거로 삼고 있는 많은 '경서'의 인용은 유교적 교육

---

8) 李海朝, 「自由鍾」(廣學書鋪, 1910), 2쪽.
 ー이하 인용은 쪽수만 밝히기로 한다.

을 받은 신분임을 나타내고 있는 것이다.

> 례긔에 갈오ᄃᆡ 녀ᄌᆞ는 안에잇서 박게 일을 말ᄒᆞ지말나 ᄒᆞ얏고
> 시경에 갈오ᄃᆡ 오직 슐과 밥을 맛당히홀뿐이라 ᄒᆞ얏기로……(3쪽).

「자유종」이 토론체 소설로서 토론자 개개인의 주장들이 전개되는 형식이라는 점을 염두에 둘 때 각 인물들의 발언은 일정한 논리를 지닌 주장으로 이루어져 있음을 알 수 있다. 자신들의 발언이 하나의 주장으로서 청자들을 향해 설득적인 요소들을 지니고 있다는 점은 주장의 이해를 가능하게 하는 논리를 필요로 한다. 이 소설에서 각 인물들이 자신의 주장을 뒷받침하는 논거로서 중세의 '경서들'에 의지하고 있는 것은 그들이 유교 교육을 받은 상류층 부녀자라는 사실 외에도 '권위적인 담론'에 기대어 스스로의 확신과 청자의 설득을 동시에 수행하는 '연설자'임을 확인시켜 준다. 과거로부터 이미 권위를 인정받은 '경서'의 문구들은 묘사되지 않으며 그저 타인에게 전달될 뿐이다. 화자의 발언에서 '권위적인 담론'은 그 외의 문맥을 죽여 버리고 어휘들을 건조하게 하여 가치 있는 대화적 삶을 형성하기보다는 '권위적 담론'에 의지하고 있는 화자의 주장이 '옳다'는 점만을 강요하고 있는 것이다.[9]

그런데 「자유종」의 인물들이 자신의 주장을 전개해 가면서 발언의 논리적 타당성을 얻기 위해 '권위적인 담론'인 경서의 인용에 그

---

[9] 바흐친은 권위적인 담론이 예술적인 문맥 안에 들어온다면 그것의 주변에는 활발하게 움직이면서 불협화음을 야기하는 대화적 삶이 생성되지 못하며, 그 주위의 문맥은 죽어 버리고 어휘들은 건조해지기 때문에 소설에서는 공식적이고 권위적인 진실의 형상이나 미덕의 형상 – 금욕적, 관료적, 도덕적 미덕의 형상들 중 어떤 것도 – 이 성공을 거두지 못한다고 지적한다. 이러한 이유 때문에 "소설 속의 권위적인 텍스트는 언제나 생기 없는 인용, 즉 예술적 문맥으로부터 분리되어 있는 어떤 것으로 느껴진다."라고 주장한다.
　- 미하일 바흐친, 『장편소설과 민중언어』, 전승희 외 역(창작과비평사, 1988), 164쪽.

치지 않고 '스스로' 권위적인 담론을 만들어 내고 있는 것은 주목할
필요가 있다. 과거에 이미 권위를 인정받은 '체'하는 담론을 구사하
여 발언의 절대적 의미화를 구성하고 있는 것이다. 이러한 '의사(疑
似) 권위적 담론'의 양상은 두 가지의 경우로 나타난다.

> 쳘학가말에 편안흔 것이 위틱흔근본이라흐니 우리나라 사름이
> 긔빅년 평안ᄒ얏슨즉 흔번 위틱흔일이 엇지업겟소 쏘말ᄒ얏스되
> 무식은 유식에 근원이라ᄒ얏스니 우리나라 사라미 오릭무식ᄒ얏
> 스니 흔번 유식ᄒ지안이ᄒ리유가 잇겟소 가령 남의집에 가셔보고
> 그집사름들은 음식도 잘ᄒ더라 의복도 잘ᄒ더라 닉집에셔ᄂᆞᆫ 의복
> 음식솜씨가 져러ᄒ지못ᄒ니 무엇에쓸고하고 가속을 박팃ᄒ면남의
> 됴흔 의복 음식이 닉게무슨상관잇소 츠라리 뎌음식은 엇더ᄒ니
> 됴치안이ᄒ다 이의복은 엇더ᄒ니 됴치안이ᄒ다ᄒ야 졔도를 ᄌᆞ세
> 히 가릭쳐셔 남의것과 갓치ᄒᄂᆞᆫ것만못ᄒ니(21－22쪽).

위 인용문에서 후반부의 예화는 전반부에 나타난 '우리나라 사람
의 발전 가능성'을 쉽게 풀이해 놓은 것이다. '사람에게 편안한 일
은 위태한 일이 있은 후에 찾아오며 무식한 상태는 유식을 가능케
한다.'는 평범한 내용을 그 '전거(典據)'를 알 수 없는 사람이 한 말
로 나타냄으로써 설득적인 힘을 부여하려 하고 있는 것이다. 자신의
주장이 논리적으로 타당성을 갖출 힘을 갖지 못할 때 '권위적인 담
론'의 힘을 빌려 주장을 지지한다는 점을 고려하면 주장이 의지하
고 있는 '권위적인 담론'은 청자들의 동의와 암묵적인 인정이 보장
되어야 주장이 설득력을 획득할 수 있게 된다. 경서의 문구가 설득
적 근거로 작용할 수 있는 것은 '경서'가 지시하는 내용을 절대적으
로 받아들이는 청자에게만 설득력이 있는 것일 텐데, 화자는 자신의
말을 '철학가'(또 다른 경우에서는 '철학박사')라는 직함의 권위로

포장함으로써 자신의 주장에 권위를 부여한다.

'의사권위적 담론'을 통해 인물의 발언에 타당성을 갖게 하는 또 다른 경우는 외국의 사례를 인용할 때이다. 근대적 사고가 외국문물과 함께 유입하면서 외국-특히 서구의 이야기는 당시 지식인들에게 모범적 사례로 받아들여졌다.10)

> 법국 파리대학교에셔 토론회를 열미⋯⋯(중략)⋯⋯학도들이 실지를 시험코쟈ㅎ야 무부모ㅎ 아히들을ㅅ다가 심산궁곡에 집 둘을 짓되 네벽을 다 막고 문 하나만 뚤어 음식과 되소변을 통ㅎ게ㅎ고 그아히를 각각 그속에셔길을ㅅ 칠팔년이된후 그아히를 학교로 다려오니 졔가 평싱에 사름 만은 것을 보지 못ㅎ다가 륙칠층양옥에 인산인히됨을보고 크게놀나 셔로돌아보며 하나는 쏙고되쏙고 되ㅎ고 하나는 끼익끼익ㅎ니 이는 다름안이라 계집에 아모것도없고 다만 닭과 도야지만 잇는 되 닭이 놀나면 쏙고되ㅎ고 도야지가 놀나면 끼익끼익ㅎ는고로 그아히가 지금 놀나온일을보고 그 쇼되가 각각 본되로 난것이니 그것도 닭과도야지의 교육을밧음이라(5쪽).

위 예문은 '교육의 중요성'을 피력하면서 파리대학교에서 있었던 일을 인용하여 주장의 타당성의 근거로 삼고 있다. 앞서 살펴보았듯이 '권위적인 담론'이었던 경서의 문구와는 달리 일화적(逸話的) 요소를 갖춘 이야기로 구성하여 그 내용의 이해를 돕고 있다. 그러나 위에 인용한 글을 분석해 보면 발화자가 전달하고자 하는 교육의 중요성에 대한 주장과는 의미상 다른 내용이라는 것을 알게 된다.

---

10) 서구 제국주의 세력으로부터 국가적 자립을 유지하는 것은 당시 지식인들의 지상과제였다. 그러나 외국의 침략으로부터 국가와 민족의 독립을 쟁취해 내고 국가적 부를 축적해 가는 '위인, 영웅'의 사례를 본받고자 역사-전기 번역물들이 이 시기에 쏟아져 나왔다는 사실은 정치적 위기의 상황을 극복하기 위한 '위인, 영웅의 예(例)'조차 서구의 경우를 따르려 했다고 생각할 수 있다.

위 예화는 교육의 중요성보다는 인간의 사회성 - '사회를 떠나서는 살 수 없으며 금수와 같을 뿐이다.'라는 내용이다. 당시 지식인들이 외국의 사례들을 번역할 때 자신들의 의도에 맞춰 새롭게 구성했다는 것은 주지의 사실이지만 이 경우는 의도에 맞춰 재구성하여 인용한 것이라기보다는 자신의 주장을 외국의 사례라는 '의사권위'로 뒷받침하고 있는 것일 뿐이다. 즉 인용한 외국 사례의 의미상 맥락이 자신의 주장과 맞지 않는데도 외국의 경우라는 추종적 성향에 임의적으로 권위를 부여하여 주장의 근거로 삼고 있는 것이다.[11]

인물이 자기주장의 강화를 위한 방법은 위에서 살핀 '권위적 담론'에 의지한 경우만 있는 것이 아니다. 인물이 자신이 전개하는 주장이 현실에서 행해지고 있는 구습적 상황의 문제를 지적하면서 '봉건적 질서 안에서 행해지고 있는 악습의 철폐'를 향하게 될 때, 악습을 일삼는 무리의 사고와 진술을 자신의 발화 속에 인용하여 전개하면서 자신의 논지를 강화하기 위한 발판으로 삼고 있다.

① 동닉싱원임 학구방에보닉면 그션싱이 쳐디를 싸라가ᄅ치되 너는큰글ᄒ야무엇ᄒ나냐 계통문이나보고 취딕하긔나보면족ᄒ지 너ᄂ시부표칙ᄒ야무엇ᄒ나냐 젼등신화나 읽어서 아젼질이나ᄒ야 라ᄒ니……(31 - 32쪽).

② 목불식명ᄒ고 쥰쥰무식흔 금슈갓흔류들이 제집에서 계형을 욕ᄒ며 제부모에게 불효흔딕도 동닉량반들이말ᄒ면 팔둑을 쏨닉며 ᄒᄂ말이 시방무슨량반이 싸로잇나 닉ᄌ유권을 왜상관이잇나 닉ᄌ유권을 무슨걱졍이야 그리다가ᄂ 쌈을칠나 복장을질을아ᄒ면셔 무슈질욕ᄒ나 누가감히 올타그르다말ᄒ겟소(33쪽).

---

11) 외국의 사례를 임의적으로 인용하여 주장의 권리로 삼고 있는 경우는 「자유종」에서 다른 토론자들의 경우에도 자주 나타난다. 그 예로 "이틔리국 역비산에 올츠학이라는 구멍이잇어……."(6쪽), "비유요지라ᄒᄂ 칙에 말ᄒ얏스되 셔양에 흔부인이……."(24쪽), "녯날 사파달이라ᄒᄂ짜에……."(27쪽) 등이 있다.

　이 인용문에서는 인물의 목소리 외에 다른 목소리들이 끼어들어 있다. 인용부호를 달 수 있을 정도로 확연히 드러나고 있는, 다른 사람의 목소리는 인물이 비판하려고 하는 자들의 것이다. 특정한 사람을 지적할 수는 없으나, 인물이 극복하려는 구습적인 사고방식에 젖어 있는 자들의 발화는 인물의 발화 속에서 '인용된 자의 개성적 면모'를 발견하기 힘들다. 즉 '인용하는 자'인 인물의 발화가 지향하는 의미 안에서 재구성된 것일 뿐이다. 인용하는 자가 논의하고 있는 주제에 대한 다른 사람들의 견해를 설명, 비교, 조망해야 하는 필요에 의해 타자의 말이 끼어든 것이다. 이와 같은 간접화법은 '발화를 순수하게 주제의 수준에서 받아들이고, 발화 속에서 주제로서의 의미를 갖지 않는 것은 어떠한 것도 취하지 않는다.'12) 이때의 타자의 말은 인용자의 측면에서 특징화되어 인용자의 맥락 속에 통합될 뿐이다.

　그런데 토론체 소설의 전 단계라고 할 수 있는 신문의 토론체 서사적 논설류에서 찾아볼 수 있는 대화의 양상은 위에서 사용된 간접화법의 구사가 지니고 있는 의미를 이해하는 데 흥미로운 점을 제공한다. ≪皇城新聞≫에 실린 「論說: 西道官吏들의 虐政」(1899.8.10.)에서는 객(客)과 산농(山農)의 논쟁적인 대화를 서술자가 보여 주기만 할 뿐 객관적인 입장을 고수한 채 토론의 논쟁적 상황을 재현하여 재현된 상황의 이해를 바탕으로 독자들의 설득력을 높이는 방식을 취하고 있다. 그리고 ≪독립신문≫의 「병뎡의리」(1898.11.23.)에서는 인물들의 처지에 대한 감정적인 반응들을 각자 나열하게 함으로써 그 인물들이 겪고 있는 구체적 상황이 전달하는 피폐한 삶의 원인을 독자들이 간접적으로 인식하게 만든다.13) 이

---

12) 이와 같은 경우를 바흐친은 "대상 분석적 변형으로서의 간접화법"이라고 말했다.
　- 미하일 바흐친, 『마르크스주의와 언어철학』, 송기한 역(흔겨레, 1988), 180쪽.

시기 토론체 서사적 논설이 단편적인 상황의 재현을 통해 인물의 상황에 공감하여 정치적 맥락을 이해하도록 하였던 것과는 달리「자유종」의 경우는 인물들의 발화 속에 인물이 현실에서 마주친 타인들의 발언들을 자신의 발언상 주제의 의미에 맞춰 인용함으로써 주장을 강화해 나가는 서술방식을 채택하고 있다. 특히 타자의 발언이 인용되어 서술되는 '간접화법'이 인물의 주장을 위해 축약, 변형되어 비판적으로 다뤄지는 맥락에서 사용되고 있는 점은 자신의 주장을 강화하기 위한 정치적 의도를 가지고 있다. 고루한 유교 지식인의 부정적 역할을 비판하고(위 인용문 ①의 경우) 갑오개혁이 '자유권' 보장을 선포한 이후 교육받지 못한 민중들의 질서가 잡히지 않은 혼란된 세태(위 인용문 ②의 경우)를 비판하는 인물의 발언은 '인용되는 발화'를 자신의 주제에 맞춰 특징화하여 놀림거리로 만들어 자신의 주장을 강화하고 있는 것이다.

3) 정치소설의 풍자와 국가주의

「자유종」은 당시 계몽적 사고를 바탕으로 자립한 부국 건설을 그 주제로 하고 인물들의 토론적 상황을 소설로 설정하여 사회, 정치 비판을 수행하고 있는 소설이다. 근대적 사고를 기반으로 하며 외세로부터의 자주독립을 위해 인물들이 모두 강조하고 있는 것은 '학문-교육'의 중요성이다. 그러나 앞서도 지적했듯이 토론에 참가한 인물들이 양반층 여성이라는 점은 그들의 현실 상황인식에 많은 한계를 보여 준다. 그들의 주장들은 당시에 여전히 존속되고 있던 신

---

13) 정선태,『개화기 신문 논설의 서사 수용 양상』(소명출판사, 1999), 92-96쪽 / 164-174쪽 참조.

분제적 상황에 대한 고려가 없이 여자가 남자에 의해 차별받고 있는 상황을 기본 전제로 하여 인재 등용 과정의 지역차별 - 적서차별 등 상류 신분사회에서 벌어지는 갈등의 해결만을 강조할 뿐이다. 작중 인물의 신분적 위치는 당시 정치적 사안이나 정부 관료들에 대한 구체적인 비판을 자신들의 주장 속에서 담아내지 못한 채 모든 문제를 '학문 - 교육'의 부재 탓으로 돌려 이해하려는 추상적인 논의로 향하고 있다. 「자유종」보다 조금 앞에 발표된 「소경과 안즘방이 문답」과 비교해 보면 「자유종」에서 다루는 정치적 담론의 추상성은 명백해진다. 「소경과 안즘방이문답」이 당시 가난한 민중의 눈에 비친 화려한 생활을 하는 고위관료들의 이면에 숨은 부패와 위선의 실상을 대화를 통해 밝혀 주며 비판을 수행할 수 있었던 것은 구체적인 생활 속에서 드러나는 모순을 절감하고 있는 하층민을 인물로 설정했기 때문이다.

① 세상사룸들이 자식을 스랑흔다ᄒ나 실상은 자긔일신을 스랑흠이니 자식이 남의 됴화ᄒ고 깃거ᄒᄂ 마음을 궁구ᄒ면 필경은 뎌자식이 잇스니 ᄂ몸이 의탁홀 곳이 잇스며 ᄂ자식이 자라니 ᄂ몸 봉양홀쟈가 잇도다ᄒ고……(중략)……자식이라ᄂ 것이 ᄂ몸만 위ᄒ야 난것안이오 실로 나라를 위ᄒ야 싱긴것이니 자식을 공물이라ᄒ야도 합당ᄒ오(26쪽).

② 그러면그것도못허면굴머죽엇지별슈잇나참무전천지에소영웅이란말이올토다쟝사를허ᄌ하니돈이업셔못허고모군을스ᄌ하니다리가절너못허고훈학을허ᄌᄒ니학문이업셔못ᄒ니무엇을ᄒ단말인가쯧이잇스나소용이업스니한갓의달를쑨니로셰우리ᄂ다틀엿네우리ᄌ식들이나잘길너그덕이나볼슈밧게업지.14)

---

14) 「소경과 안즘방이 문답」, ≪대한매일신보≫, 1905년 11월 24일자.

①이 자식교육의 필요성이 국가적 위업을 달성하기 위해 공물로서 양성하기 위한 것이라면 ②의 경우는 ①에서 비판하며 경멸해 마지않는 '자식 덕'을 보겠다는 생각을 하면서 교육의 필요성을 말하고 있다. 「소경과 안즘방이문답」이 개화의 물결 속에서 빈곤의 정도가 더욱 심화되어 자포자기의 상태로까지 밀려 간 민중들의 의식을 대변하고 있다면, 「자유종」은 개화의 진행 과정에 발맞춰 자신들의 권리와 의무를 강조하는 상류층 부녀자들의 개화의지를 드러낸다. 상류층 부녀자들이 내놓는 개화의 상황을 극복할 수 있는 방안은 신분적 위치에서 비롯된 사회에 대한 추상적 이해라는 한계 때문에 대부분 당위적이며 공상적인 것들이다.15)

당시의 신분적 입장에 대한 고려가 없이 전개되던 국가정책들이 기층 민중들의 이해를 반영하지 못한 채 소수 집권층의 이해관계에 좌우되면서 '국가', '민족'이라는 이름으로 시행되었다는 사실은 또 다른 정치소설16)인 「거부오해」를 통해 확인할 수 있다. 인력거꾼의

---

15) 그 대표적인 예가 갑오개혁 이후 행정적으로 신분제가 폐지되자 사회적 질서가 붕괴되었다고 판단하여 새롭게 질서를 바로잡기 위해 필요한 일이라는 것이 모든 사람을 양반으로 만들자는 것이다.
   "젼국샤회가 이럿케물란ᄒ고야 무슨질셔가잇겟소갑오년 경장대신의 졍칙이 웬까닭이오 량반은 량반ᄃᆡ로두고 학교ᄒᆞᄂᆞᆫ임원도 량반이며 학도에부형도 량반이며 학도도 량반이라고 울긋불긋ᄒᆞᆫ 고초장빗흐로 학부인이라ᄂᆞ부인이라 반포ᄒ면 젼국이 다 량반이될일을 엇지ᄒ야 량반업시ᄒᆞᆫ다ᄒᆞ니 ᄉᆞ쳔년젼릭ᄒᆞ던 습관이 졸디에 잘변ᄒ겟소"(「자유종」, 33쪽)
16) 이 글에서는 '정치적 상황과 정치문제를 소재로 하여 정론을 드러냄으로써 정치이념의 비판과 옹호를 수행하고 있는 작품 중 그 편집자적 논평이 존재하지 않으며, 서술자의 존재가 드러나고 있는, 어느 정도 서사성을 갖춘 작품'을 정치소설로 간주한다. 정치소설에 대한 정확한 개념은 한국문학사에서 발견되지 않는다. 그러나 이 글이 다루고 있는 「거부오해」, 「소경과 안즘방이문답」의 경우는 최근 '논설적 서사'라는 이름으로 분류가 되고 있다. 근대 계몽기의 서사문학이라는 큰 틀에서 수많은 신문의 논설들을 체계 있게 분류하고 유형화한 연구는 아직 나와 있지 않은 실정이다. 그 가운데에서 연구자들이 암묵적으로 동의하는 사실은 신소설의 전 단계로서 근대 계몽기 신문 논설들을 '서사적 논설'과 '논설적 서사'로 분류하고 있다. 그렇지만 그 분류의 기준 역시 체계가 있는 것은 아니다. 더구나 '논설적 서사'와 신소설의 변별점의 경우는 논설성이 약화되고 서사성이 강화되며 '창작주체가 집단인가,

오해를 풀어 가는 과정을 통해 당시 정부가 시행하고 있는 체제 정비의 과정이 지니고 있는 불합리함과 무능하고 타락한 관리들의 이면을 비판하고 있는 「거부오해」에서 인력거꾼의 오해를 풀어 주는 사람의 말보다는 인력거꾼의 말이 현실을 제대로 파악하고 있는 것으로 드러난다.

> 뎡부죠직은정부를쓴다는말이라혼듸인력거군이스례호여왈그런말을나는……(중략)……한동안일진회원이각부듸신의집으로도라단이며스직상소를호녀라스진을말아라호며공갈이막심호게들입쓰노라고호는일이로곤.17)

위 예문은 정부조직이라는 말을 '조짚'으로 오해한 인력거꾼을 무식하다고 욕하며 정부조직이란 '정부를 짠다'는 뜻임을 알려준 사람에게 인력거꾼이 다시 '짠다'라는 의미를 두고 자신이 보고 듣던 바를 말하고 있는 부분이다. 당시 정부 관료들이 친일파인 일진회의 압력에서 자유롭지 못한 사실을, 오해를 가장하여, 비판적으로 드러내고 있는 위의 인용문은 개화의 허상과 일본 통치의 부당성을 알리고 있다. 무식한 인물들을 내세워 그들이 사회에서 보고 들은 개화 정책의 실상을 어수룩한 목소리로 말하게 하지만, 그 목소리가 '비판의 힘'을 갖게 되는 것은 '지배언어'에 대한 '민중언어'의 풍자를 통해서 획득된다. '조직(組織)'을 '조짚[藁]으로, 짜다[編]를 짜다[奪]로, 통감(統監)을 통감(通鑑)으로 오해하는 과정은 한자의 음과 뜻이 분리되어 있는 속성에서 비롯된 것이며, 그 속성이 지닌 오해의

개인인가' 하는 점(실명인가 아닌가의 문제)에 있을 뿐이다. 여기에 대한 변별적인 양식상의 특성을 밝혀내는 것이 이 시기의 연구에서 반드시 필요한 작업이라고 생각된다.

17) 「거부오해」, ≪대한매일신보≫, 1906년 2월 22일―23일자.

가능성을 활용하여 민중적인 언어유희로 비판해 내고 있는 것이다.[18) 이러한 예는 「소경과 안즘방이문답」에서도 찾아볼 수 있다.

관츌이니균슈이니디방에보ᄂ기ᄂ첫지ᄂ치민이오둘지ᄂ봉세인데
지금은엇더케된셈판인지빅셩을두다려가며돈쎼셔먹ᄂ거시치민으로
아니다ᄉ릴치ᄌᄂ두달릴치ᄌ로알고셰금을독봉ᄒ야국고에ᄂ상랍지
안코ᄌ긔네빅속에너허발이니봉셰라ᄂ봉ᄌᄂ슴킬봉ᄌ로아ᄂ모양이
니당초에글ᄌ를잘못빈운타신지.[19)

「거부오해」와 「소경과 안즘방이문답」 등에서 나타나는 민중언어의 유입이 당시 '정치현실'에 대한 조롱과 풍자를 수행하여 소설의 문학적 형상화에 기여하는 것과 달리 「자유종」에서는 대조적인 현상이 발견된다.

오쏙이라난것은 죠고마ᄒ게 아희를만드러 집어더지면 두러눕지
안이ᄒ고 오쏙오쏙 니러셔ᄂ고로일홈을 오쏙이라지엇스니 한문으
로쓰랴면 나오쪼 홀로독쪼 셜립쪼 셰글쪼를 모아불으면 오독립이
니 ᄂᆡ가독립ᄒ겟다ᄂ 의미가잇고(39쪽).

고유어가 지시하고 있는 대상의 특성을 자신이 전개하고자 하는 주장인 '국가적 독립'과 의미상 유사한 관계로 파악하여 '오독립'이

---

18) 이러한 비판의 방법은 조선 후기 연희되었던 봉산탈춤에서 "개잘량이라는 '양' 자에 개다리소반이라는 '반' 자 쓰는 양반이 나오신단 말이오."라는 부분에서도 찾아볼 수 있다. 양반들에 의해 무지하다고 무시당했던 민중들이 양반의 허위와 무능력함을 풍자적으로 비꼬는 이러한 발언들은 특정한 '개인'을 비판하는 데 사용한 것이 아니라 언어가 표현하는 대상들 모두를 포함하고 있다는 점에서 계급적이라고 할 수 있다. 왜냐하면 표현된 언어(한자)가 언어 사용자들(양반)의 관념을 담는 그릇으로 사용될 때, 그 언어를 비꼬고 뒤틀면서 희화화한다는 것은 그 언어에 담긴 관념과 언어 사용자를 조롱하고 있기 때문이다.
19) 「소경과 안즘방이문답」, ≪대한매일신보≫, 1905년 11월 20일자.

라는 주제를 도출해 낸다. '오똑이'와 '오독립'이라는 단어가 발음상 같지 않은데도 '오뚝이에서 오독립으로'의 변환이 가능한 것은 '오쪽오쪽 니러셔는' 특성에 의미상 유사성이 있기 때문이다. 고유어에도 한자적 의미를 부여하여 '시대적 사명'의 각성을 촉구하는 이러한 예에서 '계몽적 담론'을 유포해야 한다는 계급적 엘리트 의식을 읽을 수 있다.

인물들이 경서가 가지고 있는 권위적 영향력과 스스로 부여한 '의사 권위적 담론'에 의지하여 자신의 주장을 전개하며, 자신의 발화가 지향하는 주제를 공고히 하기 위해 인용자의 측면에서 타인의 발언을 특징화하여 '간접화법'의 방식으로 자신의 발화 안에 수용하고 있는 「자유종」이 '과연 인물 간의 토론을 지향하고 있는가'라는 점을 살피는 것은 「자유종」의 소설적 성격을 밝히는 데 중요하다.

작자 스스로 「자유종」을 토론소설이라 명명하고 있거니와 기존의 연구들도 「자유종」을 작자의 규정대로 인정하는 가운데 연구를 하고 있으나 「자유종」에서 진행되고 있는 인물의 발화 양상을 따져 보면 「자유종」이 분량이 매우 긴 하나의 연설문임을 알 수 있다. 작중인물인 '설헌−매경−금운−국란'의 발언들은 각각 앞에서 말하고 있는 인물의 말을 보완하고 부연하는 방식으로 각자의 주장들을 연결하고 있다.

> [국란] 그말숨 대단히좃소 자식길으는법과 가르치는공효를 만히 말숨하셧스나 자식수랑하는 리유가 미진훈고로 여러분 드르시기 위하야 그진리를 말숨하오리다(25쪽).

'토론'이 공통된 주제를 두고 토론 참가자들의 견해의 갈등을 가시화하여 의견을 달리하는 사람들의 입장 차이를 확인함으로써 토론주제에 대한 견해의 조화를 만들어 내는 의사소통의 장(場)인데도 불구하고 「자유종」에서 인물 간의 대화는 단일한 공통된 견해를 차례대로 나열하는 데 불과하다. 이러한 인물의 발화 내용들은 의사소통의 장으로서의 '토론'을 지향한다기보다는 작중인물들 이외의 또 다른 청자를 상정하고 그들의 설득을 목적으로 하는 '연설'의 형식을 취하고 있는 것으로 이해해야 한다. 또한 「자유종」에서 인물의 발화가 사고의 개성적 측면을 담고 있지 않기 때문에 '금운'의 발언을 '설헌'의 발언이라고 간주해도 큰 차이가 없게 된다. 명명화된 인물들이 많은 발언을 하고는 있지만 독자는 그 발화의 주인을 찾아낼 수 없다는 점에서 '연설'의 인물들은 성격화되지 못한 채 작가의 이념과 사고를 분배받은 '기능'의 역할만을 할 뿐이다. 그러므로 「자유종」은 근대 계몽기에 작자가 당시 민중들을 상대로 한 긴 연설로 이해해도 무리가 없을 것이다.

소설의 이해를 위해 인물 간의 관계, 인물과 사회의 관계를 중시하여 살펴보는 것은 명명화된 인물이 하나의 성격체로 이해될 때라야 가능한 것이다. 그러나 「자유종」에서와 같이 인물이 단순한 작가의 도구에 불과할 경우에는 작가의 의식에 대한 탐구를 통해 작품의 의미를 파악할 수 있을 뿐이다. 「자유종」의 작자는 '연설'과 '토론'의 방식을 민주적 의사표현의 방법의 차원에서 보고 있기보다는 '국가적 이익'을 가져올 수 있는 정치적 방안으로 여기고 있다. 일본의 "젼국남녀들이 십여년을 한담도슌코 언필칭 국가와 민족이라ᄒ더니 지금 동양에 뎨일뎨이되는 일대강국이되얏"(2쪽)던 경우를 모범 삼아 연설의 방법을 소설적으로 수용하고 있는 것이다. '연설'이라는 것 자체에 대해서도 국가적 이익을 최우선 과제로 두고 민족이 널리 활용해야 할 방안으로 삼고 있다. 근대 계몽기 지식인으로서 '민족'과 '국가'의 이익을 강조하는 것은 반봉건과 반외세의 입장을 분명히 가지고 있었던 것으로 이해되며 그렇기 때문에 외세의 급격한 진출로 야기되는 국가적 파탄의 위기를 극복하기 위한 방안으로 연설이 고려되고 있는 것이다. '국가적 이익을 위해서라는' 당면과제는 민족의 각성과 민중의 계몽을 모든 실천 활동의 목표로 삼게 만들었으며, 그것이 문학의 경우에서도 예외는 아니었다.

> 춘향뎐을보면 뎡치를알겟소 심쳥뎐을보고 법률을알겟소 홍길동
> 뎐을보아 도덕을알겟소 말흘진디춘향뎐은 음탕교과셔오 심쳥뎐은
> 쳐량교과셔오 홍길동뎐은 허황교과서라 흘것이니(10 – 11쪽).

작가에게 이 시대의 위기를 타개하고 극복하기 위해서는 근대적 이념에 기반을 둔 정치, 법률, 도덕만이 중시될 뿐이다. 더욱이 "제갈량뎐과비스뫽뎐을 쳔번만번이나읽은들 현금비참흔 디경을 면흐겟소"(9쪽)와 같은 대목을 본다면 당시 역사, 전기류의 작품조차 가치 없는 것으로 치부하고 오로지 '일본교과서'와 같은 실용적 서적들을 통한 민중의 계몽을 지상과제로 삼고 있는 점은 낭시 박은식, 신채호 등의 사상가들과는 다른 근대적 기획을 가지고 있었던 것으로 판단된다.

한편 작가에게 '국가적 이익'을 도모하는 사상적 근거로 '공자'를 설정한 것은 급격한 외세의 침입 역시 극복해야 할 또 다른 과제임을 암시해 준다. 「자유종」에서는 모든 민족들이 종교적 구심점을 가지고 있었기 때문에 부국을 이루어 냈음을 강조하고 우리나라에도 종교적 구심점이 필요함을 역설하면서 "우리동양 뎨일종교는 세계의 독이무이흐신 대셩지셩흐신 공부즈안이시오 그말슘에 졍대흔 부즈 군신 부부 형뎨 붕우에 일용상힝흐는일을 의론흐사 사름으로 흐야금 사름되는도리를 가르치시니 그셩덕이 거룩흐시고 융성흐시

며 향념ᄒ시ᄂ 마음이 일광과갓ᄒ사 귀쳔남녀업시 다비취이것마
ᄂ”(15쪽) 하며 공자교를 제창하고 있다. 그런데 다른 민족의 종교
인 ‘회회교 희랍교 천주교 긔독교 석가교’ 등이 종교적 유토피아즘
의 핵심인 내세관을 지니고 있는 데 비해 작가가 강조하는 ‘공자교’
는 현실에 근거한 ‘수신보국(修身報國)’의 철학을 가지고 있다. 작
가의 의도는 공자의 정신을 중세라는 특정한 역사 단계의 이념이
아니라 하나의 초역사적, 초계급적인 보편 사상으로 승화시키는 데
있었던 것이다. ‘공자’는 개별 인간의 영적인 신앙의 대상이 아니라
사회 통합 및 이념 통일이라는 공적 목적을 달성하기 위한 이념의
인격적 구현태였다.[20] 이것은 종교적 외피를 이용해 위기의 시대에
새로운 국가 지도 이념의 창출을 추구한 의도로 파악될 수 있다.
그렇지만 공자의 정신이 당시 새로운 시대를 맞이한 민중의 지도
원리가 될 수 있는 논리적인 설명은 나와 있지 않다. 반외세, 반봉
건의 책무 속에서 외세의 침략은 지식인들로 하여금 이 문제를 통
일적으로 파악하기 어렵게 만들었다. 또한 사세의 급박함은 어떤 형
태로든 현실에 대응하지 않을 수 없게 만들었으며 그 결과 그들은
자신의 근대적 이상을 현실 속에서 구체화할 수 있는 기회를 얻지
못하고 국민의식 결집을 통해 내우외환을 돌파하려는 의지가 공자
교 구상의 추상화로 표출되었던 것이다. 이러한 외부적 여건의 강도
에 대응하고자 하는 지식인들이 근대적 사고를 지향하면서도 토대
의 부족함 때문에 문제 해결의 거시적 안목을 갖지 못하였고, 중세
적 이념 체계에 의지하여 당시의 세계를 설명하고 질서를 부여하려
는 모습을 드러낼 수밖에 없었다.

20) 한기형, 『한국 근대소설사의 시각』(소명출판사, 1999), 111－118쪽.

4) 한국 근대 정치소설의 문학적 실천

「자유종」의 예가 보여 주듯이, 근대 계몽기 정치소설은 반봉건, 반외세의 당면과제를 극복하기 위해 '국가적 이익'을 강조하는 내용을 중심적으로 담고 있다. 근대 계몽기의 작가가 당시 유행하던 토론, 연설의 방법을 소설 형식으로 차용한 것 역시 '국가적 이익'의 필요성을 확산시키기 위해서였으며 강력한 당위성의 요구로 인해 인물의 개성적 형상화는 불가능하였을 뿐 아니라 '당위성'의 주장을 위해 권위적 담론의 힘을 빌리기도 하였으며, 타인의 발화를 자신의 주제적 의도에 맞춰 특징화하여 자기 발화에 수용하는 간접화법의 방법을 사용한 소설을 창작하였던 것이다. 그러나 이러한 형상화의 방법에서도 작가의 신분, 계급적 위치에 따라 그 언어 활용 양식이 현격한 차이를 보이고 있는데 그것은 지배언어인 한자와 민중언어 사이의 갈등 양상을 이용하는 방법의 차이로 드러난다. 이러한 소설적 형상이 '국가적 이익'을 통한 반봉건, 반외세의 당면과제를 실현하려는 '문학적 실천'이었음은 확실하지만 당시의 상황에서 '문학'에 대한 내밀한 검토를 바탕으로 창작을 하였다기보다는 외부적 여건의 강도가 전달하는 급격한 충격에 대응하고자 작가 자신의 발언으로 소설의 형식이 구성되었다는 점은 지적되어야 할 것이다.

근대 계몽기 「자유종」의 경우 그 소설적 형상이 '정치적 연설'21)이 가지는 수사적 상황과 유사하다는 점은 당시에 당면했던 사회,

---

21) 정치적 연설은 미래의 상황을 예견하고 지향한다. 또한 정치적 연설은 백성들을 가르치고 동시에 감동을 시켜야 하기 때문에 평이한 문체와 장중한 문체의 중간 문체를 사용한다. 정치적 연설은 또한 역사의 교훈을 많이 끌어오고 귀납법에 크게 의존하여 속담과 경구를 많이 사용한다. 예화법이나 귀납법, 유추의 빈번한 사용은 과거의 경험에 비추어 '미래에도 상황이 과거와 유사할 것이다.'라는 경험을 판단기준으로 내세우는 정치적 연설문에서 빈번하게 사용되는 방법이다. 이를 위해서 속담이나 경구의 사용은 매우 효과적이다. - 박우수, 『수사학과 문학』(동인, 1999), 19쪽.

정치적 긴박감에 어떻게든 대응하여야 한다는 작가의 지식인적 책무감을 느끼게 하면서 정치적 상황에 대응하는 근대 계몽기의 '문학적 실천'의 한 모습을 발견할 수 있다.

참고문헌

1. 기본 자료

李海朝, 「自由鍾」, 廣學書鋪, 1910.
작자 미상, 「소경과 안즘방이문답」, ≪대한매일신보≫, 1905.11.20－24.
작자 미상, 「거부오해」, ≪대한매일신보≫, 1906.2.22－23.

2. 논문 및 저서

강희복, 『퇴계의 시와 심학』, 『한국사상사학』 10집(한국사상사학회,
        1998).
김영민, 『한국근대소설사』(솔, 1997).
김우창, 『시인의 보석』(민음사, 1993).
김인환, 『문학과 문학사상』(열화당, 1977).
김 현, 『한국문학의 위상』(문학과지성사, 1991).
김 현/김윤식, 『한국문학사』(민음사, 1973).
박우수, 『수사학과 문학』(동인, 1999).
송하춘, 『1920년대 한국소설연구』(고대출판부, 1985).
양진오, 『한국소설의 형성』(국학자료원, 1998).
우한용, 『한국현대소설담론연구』(삼지원, 1996).
우한용, 『한국현대소설구조연구』(삼지원, 1990).

정선태,『개화기 신문 논설의 서사 수용 양상』,(소명출판사, 1999).

최원식,『한국근대소설사론』(창작과비평사, 1982).

한기형,『한국 근대소설사의 시각』(소명출판사, 1999).

M.M.Bakhtin,『장편소설과 민중언어』, 전승희 외 역(창작과비평사, 1988).

M.M.Bakhtin,『마르크스주의와 언어철학』, 송기한 역(혼겨레, 1988).

2. 계몽의 정치성과 도덕의 형성
– 이광수의 문학론

1) 이광수의 계몽기획과 그 굴절

한국 문학의 근대성에 관한 논의는 한국 문학 연구의 중심주제이다. 근대성은 한국 근대문학의 성격을 해명하는 주제어로 어떤 개념보다 문제적인 것이 되었다. 사실 '문학(literature)'이라는 용어의 사용이 한국에서 근대에 이르러서야 본격적으로 사용되었다는 점을 상기한다면, 한국에서 문학과 근대성의 상관성을 추적하고 해명하려는 작업은 앞으로도 계속될 것이다. 특히 최근에 활발한 연구가 진행되고 있는 근대 계몽기 문학 연구는 기존의 문학사에서 공백기로 여겨졌던 이 시기를 근대문학의 영역에 포섭하면서 한국 문학의 연속성을 입증하는 성과를 이룩해 내고 있다. 그러나 이 시기의 연구를 '한국 문학의 연속성'만을 강조하는 입장으로 이해할 경우, 우리 문학사에서 제기되어 온 이식문화론과 내재적 발전론의 공방의 또 다른 변주에 불과할 것이라는 비판을 면하기 어려울 것이다. 서구 이식론과 내재적 발전론의 공방이 문화적 차이와 변용이라는 측면이 고려되지 않은 채 전개될 때 극단적 이분법의 인정투쟁으로 치닫는 상황으로 변질되어 그것이 문학 연구의 논의를 도리어 협소화하고 추상화한다는 사실을 염두에 둔다면 근대 계몽기에 관한 연구를 대하는 시각의 전환이 요청된다.

근대문학이 형성되었던 근대 계몽기의 역사적 상황은 전근대적 사유 방식과 근대적 사유 방식이 첨예하게 충돌하고 주체성과 비주체성이 부딪치는 특수한 역사철학적 상황이었다. 이 시기는, 단적으로 말해, 계몽의 담론이 지배하는 전환기였고 어떠한 담론 형식도 계몽 담론으로부터 자유로울 수 없었다. 그러므로 근대문학 형성기에 대한 연구1)는 이 시기에 생산된 문학적 담론들을 계몽과 관련하여 논구해 보는 일에서부터 출발해야 한다. 근대 계몽기에 산출된 근대문학론의 시작과 관련하여 항상 앞자리에 놓이는 사람은 이광수이다.2) 그의 문학이론이 주로 문학의 사회적 효용성을 중시하는 효용론에 바탕을 둔 것임을 여러 연구자가 밝히고 있는데,3) 그의 계몽의식과 관련하여 주목할 부분은 그의 구체적인 문학관이 드러나는 「문학이란 하오」(1916)를 중심으로 전개되는 1910년대 문학이론과 논설들이다. 유교적 관습의 억압성으로부터 인간을 해방시켜야

---

1) 근대문학 형성기에 관한 연구는 주로 '서구적 근대'라는 기준 자체를 의문시하며 텍스트의 지평을 확대하려는 움직임과 관련된다. 당시의 글쓰기의 다양한 폭을 수용하여 고정된 문학성의 틀을 의심해 보며 한국에서 근대문학, 특히 소설의 형성 과정을 논의해 보는 것에 집중되어 있다.
   대표적인 연구들로는 김영민, 『한국근대소설사』(솔, 1997); 한기형, 『한국 근대소설사의 시각』(소명출판사, 1999); 정선태, 『개화기신문 논설의 서사수용양상』(소명출판사, 1999); 김동식, 『한국 근대적 문학 개념의 형성 과정 연구』(서울대 박사학위논문, 1999); 권보드래, 『한국근대소설의 기원』(소명출판사, 2000) 등이 있다.
2) 이광수에 대한 연구 자료 목록은 400여 편에 이르고 대다수가 일정한 범주 안에서 작가론과 작품론을 반복하고 있는 실정이다. 이 글에서는 이광수의 문학이론에 관한 논의로 한정하여서 이광수의 문학비평과 논설들을 중심으로 한 연구 자료들만을 참조한다.
3) 신동욱, 「이광수의 문학비평」, 『한국현대문학론』(박영사, 1972).
   신동욱, 「문학의 효용설」, 『한국현대비평사』(한국일보사, 1975).
   이선영, 「이광수론 – 개화, 식민지시대의 문학가」, 『문학과지성』(문학과지성사, 1975 · 겨울호).
   김윤식, 「초창기 문학론과 비평의 양상」, 『근대한국문학연구』(일지사, 1978).
   김열규, 「이광수 문학론의 전개」, 『한국근대문학연구』(서강대, 1979).
   구인환, 「이광수의 문학사상」, 『이광수소설연구』(삼영사, 1983).
   조동일, 「이광수」, 『한국문학사상사시론』(지식산업사, 1982).
   권영민, 「이광수의 계몽문학론」, 『한국근대소설 연구』(일지사, 1984).

한다는 주장으로 요약될 수 있는 그의 초기 논설과 문학비평들을 반유교주의적 관점으로 이해하고 있는 김흥규는 그의 신문학 이념이 '사랑 - 생(生) - 정(情) - 문학'의 개념의 논리 축으로 구성되어 문학적 가치와 여타 가치 사이의 구별을 강조하면서 문학의 독자적 영역을 확보하기에 힘썼다고 평가한다.4) 그러나 대개의 연구들이 문학의 독자적 영역을 주장한 이광수의 초기문학론을 유미론, 자율론과 관련해서는 간략하게 언급하는 데 그친 채, 당시 이광수에게는 일관된 지식체계가 존재하지 않았으며 그의 이론이 파편적이었다는 사실에 초점을 맞추어 1920 - 30년대 문학이론의 효용성에 더 가치를 부여하여 이광수 문학이론의 성격을 효용론으로 규정하여 왔다. 「문사와 수양」(1921) 이후의 문학이론들은 톨스토이와 관련하여 연구5)되거나, 이광수가 1930년대 강조한 중용과 상의 문학관이 지닌 허구성 등을 비판하는 연구들6)이 있었고, 이광수 문학이론의 효용성에 관한 평가들은 부정적으로 다루었다. 이광수가 문화현상의 제 부문을 현실적 관련의 총체 속에서 파악하지 않는 분과주의에 빠졌다거나, 추상화된 '인생' 문제만을 관심사로 삼는 문학의식을 강조하고 사회적, 정치적 동력을 상실한 문학이념을 이광수가 가지고 있었다고 비판하는 것이 일반적인 결론이었다. 이광수 문학이론의 논리상의 이율배반성을 지적하며 "이광수는 진정한 효용론자도, 확신 있는 유미론자도 될 수 없었다."7)는 주장도 제기되었다.

---

4) 김흥규, 「이광수의 신문학이념과 반유교주의의 성격」, 『어문논집』 28호(고려대, 1989), 48쪽.
5) 이선영, 앞의 글, 1074 - 1078쪽.
   김윤식, 앞의 글, 63 - 73쪽.
   권영민, 앞의 글, 94 - 104쪽.
   김영민, 「춘원 이광수의 문학이론」, 『국어문학』 25집(전북대, 1985), 365 - 369쪽.
6) 조동일, 앞의 글, 338 - 339쪽.
   김영민, 「계급문학, 국민문학, 절충파문학 논쟁」, 『한국문학비평논쟁사』(한길사, 1992).
   김영민, 「춘원이광수의 문학비평 연구(2)」, 『매지논총』 10집(연세대, 1993), 84 - 85쪽.

그러나 최근의 연구들 중에서 한국 근대문학의 형성 과정과 관련하여 이광수의 문학관에 대한 재평가가 이루어지고 있다. 김영민은 이광수 문학을 통해 구현되는 근대성의 양상을 점검하며, 구어체 문장의 사용을 강조하는 새로운 언어의식, 반봉건성과 계몽의식, 분화된 장르의식, 소재의 당시대성 및 작품의 사실성 등을 이광수 문학이 지니고 있는 근대적 성격의 특질로 규정하였다.8) 그리고 황종연은 이광수의 「문학이란 하오」에 제시된 '문학이 literature의 역어'라는 말에 주목하여 이것이 문학의 자율적인 성격과 민족적 정체성의 개념을 중심으로 하는 문학인식의 재편과 관련되어 있음을 논의하며 민족 주체의 문학에 대한 근대적 담론이 이광수의 문학론을 지배하고 있다고 주장한다.9) 이광수의 문학론을 그동안 도덕적인 공리주의에 초점을 맞춰 이해해 왔다면, 근대성 논의는 이광수로부터 시작하는 근대적 문학의 형성 과정을 설명하려는 데에 국한하여 이루어지고 있다. 이것은 이광수의 문학론을 해명하고 이해하려는 목적이라기보다는 근대문학의 형성과 완성 과정을 설명하기 위해 이광수를 한 부분으로서 거론하는 데에 집중하고 있는 것이다.

그런데 앞선 연구들이 이광수를 문학의 효용성과 관련한 도덕주의에 집중하고 있는 데 반해, 최근의 논의들은 '감정의 해방'10)과

---

7) 김영민, 「춘원이광수의 문학비평 연구(2)」, 『매지논총』 10집(연세대, 1993), 103쪽.
8) 김영민, 「춘원 이광수 문학의 근대성 연구」, 『민족문학과 근대성』(문학과지성사, 1995).
9) 황종연, 「문학이라는 역어」, 『문학이란 무엇인가』(민음사, 1995).
　　그 외 이광수의 문학론을 근대적 문학 담론으로 간주하여 한국 근대문학의 기원에 대한 연구를 진행한 논문들로는 이현식, 「문학의 자율성, 주체의 발견, 근대라는 미망」, 『문학과 사회』(문학과지성사, 1998 · 가을호); 김동식, 「한국에서 근대적 문학 개념의 형성 과정 연구」(서울대 박사학위논문, 1999); 권보드래, 『한국근대소설의 기원』(소명출판사, 2000) 등이 있다.
10) 이광수 소설 『무정』에 나타난 감정의 묘사와 관련하여 그 근대적 성격의 철학적 논의를 제기한 사람은 김우창이었다. 그는 『무정』이 거짓 이성(식민지의 합리화)의 전진을 결론적으로 말하고 있는 것이긴 하지만 『무정』에서 보여 준 주인공들의 성적(性的) 자각은 삶의 태도가 근본적으로 변화하는 것을 보여 준 것이라고 지적하며 이 형식의 선택은 단순한 성의 선택이 아니라 보다 넓은 행복의 약속에 대한 선택

관련된 근대의식에 중점을 두고 있다는 점이 특이하다. 물론 두 연구의 방향이 이광수 초기에 집중하는가, 후기에 집중하는가라는 연구 범위의 차이에서 기인하는 것이기도 하겠지만 이광수의 문학론에서 '감정의 해방에서 도덕주의'로의 이행은 근대 계몽기의 근대적 기획과 관련하여 해명할 필요성이 제기된다. '감정의 해방'이라는 진보성이 어떻게 '도덕의 강조'라는 보수성으로 귀결하게 되는가의 문제는 이광수 문학론의 정당한 이해를 위해 논구되어야 할 사항이다.

따라서 이 글은 '정(情)'의 만족을 위한 문학이 도덕의 문학으로 변질되는 이광수 문학이론의 내재적 논리를 그의 계몽의식의 분석을 통해 밝혀 보려 한다. 이것은 근대 계몽기 한 문학이론가의 근대의식을 추적해 봄으로써 그의 계몽의 기획이 지니고 있던 비판성과 그 기획 자체가 굴절될 수밖에 없었던 원인을 살펴보는 기회가 될 것이다. 이 분석은 이광수의 전 시기에 걸친 문학비평과 논설을 시기적 변화를 유형화하는 방법이 아니라, 근대적 기획이 활발하게 전개되었던 1910년대의 논설과 문학비평들에 한정하여 기획 자체의 내재적 모순관계를 밝히는 것으로 진행된다.

2) 정(情)의 정치성과 도덕의 계몽

이광수는 인간의 정신영역을 지(知), 정(情), 의(意)로 나누고, 그 중에서 독립한 정신작용의 하나로서 정(情)의 역할을 강조한다.11)

이라고 주장했으며 - 김우창, 「한국 현대소설의 형성」, 『궁핍한 시대의 시인』(민음사, 1977) - 이광수가 보여 준 감각, 감정의 정당화는 합리성의 체계와 역동적 관계를 갖지 못하고 말았으나 한국 현대문학의 출발과 관련하여 중요한 의미를 지닌다고 평가했다. - 김우창, 「감각, 이성, 정신」, 『한국문학이란 무엇인가』(민음사, 1995).

'정(情)'의 가치에 대한 발견은 그의 초기 논설과 문학론에서 중요한 기능을 하고 있는데, 그것은 '정적 욕구의 주체'로서의 인간을 강조하는 것이다.[12] 이러한 이광수의 인간관은 사회적, 윤리적 관계에 의해 지배되고 의식과 머리에 의해 통제된다고 생각된 전통적 인간관에 대항하여 성립된 것이다. 즉 사회적 윤리와 봉건적 관념으로 구성되는 전통적 인간에 대한 반감으로 그는 정감적 인간을 옹호한 것이다. 그러므로 정적(情的) 욕구의 주체로서의 인간을 의식했다는 점은 정의 억압을 기본도덕으로 여겼던 봉건적 유교체제에서 개성적 인간의 해방을 의도한 계몽의식으로 이해할 수 있다. 성(性)－정(情)이 분리 인식되기 시작한 당대(唐代) 이후로 희노애락애오욕(喜怒哀樂愛惡欲)의 칠정(七情)을 인의예지신(仁義禮智信)의 오상(五常)과 대응시켜 억정론(抑情論)의 기반을 마련한 유교적 사상의 전통이 유지되어 오던 동양에서, 정(情)의 영역은 인간성의 근원, 인식의 근거라기보다는 성(性)의 이치를 구현하기 위해 억압되고 통제되어야 할 대상이었다.[13] 이러한 유교적 사상에 기반을 둔 봉건적 관습과 체제에 반발하고 도전한 흐름이 조선 후기 이후 1900년대까지도 간헐적으로 제기되어 왔으나,[14] '人은 實로 情的 動物'이라는 급진적인 주장은 이광수가 처음이었다.

---

11) 이광수, 「文學이란 何오」, 『이광수전집1』(삼중당, 1963), 508쪽.

12) 이광수의 초기 논설과 문학론인 「今日 我韓靑年과 精育」(1910), 「今日 我韓 靑年의 境遇」(1910), 「朝鮮 사람인 靑年에게」(1910), 「朝鮮 家庭의 改革」(1916), 「文學의 價値」(1910), 「文學이란 何오」(1916) 등이 그 예이다.

13) 김우창, 「감각, 이성, 정신」, 『한국문학이란 무엇인가』, 이문열 외 엮음(민음사, 1995), 23－24쪽 참조.

14) 권보드래는 그의 글 『한국근대소설의 기원』에서, 문학 범주 형성의 배경을 논구하는 가운데 근대적 의미의 문학을 구상하고 실천해 간 사람들에게서 정(情)이 지(知)와 의(意)에, 윤리의 권위에 눌려 있었다고 생각했다고 주장한다. 이 정(情)에 대한 개념은 조선 후기 들어 전통적인 이해가 도전을 받았으며 1900년대에는 감정의 자유분방한 노출을 억제하고자 했던 성정론에 비추어 파괴적인 주장인 "歡呼, 憤叫, 凄凉哀泣, 呻吟狂啼 등의 情態"로 구체화되어 전개되었다고 밝히고 있다. － 권보드래, 앞의 책, 33쪽.

정적(情的) 인간에게 중요한 것은 모든 것을 집단과 보편으로 환원시키는 윤리와 도덕이 아니라 도덕에 의해 억눌려 있던 자신의 능동적인 감각이다. 감각, 감정이 곧 개성이라고 생각했던 이광수에게 이것을 가로막는 봉건적 체제는 부정되어야 할 장애물에 불과한 것이었다. 그런데 이광수의 봉건적 사회 관습에 대한 비판은 주로 가족제도의 불합리,[15] 조혼의 폐단[16] 등에 집중하여 이루어지면서 결국 자유연애의 옹호로 귀결된다. 이것은 그 어떤 문제보다 감정의 회복만이 봉건적 관습의 폐해를 해결할 수 있다고 생각한 그의 계몽의식의 특징을 보여 준다. 사실 비합리적인 권위로부터의 해방인 계몽은 인간 이성(理性)에 대한 신뢰와 자기 결정의 자율성에 관계되며, 이것은 인간의 본성에 대한 자각뿐만 아니라 인간의 합리적 이성(理性)에 적합한 사회제도의 형성을 지향한다. 그러니까 계몽의 시작은 억눌린 감정과 감각의 충동뿐만 아니라 주체의 능동적 판단을 합리화할 수 있는 이성적 작용에서 비롯되는 것이다. 인간 이성(理性)에 근거하여, 인간을 억압하는 구체제의 모순을 지적하고 제도의 개혁을 이끌어 내야만 인간의 진정한 자유와 자율이 보장되는 것이다. 그런데 이광수의 경우는 정치, 사회적 제도의 모순보다는 '정(情)의 유로(流路)'를 차단하고 있는 봉건적 관습에만 관심이 가 있었다.

> 近世에 至하여 人의 心은 知, 情, 意 三者로 作用되는 줄을
> 知하고……중략……일찍 知와 意의 奴隸에 불과하던 者가 知와
> 同等한 權力을 得하여……중략……此는 純全히 情의 滿足을 위

---

15) 이광수, 「朝鮮 家庭의 改革」, 『이광수 전집1』(삼중당, 1973).
16) 이광수, 「무혼의 惡習」, 『이광수전집1』(삼중당, 1973).
　　이광수, 「婚姻에 對한 管見」, 『전집10』(삼중당, 1973).
　　이광수, 「婚姻論」, 『전집10』(삼중당, 1973).

함이라 하지 아니하고, 此에 知的, 道德的, 宗敎的 意義를 添하
여, 卽 此等의 補助物로, 附屬物로 存在를 享하였거니와 約五百
年前 文藝復興이라는 人類精神의 大變動이 有한 以來로 情에게
獨立한 地位를 與하여 知나 意와 平等한 待遇를 하게 되다. 實
로 吾人에게는 知와 意의 要求를 滿足케 하려는 同時에 그보다
더욱 緊切하게 情의 要求를 滿足케 하려 하나니…….17)

　인용문에서 찾아볼 수 있듯이 이광수는 서구에서 고전주의에 대
한 반발로 등장한, 개인의 감정을 강조하는 낭만주의적 경향을 전근
대적 봉건사회에 대한 대항의 자리에 위치시켜 유교 체제 비판의
근거로 삼고 있다. 그러므로 이광수는 인간의 자유와 자율을 가로막
고 있는 정치, 경제적 구조에 대한 비판을 수행하지 않았으며, 서구
낭만주의가 그러했듯이 인간 감정의 회복으로 새로운 세계에 대한
바람을 가지고 있었던 것이다. 즉 정(情)의 영역을 제외한 다른 부
분들의 체제 비판은 그의 논리에서는 이루어질 수 없었다. 이러한
논리는 인간의 감각, 감정의 유로(流路)를 막는 관습의 개혁만으로
새로운 세상이 건설될 수 있다는 생각으로 발전한다.
　이광수는 도덕, 관습 이외의 문제들―정치적 식민화의 가속화라
든가, 그로 인한 경제적 빈궁의 문제들을 중요하게 생각하지 않았
다. 그는 문물제도 따위의 신문명이 도래하는 것은 자연스러운 일
이라고 생각했다. 그것이 식민화의 길이라 해도 기꺼이 받아들이
려 했던 것이며,18) 그에게 중요한 문제는 감각, 감정의 유로(流路)
를 가로막고 있는 전대 유교 관습의 타파와 신식 문물제도 아래서
의 새로운 도덕의 건설이었다. 이광수는 단순히 상황적 논리에 따

---

17) 이광수, 「文學이란 何오」, 앞의 책, 508쪽.
18) 倂合以來로 萬般 文物制度가 悉皆 新文明에 依據하였거니와 思想 感情과 此를
　　應用하는 生活은 依然한 舊阿蒙이니…….―이광수, 「文學이란 何오」, 앞의 책, 512
　　쪽.

라 식민지 조선의 경제, 정치, 사회의 모순을 외면했던 것이 아니라 그의 계몽의식 자체가 현실 사회의 문제들을 큰 가치로 두지 않았던 것이다.

이광수가 타파해야 할 것은 봉건적 유교의 관습들이고 새로운 세상을 만들기 위해 필요한 것은 개인의 감각, 감정에서 우러나오는 새로운 도덕이었다. 이광수의 주장이 '반(反)유교주의'였음은 분명했지만 그렇다고 그가 반(反)도덕주의를 주장했던 것은 아니다. 그는 단지 인간의 정을 억압하는 유교적 도덕과 관습을 부정했을 뿐이며, 개성의 토대인 '정'으로부터 우러나는 '神聖한 獨立的 道德'을 오히려 강조하였다.

> 情育을 其勉하라. 情育을 其勉하라. 情은 諸義務의 原動力이 되며 各活動의 根據地니라. 人으로 하여금 自動的으로 孝하며, 悌하며, 忠하며, 信하며, 愛케 할지어다. 盲理性의 統御指導 無코는 君子되지 못한다 하니 그 或煙할지니 眞正하고 深刻한 事業은 情에서 湧할 者인저.[19]

이광수가 생각하기에 사회의 도덕이나 국가의 법률이 인간에게 고통을 주는 이유는 그것들이 악법이거나 악습이어서가 아니라 외부로부터 주어진 의무이기 때문이다. 필요한 것은 법률이나 도덕의 개혁이 아니고 법률이나 도덕을 내면화하여 자발적으로 준수하도록 만드는 것이다. 이러한 자발적인 준수는 개성적이고 능동적인 개인에게서만 가능한 일이다. 그러므로 '정'을 가르쳐서 모두가 자발적으로 따를 수 있는 새로운 도덕을 만들어 내는 것이 새로운 세계의 건설을 위해 가장 중요한 일이 된다. 이광수가 생각하기에 인간들

---

19) 이광수, 「今日 我韓靑年과 精育」, 『이광수전집1』(삼중당, 1973), 525쪽.

모두가 가지고 있는 감정 중에서 가장 중요하고 새로운 사회가 최
고의 덕으로 여겨야 하는 것은 '同情'이었다. 문명이 가장 발달한
나라들은 문물, 제도가 발달해서 그런 것이 아니라 '남의 어려운 사
정을 알아주고 마음 아파하는 것, 그래서 서로 도와줄 수 있는' 동
정(同情)으로 움직이는 나라이다. 즉 '동정(同情)'의 상태는 이광수
가 지향하고 건설하려는 새로운 세상의 도덕이 된다.

> 同情은 精神의 發達에 正比例하나니(精神의 發達은 곧 人道
> 의 發達이니, 人類의 根本的, 主的文明이라, 物質的 文明도 精
> 神的 文明에 對하면 枝葉的, 從的이니 健全한 精神的 文明을
> 基礎로 아니한 物質的 文明은 眞되지 못하고 善되지 못하여, 人
> 類에게 福利를 줌보다 禍害를 줌이 많으니라) 精神發達의 度가
> 높은 個人이나 民族은 同情의 念이 富하고 精神發達의 度가 낮
> 은 個人이나 民族은 同情의 念이 乏할지라.[20]

정신의 발날에 정비례한다고 생각한 동정(同情)을 문명의 척도로
삼는 이광수는 물질적 토대의 발달보다 정신적 문명을 더 가치 있
는 것으로 여긴다. 그리하여 그는 민족의 이상을 정치적인 독립에
두기보다는 정신적 성취에서 찾게 되며 이것을 이룩하기 위한 도
덕의 확립이 시급한 문제가 되는 것이다. 이러한 새로운 도덕의 확
립을 위해 필요한 것이 바로 정의 만족을 그 목적으로 삼고 있는
문학예술이다.

---

20) 이광수, 「同情」, 『이광수 전집1』(삼중당, 1973), 580쪽.

3) 새로운 문학과 동정(同情)의 기능

이광수는 문학을 '情的 分子를 包含한 文章'으로 여겼고, '科學이 人의 知를 滿足게 하는 學問이라 하면 文學은 人의 情을 滿足케 하는 書籍'이라고 생각했다. 인간의 심리 작용인 지(知), 정(情), 의(意)가 목표로 하는 가치를 각각 진(眞), 미(美), 선(善)으로 대응시켜 문학=미적 활동이라는 인식을 가졌던 이광수가 지(知), 의(意)의 보조물에 불과했던 정(情)을 독립적 영역으로 가치 절상시킴에 따라, 정을 충족시키는 미적 활동인 '문학'의 독자적인 의의를 논하게 되는 것은 당연한 논리적 결과라고 할 수 있다.

그런데 여기서 주목할 사실은 봉건적 유교체제에서는 무시되고 간과되었던 정(情)의 강조가 전대의 억압적 체제에 대한 해방적 기능을 수행하고 있다는 점이다. 이것은 곧 정의 충족이라는 목적을 지닌 새로운 '문학'의 개념을 요구한다. '정(情)'의 발현이 억눌려 있던 전대의 문학은 정의 고양을 목적으로 하는 새로운 문학과는 전혀 다른 것이기 때문이다.

> 今日 所謂 文學이라 함은 西洋人이 使用하는 文學이라는 語義를 取함이니, 西洋의 Literature라는 語를 文學이라는 語로 飜譯하였다 함이 適當하다. 故로 文學이라는 語는 在來의 文學으로의 文學이 아니요, 西洋語에 文學이라는 語義를 表하는 者로의 文學이라 할지라.21)

동양의 전통적인 문(文)의 개념은 우주적 질서의 외현을 의미하는 포괄적인 것이었거나, 문이재도론(文以載道論)에서 볼 수 있듯이

---

21) 이광수, 「文學이란 何오」, 같은 책, 507쪽.

수사의 기교라는 좁은 뜻에 한정되었었다. 여기서의 문은 모두 우주적 이치인 '道'의 전달체였을 뿐이며 그랬기 때문에 도와 분리되어 그 가치를 지닐 수 없었다. 그러므로 이광수가 동양적 전통의 문과는 전혀 다른 '문학'의 개념을 설정했다는 사실은 중화적 보편 이념에 대한 환멸이면서 유교적 문화 체제에 대한 부정을 의미한다.22)

그렇다면 이광수에게서 정의 충족을 목적으로 하는 새로운 문학이란 무엇인가. '特定한 形式下에 人의 思想과 感情을 發表한 者'로 문학을 정의하는 이광수에게 가장 중요한 것은 '吾人 自身에 關한 事'에서 비롯되는 '興味'였다. 흥미를 통해 '정의 만족'을 이룰 수 있어야 문학이라고 여겼던 그가 '戀愛라든가, 忿怨, 悲哀, 惡恨, 希望, 勇壯 같은' 재료를 가장 유의미한 것으로 여겼다는 사실은 그의 문학관이 철저한 반(反)유교주의에 입각해 있음을 알 수 있게 한다.23)

그런데 '흥미'를 불러오는 인간의 감정들을 '最正, 最精'하게 묘사하는 문학이 최종 목표로 하는 것은 독자 대중들에게 '同情의 念'을 발하게 하는 것이다. 물론 그가 '知의 作用으로 眞理를 追求하고', '意의 方面이 有하매 善 又 義를 추구하듯', 문학은 정의 요구를 충족함으로써 '美'를 추구한다고 주장하고 있다.24) 그러나 이러한 知情意 - 眞美善의 일반적 대응 관계를 '문학'의 가치를 말하

---

22) 권보드래는 조선 후기를 거치며 문의 우주론적이고 통합적인 가치가 무너지면서 문과 문학에 새로운 인식이 삼투해 올 수 있는 균열이 생겼다고 지적하며 1900년대 한국의 지식층에서 수사, 단순한 기교로 낮춰진 '문'에 대한 새로운 포괄의 시도가 생겨났다고 주장한다. 그리고 이때 서양으로부터 literature에 해당하는 '문학'이라는 용어가 전문 분야의 하나로 소개되었다고 밝히고 있다. 앞의 책, 89 - 93쪽.
23) 이광수가 유교적 사상에서 금하는 칠정의 내용을 통해서만 흥미가 유발될 수 있다고 보는 것은 그 목적이 유교주의에 대한 저항에 놓여 있음을 쉽게 알 수 있는 것이다. 또한 정의 만족을 불러와야 하는 문학이 '유교식 도덕의 고취, 권선징악의 풍유'로 조선 시대 문학이 발전하지 못한 최대의 원인이라고 말하고 있다. - 「文學이란 何오」, 509쪽 참조.
24) 이광수, 「文學이란 何오」, 앞의 책, 510쪽.

며 설명하려고 했던 것은 아닌 듯하다. 도리어 그는 문학의 '副産
的 實效'라는 것에 좀 더 초점을 두어 설명한다.

> 第一……중략……世態人情의 機微를 窺할지라, 第二……중
> 략……人情世態를 理解함으로 人類의 最覺한 德이요 多數 善行
> 의 原動力이 되는 同情心이 發할 것이오……중략……第三……
> 중략……人이 向上進步하는 心理狀態를 目睹하며 足히 模範을
> 삼을지며, 第四……중략……人生의 各 方面 各種의 生活과 思
> 想과 感情을 經驗할 수 有하며……중략……第五……중략……有
> 害한 快樂에 陷함을 免케 할지며……중략……第六……중략……
> 深大한 敎訓을 垂하는 者라 文學을 讀하여 快樂을 享하는 中
> 不識不知間에 品性을 陶冶하고 知能을 啓發하게 되는 것이다.25)

여섯 가지로 나누어 설명하고 있는 문학의 부산적 실효는 "인간의
정(情)을 이해하여 최고의 도덕인 '동정(同情)'으로 개인의 품성을 도
야한다."라고 정리할 수 있다. 즉 문학이 미의 추구라는 일반론 이외
에 이광수가 의도하고 있는 문학의 가치는 최고의 도덕인 '동정(同
情)'에 그 목적이 있는 것이다. 포괄적이며 분화되어 있지 않던 문
(文)의 전통에서 개인의 감정의 자유를 옹호하는 것에 기초하여 새로
운 문학의 개념을 수입했던 이광수가 의도했던 것은 정의 만족을 목
적으로 하는 문학으로 전대의 유교적 도덕을 부정, 해체하고 '동정
(同情)'을 바탕으로 한 새로운 도덕을 세우는 것이었다. 이와 같은
계몽적 목적을 지니고 있는 새로운 문학이, 누구나 알 수 있고 누구
나 사용하는 말인 '純現代語, 日用語'로 쓰여야 하는 것은 당연하다.
'人生을 如實하게 描寫'하여 인간의 감정을 누구나 알아볼 수 있게
함으로써 '同情'의 덕목에 이르게 하기 위해서 정을 억누르는 유교사

---

25) 이광수, 「文學이란 何오」, 앞의 책, 511쪽.

상의 체계이면서 어렵기만 한 한자(漢字)가 아니라 정(情)의 자연스러운 흐름을 드러낼 수 있고 쉬운 조선어의 사용이 필수적이었다.

한편 그가 새로운 도덕으로 제시한 '동정(同情)'의 개념은 매우 추상적이었다. 그가 설정한 '동정(同情)'의 추상성은 처음 '정(情)'이 지니고 있던 비판적인 성격 자체마저 모호하게 만들어 버린다. 구습의 체제가 억눌렀던 인간의 감정은 좋은 것, 나쁜 것으로 구분하여 선별적으로 충족시킬 수 있는 것이 아니었다. 인간의 모든 감정과 감각을 회복하는 것으로 봉건 유교체제에 대한 비판은 수행될 수 있는 것이었으나, 이제 새로운 도덕을 형성해야 하는 '정(情)'은 계몽의 도구가 되어 버린다. 더구나 이광수는 모든 '人情'을 '同情'에 포함시키지 않으며, 동정을 도덕적 개념인 '善行'으로 한정시킴으로써 초기의 정(情)이 지녔던 역동적인 성격을 모호하게 만들어 버린다.

그가 '此人心의 根底에 觸하지 못하고 淺薄한 枝葉的 人情을 基礎로' 하는 '한 푼짜리 文學', '장마버섯 文學'26)을 경계한 것이라든가, 1920년대 초 데카당스의 감상성을 비난했던 것27)을 염두에 둔다면 그의 동정(同情)이 '적당한 도덕주의'였음을 알 수 있다. 이와 같은 원칙과 기준이 없는 동정(同情)의 도덕은 구체적인 사회적 상황은 전혀 고려하지 않은 채, 문학을 하는 문사들이 갖추어야 할 품성으로 변질되고 만다.28)

이후 이광수에게 '문학'이란 덕성과 지식을 수양한 문사의 도덕성으로 형성된 것이며 그것을 보고 읽는 독자 대중들은 이 문학을 통해 동정(同情)의 도덕을 배워 정신적 발달을 이룩하여 신문명, 신사회를 건설해야 하는 것이다. 그러므로 이광수의 '삶을 위한 문예'란 새로운 도덕을 형성하기 위한 도구적 기능을 의미한다.

---

26) 이광수, 「文學이란 何오」, 같은 책, 517쪽.
27) 이광수, 「文士와 修養」, 『이광수 전집16』(삼중당, 1963).
28) 이것은 「文士와 修養」(1921) 이후 대부분의 문학비평에서 강조된다.

4) '적당한' 도덕주의로서의 문학

이광수는 봉건적 유교체제에서 억눌렸던 인간의 감정과 감각을 회복하려 함으로써 유교사회를 비판, 부정하고 정의 자율적 흐름에 기반을 둔 새로운 사회를 건설하려는 계몽적 의지를 가지고 있었다. 그러나 그가 인간의 정신 작용을 지-정-의로 나누어 살피면서 지(知), 의(意)와의 통합적 인식을 하지 못한 채 정(情)의 기능만을 강조하였던 것은 서구의 낭만주의적 특성의 영향을 받은 것이었다. 그 결과 '감정의 유로'에 관계된 것만을 주목할 뿐 관습 이외의 사회, 정치적 제도에는 관심을 기울이지 않았던 것이다.

따라서 전대 봉건사회를 해체 부정한 이광수는 새로운 세계의 건설을 마련할 토대로 동정(同情)에 기반을 둔 새로운 도덕을 설정하는 기형적인 계몽의식을 드러낸다. 즉 일본에서 전해 오는 근대 문물제도는 신문명의 도래로 간주한 채 이 근대 문물제도를 사용하고 규율할 새로운 도덕만이 새로운 세계를 완성할 수 있다고 여긴 것이다.

정(情)의 역할을 강조했던 이광수의 계몽의식은 '정(情)의 만족'을 목적으로 출발하는 새로운 문학을 요구하였다. 그것은 근대적 문학의 형성과 관계되는 새로운 인식임에는 틀림없었다. 그러나 정(情)을 위해 봉건적 관습을 해체한 이광수가 정(情)에 의한 새로운 세계를 건설하려 했기 때문에 문학이 동정(同情)이라는 적당한 도덕주의를 유포하는 기능적 측면으로 한정되어 버리고 만 것이다.

참고문헌

1. 기본 자료

이광수, 「今日 我韓靑年과 精育」, 『이광수전집1』(삼중당, 1963).
이광수, 「今日 我韓 靑年의 境遇」, 『이광수전집1』(삼중당, 1963).
이광수, 「朝鮮 사람인 靑年에게」, 『이광수전집1』(삼중당, 1963).
이광수, 「朝鮮 家庭의 改革」, 『이광수전집1』(삼중당, 1963).
이광수, 「文學의 價値」, 『이광수전집1』(삼중당, 1963).
이광수, 「文學이란 何오」, 『이광수전집1』(삼중당, 1963).
이광수, 「朝鮮 家庭의 改革」, 『이광수 전집1』(삼중당, 1973).
이광수, 「早婚의 惡習」, 『이광수전집1』(삼중당, 1973).
이광수, 「婚姻에 대한 管見」, 『이광수전집10』(삼중당, 1973).
이광수, 「婚姻論」, 『이광수전집10』(삼중당, 1973).
이광수, 「同情」, 『이광수 전집1』(삼중당, 1973).
이광수, 「文士와 修養」, 『이광수 전집16』(삼중당, 1963).

2. 논문 및 저서

구인환, 「이광수의 문학사상」, 『이광수소설연구』(삼영사, 1983).
권보드래, 『한국근대소설의 기원』(소명출판사, 2000).
권영민, 「이광수의 계몽문학론」, 『한국근대소설 연구』(일지사, 1984).
김동식, 「한국 근대적 문학 개념의 형성 과정 연구」(서울대 박사학위
　　　논문, 1999).
김열규, 「이광수 문학론의 전개」, 『한국근대문학연구』(서강대출판부,
　　　1979).
김영민, 「계급문학, 국민문학, 절충파문학 논쟁」, 『한국문학비평논쟁사』
　　　(한길사, 1992).

김영민, 「춘원 이광수 문학의 근대성 연구」, 『민족문학과 근대성』(문학과지성사, 1995).

김영민, 「춘원 이광수의 문학이론」, 『국어문학』 25집(전북대, 1985).

김영민, 「춘원이광수의 문학비평 연구(2)」, 『매지논총』 10집(연세대, 1993).

김영민, 『한국근대소설사』(솔, 1997).

김우창, 「감각, 이성, 정신」, 『한국문학이란 무엇인가』(민음사, 1995).

김우창, 「한국 현대소설의 형성」, 『궁핍한 시대의 시인』(민음사, 1977).

김윤식, 「초창기 문학론과 비평의 양상」, 『근대한국문학연구』(일지사, 1978).

김인환, 『상상력과 원근법』(문학과지성사, 1993).

김인환, 『기억의 계단』(민음사, 2001).

김흥규, 「이광수의 신문학이념과 반유교주의의 성격」, 『어문논집』 28호(고려대, 1989).

신동욱, 「문학의 효용설」, 『한국현대비평사』(한국일보사, 1975).

신동욱, 「이광수의 문학비평」, 『한국현대문학론』(박영사, 1972).

이선영, 「이광수론 – 개화, 식민지시대의 문학가」, 『문학과지성』(문학과지성사, 1975 · 겨울호).

정선태, 『개화기신문 논설의 서사수용양상』(소명출판사, 1999).

조동일, 「이광수」, 『한국문학사상사시론』(지식산업사, 1982).

한기형, 『한국 근대소설사의 시각』(소명출판사, 1999).

황종연, 「문학이라는 역어」, 이문열 외 엮음, 『문학이란 무엇인가』, (민음사, 1995).

3. 정치적 유토피안의 소설적 모험
— 최인훈의 「總督의 소리」

1) 1970년대와 연작소설

한국전쟁 이후 한반도의 다른 두 정치체제는 1960년대 후반부터 각기 안정적인 궤도에 진입하기 시작한다. 그러나 이 시기에 각 체제 내의 자기 전개 과정은 정치권력의 집중을 통해 공고화되지만, 체제의 모순이 뚜렷이 나타난다. 남한은 유신독재의 정치적 폭압 속에서, 경제의 고도성장을 위한 산업화의 열기가 국민들의 의식 전반을 지배했다. 한편 북한은 1960년대 초반의 천리마운동 이후 1967년부터 유일주체사상시기에 돌입하여 당의 유일사상체계를 더욱 철저하게 세우며 사회주의 완전 승리, 온 사회의 주체 사상화를 앞당기기 위한 투쟁을 전개해 나간다.[1) 이 시기의 특징을 도식적으로 말한다면, 남한은 경제논리를 앞세운 산업화를 위해, 북한은 주체사상의 전 국가적 확산을 위해 국민들의 안정적인 생활보장과 권리의 확대가 무시된다.

각기 체제의 안정화로 인해 분단체제가 심화되는 1970년대의 시대적인 상황에서 남한의 문학은 산업화로 인해 파괴된 삶의 가치를 비판하고 복원하는 것에 관심을 쏟게 된다. 산업화에 맞서려는 문학

---

1) 유지현, 「분단체제 심화기 남북한 사회의 동력과 문학적 사유」, 『남북한현대문학사』, 최동호 편(나남, 1995), 257쪽.

적 대응은 소외된 개인과 훼손된 삶의 양상을 비판하는 방향으로 진행되었으며 이것은 사회 제반 모순의 비판과 개인의 내적 억압에 대한 반발을 문학적 사유의 근간으로 삼고 있었다.

이와 같이 문학과 사회의 긴장관계가 뚜렷했던 1970년대의 소설에서 연작 형식은 주목할 만하다. 사회적 현실에 대응하고자 했던 작가 정신은 인간의 삶이 사회적 현실과 동시적으로 파악되고, 인간의 사회적 관계가 중시되면서 삶에 대한 총체적인 인식과 그 탐구를 효과적으로 그려 내기 위해 소설의 연작 형식을 활용했다. 이것은 사물의 한 특징을 강조해 인상적으로 그려 내면서 뛰어난 감수성의 언어화를 보여 줬던 1960년대 단편소설의 단면성만으로는 1970년대의 현실을 재현하기 어렵다는 인식을 바탕으로 한다. 또한 장편소설의 형식은 심도 있는 주제를 다루기에는 적합하지만 다양한 현실의 시사적인 세부를 묘사하기에는 적절하지 않기 때문이다. 일상적 삶이 자잘한 사건들의 축적에 의해 결정되고 숭고한 비극은 아닐지라도 점차적으로 파멸해 가는 인생을 형상화하기에 연작은 적합한 형식이었던 것이다.

연작소설은 독자들에게 현실의 삶을 누리는 과정과 흡사하게 삶의 여러 단계를 체험할 수 있게 하는 독립된 삽화들을 다양한 지면을 통해 단편소설의 형태로 발표한다. 그 소설들이 모여 더 큰 하나의 이야기를 이루어 냄으로써 삶의 다양성과 전체성을 동시에 표출해 낼 수 있게 된다. 작은 것과 큰 것, 부분과 전체의 긴장 속에서 연작으로 확장된 소설공간을 기반으로 한 연작소설은 단편과 장편의 중간적 형태가 지니고 있는 독특한 이완적인 속성을 가지고 있는 것이다.[2]

연작소설은 하나의 큰 이야기를 이루기 위해 작은 단위의 삽화들

---

2) 권영민, 『한국현대문학사 1945 – 1990』(민음사, 1993), 333쪽.

이 이어져 있어서 등장인물, 배경, 주제 등은 전체적인 이야기의 내용과 짜임새 속에서 고려된다. 여기서 파악될 수 있는 연작성으로는 작은 단위의 삽화들이 결합되는 방식이 이야기의 계기적인 연속성에 근거하는 것과 독립된 삽화들이 어떤 외형적인 틀에 의해 배열될 수 있는 것이 있다. 모두가 주제의식의 방향에 따라 결합되는 것이기 때문에 작은 단위의 삽화 간의 상호관계가 연작소설의 성격을 규정한다.3)

1970년대 연작소설의 대표적인 작품으로는 서기원의 『마록열전』(1972), 한승원의 「신화」(1977), 최인호의 「잠자는 신화」(1974), 이호철의 「이단자」(1774), 최인훈의 「총독의 소리」(1976), 이문구의 『관촌수필』(1977), 이청준의 「잃어버린 말을 찾아서」(1978), 조해일의 「임꺽정에 관한 일곱 개의 이야기』(1979), 한승원의 「한」(1975), 윤흥길의 「아홉 켤레의 구두로 남은 사내」(1977), 이문구의 「우리동네」(1977), 조세희의 『난장이가 쏘아올린 작은 공』(1978), 문순태의 「징소리」(1979) 등이 있다. 이러한 연작의 형식은 '70년대와 同種의 병을 앓고 있었지만 훨씬 복잡한 양상을 띠는 1980년대에 더욱 많은 작품이 발표가 됨'4)으로써 그 장르적 성격이 사회적 삶의 양상을 총체적으로 파악하기 위한 소설 양식의 변모임을 입증하고 있다.

이 글에서는 1970년대의 시대적 상황과 문학적 대응 양상의 과정에서 등장한 연작소설 중에서 최인훈의 「총독의 소리」를 분석해 보고자 한다. 「총독의 소리」는 최인훈의 작품 중에서 비사실적인 경향을 보이는 작품에 속하며, 소설의 형식에 있어서 정통적인 구조를 가지고 있지 않은 작품이다. 더군다나 연작소설의 특성을 고려하여

---

3) 본 연구에서 연작소설의 연작성에 관한 특징은 권영민의 견해를 따랐다.
4) 이남호, 『문학의 위족』(민음사, 1990), 52쪽.

살핀다면 이 작품은 삶의 총체적 인식을 염두에 두고 있지 않다. 여타의 연작소설들이 시대적 모순과 삶의 다양한 양상을 포착하는 데에 힘을 쏟고 있지만 「총독의 소리」는 시대의 모순에 대한 비판이 전면에 등장한다. 즉 이 소설은 삶의 다양한 인식과 그 탐구를 가능하게 하는 것이 아니라 인식과 탐구를 1차적으로 끝낸 결과를 이야기하는 것이다. 당대적 현실을 단호하게 비판하고 해석하는 독특한 시각은 담화(談話)의 형태로 진행되며 개성적인 시각과 특유의 어조가 연작성의 의미를 갖는다.

이와 같은 형식적인 특징은 작가의 창작상의 관습과 관련되는 것으로서 시대에 대처하고 있는 문학적 대응 양상의 새로운 실험과 모색이다. 이것은 사회인식의 심화와 그 영역의 확대를 꾀하였던 연작 형식의 다양한 방법 중의 하나이다. 그리고 "현실에 대한 비판의 자유영역을 느슨한 형태로 더욱 확대시켜 시의성에 맞는 시각과 어조를 가지고 언제든지 계속 발표할 수 있는 가능성도 열어 놓았다."는 평가5) 역시 이 작품이 지니는 의미이다. 따라서 본 연구에서는 「총독의 소리」에 나타난 특징적 양상들을 분석하면서 최인훈의 작가적 관습과 연작소설로서의 의미 등을 논구해 보도록 하겠다.

2) 담화(談話)의 정치성과 반어의 효과

최인훈의 「총독의 소리」 연작은 4편의 작품으로 이루어졌다. 이 소설의 가장 큰 특징은 플롯의 부재이다. 즉 전통적인 소설 구성요소라고 할 수 있는 인물, 사건, 배경이 존재하지 않은 채 담화의 형식으로 총독의 목소리만이 존재한다. 물론 「총독의 소리1·2·4」에

---

5) 권영민, 앞의 글, 333쪽.

서는 총독의 담화를 듣고 있는 유일한 인물인 '시인'이 존재하지만 그 시인 역시 내적 독백만을 할 뿐이어서, 이 작품에서는 서사문학의 기본적인 요소라고 할 수 있는 행위구조는 전혀 없다. 주동적인 인물이 벌이는 행위가 없으므로 사건도 없고, 사건이 없기 때문에 그것을 뒷받침해 주는 배경도 없이 담화의 상황 자체만이 작품의 구조를 지탱하고 있으며 담화가 진행되고 있는 상황성의 반복이 연작으로서의 성격을 규정할 따름이다.

'총독의 소리'의 정체는 '불란서의 알제리전선의 자매단체이며 재한 지하비밀단체인 조선총독부지하부의 유령방송'이다. 이 가상의 설정을 통해 작가는 역사적 사건들에 대한 논평을 총독의 입을 빌려 행하고 있다. 「총독의 소리1」에서는 대한민국 6대 대통령 선거 및 7대 국회의원 선거의 종료를 즈음하여 담화를 발표하고 있으며, 「총독의 소리2」에서는 1·21 사태와 미 군함 푸에블로 납북사건을 다루고 있다. 또 「총독의 소리3」에서는 일본 작가 가와바타 야스나리의 노벨문학상 수상을, 「총독의 소리4」에서는 7·4 남북공동성명을 다루고 있다.

'소리'는 각기 사건에 대한 일지적(日誌的)인 보고가 아닌 총독의 입장을 표현하고 있다. 반도의 재탈환을 꾀하려는 총독의 의지는 한국민의 정신적, 문화적 양태에 대한 비판과 한국민의 정치현황에 대한 탐구를 가능하게 한다. 즉 담화자인 총독은 한국인이 아닌 재한 잔류 일본인으로서 한국민을 분석하는 데 객관성을 획득한다.

  반도인의 그 썩은 근성이 어디로 갔겠습니까. 막걸리는 흘러서 강을 이루고 부스럭 돈은 흩어져 낙엽을 이루었습니다. 또다시 피아노표, 쌍가락지표, 다리미표, 무더기표, 대리투표, 개표 부정의 난장판이었습니다. 민주주의가 난장 맞은 것입니다. 그들은 썩은

제사를 지낸 것입니다. 이 추악한 종족. 자존심도 지혜도 용기도
어느 것 하나 갖추지 못한 이 미물보다 못한 종족. 이들이 못나면
못날수록 제국의 이익임을 번연히 알면서도 슬그머니 화가 나도
록 이 못나고 귀여운 나의 반도인들……(중략)…… 까마귀 고기
를 주식으로 하지 않는데도 잊어버리기 일쑤이며 인간적 수치심
과 인간적 분노가 눈꼽만큼도 없으며 두려워할 것이 아무것도 없
는 자들입니다. ……(중략)…… 반도인들에게 애당초 없는 도덕적
품성을 발휘하라는 선거라는 제사야말로 민망하기 짝이 없는 것
입니다. 그들은 지금 자기들의 손으로 얻은 것이 아닌 자유의 무
거운 멍에 아래 비틀거리고 있으며 비명을 지르고 있습니다. 그들
은 본인을 부르고 있습니다.6)

총독의 비판적인 소리는 남한의 상황에만 국한되는 것이 아니다.
이 작품에서 주의 깊게 관찰해야 하는 부분은 북한에 대한 논리적
이며 풍자적인 비판이다. 풍문처럼 들려오는, 지상의 낙원이라는 북
한에 대한 본격적인 비판이 소설에서 가능할 수 있는 것 역시 담화
의 형식이 지니고 있는 논설적 구성 때문일 것이다. 또한 그 목소
리가 총독이라는 제3의 시각을 지닌 인물이기에 가능한 결과이다.

'반도인을 위한 공산주의가 아니라 러시아인을 위한 공산주의'인
조선공산당은 '관념적 진리의 이름 아래 코즈모폴리터니즘을 신봉하
고 현실적으로는 매판적 자기 정권의 보전을 도모'하고 있다는 단
정으로 북한 정권의 속성을 밝히고 있다. 또한 1 · 21 사태 때 무장
특무요원들이 지니고 있던 식량의 품목들을 통해 열악한 경제 상황
을 비판하고 있으며, 특무요원의 언동에서 김일성체제가 '제국 신민
답게 천황제 국가적 사회 형태와 권위 신봉적 인간형을 공산주의라
는 이름 아래 온존'하고 있는 정치체제임을 밝히고 있다.

---

6) 최인훈, 『총독의 소리』 전집9(문학과지성사, 1980), 84 - 86쪽. 이하 인용할 때는 괄
   호 안에 쪽수를 표시하겠다.

한편 북한 사회의 모순을 그 사회의 특수성으로서가 아니라 공산주의가 지니고 있는 모순적인 보편성의 원리로 비판하면서 사용하고 있는 논리적인 입장은 민족주의이다. 러시아가 신생공산국가들과의 관계에서 자기의 영토를 할양하지 않은 채, 예속적인 외교관계를 강요하는 것을 "스탈린은 천황의 신성불가침을 참칭하고 소련사는 제국의 神州史를 참칭하더니, 흐루시초프 이후에는 鬼畜 미영의 본을 따라 장사꾼이 되어" 가고 있다며 지적하면서 '극성스러운 합리주의자인 공산당의 이런 비합리적 요소'는 곧 민족 공산주의임을 암시하고 있다. 더불어 민주주의라는 '관념'의 유포와 함께 식민지의 이권을 약탈해 가는 미국과 영국의 제국주의 역시 민족주의의 변형임을 밝히고 있다.

> 역사의 주체는 민족입니다. 역사의 주체가 민족인 것이 옳으냐 그르냐가 아니라 현실적으로 그렇다는 것이 문제의 핵심입니다. 세계가 앞으로 한 혼혈아가 될 것이라는 것이 문제가 아니라 그렇게 되는 사이에는 여전히 민족이 주체라는 데 문제가 있는 것입니다. 이것이 인간의 조건입니다. 인간은 관념이고, 실존이 존재하듯이, 인류는 관념이고, 민족이 존재이며, 역사는 관념이고 당대가 존재이며, 관념과 존재가 하나가 되는 날까지 그럴 것이며, 그럴 날은 오지 않을 것입니다(72 - 73쪽).

작가가 인식하고 있는 세계의 정치구도는 자본주의적 민주주의 대 공산주의의 대결구도가 아닌 민족주의의 발현 과정이다. 이때 민주주의란 '鬼畜 미영의 세계 경영의 선전 문구에 지나지 않으며', '공산주의란 赤魔 러시아의 세계재편성의 아편'에 지나지 않는다. 따라서 한반도의 분단은 자국 민족의 이익을 위해 세계를 분할하려는 미영과 러시아의 권력암투에서 비롯되었다는 인식에 이르게 된다. 남한과 북한의 분단구도는 귀축-적마의 세력다툼에서 비롯되었고, 한국전쟁은 한국인들을 위한 전쟁이 아니라 한국인들의 피를 가지고 '남이 일으켜서, 남이 마무리한, 남의 전쟁'이었다. 더군다나 분단이 고착화된 이후 남과 북의 군사적 대치 상태가 고조되어 막대한 국방비를 소모하는 것 역시 미국-소련의 대치구도의 대리전의 양상이다. 이것은 미-소 자국의 경제적 부담을 줄이면서 자유와 소득의 증대를 바라는 한국인들에게 '찬물을 끼얹는 것'이며 건강한 시민사회로의 성장을 가로막고 있다.

이와 같은 미-소의 세력 확장 싸움의 과정에서 야기된 한반도의 분단 고착화의 해결방법은 통일의 성취이다. 총독의 '소리'는 남북이 군비경쟁을 버리고 각기 체제의 합리성을 높여 나감으로써 가능한, 통일을 제시한다. 그것은 '통일=합리화 / 전쟁 × 민족력 × 평화 / 분단'이라는 공식으로 도식화되는데 이것이 실현된 경우로 오스트리아를 들고 있다. 「총독의 소리」는 한반도의 상황이 오스트리아의 경우와 유사함을 밝히고, 오스트리아처럼 미-소의 그늘 아래 있는 좌우 정치 세력을 민족 속의 두 개의 권력이 아닌 한 국가 속의 두 개의 정치 당파로 기능시킴으로써 일방적인 패권의 추구가 아닌 합법적인 이해 경쟁을 택하게 하면 한반도의 통일이 가능하다는 것이다. 한반도의 합리적 통일의 가능성은 72년 7·4 성명이 보여 주고 있음을 또한 밝히고 있다.

이상과 같은 정치적 논평들은 총독의 입을 통해서만 제시된다. 총독의 수다는 피상적이지 않고, 막연하지 않으며, 구체적이고 정교하게 진행되어 그의 논리가 진위 여부를 떠나 타당성을 지니고 있다. 이 소설에는 인물과 사건을 통한 행동은 존재하지 않은 채, 한반도를 중심으로 한 세력 관계를 통시적, 공시적으로 분석하고 있는 총독의 관념만이 전경화되어 있다.

진술되고 있는 총독의 발언은 한반도와 미영을 중심으로 한 자본주의 국가체제와 러시아를 중심으로 한 공산주의 국가 체제의 분석을 내용으로 한다. 패전한 일본의 총독으로 한반도에 남아 반도의 재탈환을 노리고 있는 인물로 화자를 설정하고 있는 작가는 총독의 '소리'에 현실의 냉전 논리를 넘어 제국의 부활을 꾀할 수 있을 만한 분석의 날카로운 힘을 부여한다. 이때 각기 체제를 비판하게 되는 기준의 근거는 몰락한 일본 제국주의의 '신성(神聖)'과 '종족주의(種族主義)'이다. 총독에게 있어서 현재의 '반도'는 제국의 지배를 그리워하는 노예근성을 가지고 있으며, 관념과 힘의 모순을 인지하지 못한 채 폭력을 휘두르는 제국주의 세력들은 세계의 영원한 주인이 될 수 없다. 분석하고 있는 대상에 대한 거리를 둠으로써 비판이 가능해지며 그 비판의 목소리는 대상을 비꼬고, 비아냥대는 냉소적인 어조로 일관한다.

이와 함께 총독의 '소리'는 반어의 효과도 만들어 낸다.

> 반도의 국학 붐은 바로 그러한 민족 독립의 정신적 기초의 작업의 과정으로서 실로 위험천만한 불온한 사상인 것입니다. 또한 근래에 있었던 저 몇 해 전 사월에 반도인들이 선거의 부정을 항의하여 일어난 사건은 실로 당돌한 것이었습니다(82쪽).

일제하에서 벗어나 민족의 회복을 꾀하고 근대 자유주의 사상을 실현하려는 한국의 움직임은 제국의 부활을 꿈꾸는 총독에게는 위험한 일로 파악될 수 있을 만큼 민족적 긍지를 드높이게 했던 역사적 사건들임을 반어적으로 표현하고 있다. 또한 내선일체를 위한 조선인들의 노력을 보여 주기 위해 총독이 대거 인용하고 있는 이광수의 친일 편지는 '대제국 건설을 위한 정신적 기반을 다졌다.'는 만족스러움을 갖게 하는 것이 아니라 그의 친일의 정도를 짐작하여 민족적 울분을 불러일으키는 결과를 낳는다.

이 작품에서 반어적 형식의 중요한 기능은 남북한의 정치 상황을 고무적으로 여기는 총독의 소리를 통해 비판의 효과를 얻는다는 점이다. '소리'는 남북한의 대립 상황에서 진짜 적은 외부에 있음을 강조한다. 남북한이 서로 싸워 탈진 상태가 되는 것은 주변 열강들이 바라는 바이고 또 그들이 조장한 결과이기도 하다. 그럼에도 남북한의 정치적 현실은 부패와 독재의 늪에서 허우적대고 있다. 이 점을 총독의 소리에서 고무적으로 여기고 있음을 지적함으로써 작가는 반어적 비판의 효과를 얻는다.[7]

3) 풍자와 자기 반영적 인물

『총독의 소리』는 건조하고 지루한 논설로 그치지 않고, 논리를 추구하는 논문의 실증성에 비약과 생략을 가담시키고 회상이나 추억, 소설적 반전의 기법을 사용하면서 자유자재로 작가의 하고 싶은 말을 진술하는 활력을 가지고 있다. 이와 같은 기법상의 도입을 가능하게 만드는 것은 소설의 전개에서 속담과 관용어, 속어의 잦은 사용에서 비롯된다. 특히 속어의 사용은 화자인 총독이 일본인이라는 선입견을 확인하게 만들어서 담화가 엄숙하고 건조하기보다는 판소리 광대의 입을 통해 전해 듣는 입담 좋은 이야기로 인식하게 만든다.

삼국통일이란, 이 민족의 미래로서의 북방을 민족의 판도에서 사

---

7) 이남호, 「냉전상황에 대한 지적 대응」, 『웃음소리』 해설(책세상, 1989), 410쪽.

양함으로써 협소한 독 안에 스스로 오므라든 사실을 두고 말하는 것입니다. 통일이라니 이 아니 지렁이가 웃을 노릇입니까(70쪽).

어떤 진리냐가 문제가 아니고 그 진리를 누가 누구를 위해서 누구를 통하여 실천하느냐가 문제인 것입니다. 꿩 잡는 게 매라고 하였습니다. 반도의 매판 정권들은 항상 제 백성들을 잡았던 것입니다(72쪽).

러시아인들의 덕분에 난데없이 하루아침에 반도의 절반을 차지하게 되었으면 세상에 공짜는 없다는 생각을 하고 손에 든 떡을 굳힐 노릇이지 나머지 절반마저 손쉽게 차지하려는 그 투전꾼 근성이 전쟁을 가져온 것입니다(73쪽).

그들은 자국 내에서는 이 같은 세 가지 입장을 다 허용해서 찧고 까부는 대로 두어 두고 밖으로 식민지에 대해서는 상징주의고 개나발이고 없이 '힘'으로 조진 것입니다. ……(중략)…… 이것이 서구적 이원론입니다. 닭 잡아먹고 오리발 내미는 것입니다. 식민지의 우둔한 원주민들은 이 사꾸라 전술에 지극히 약했습니다(80쪽).

근세 이후의 식민지 쟁탈전에서 연이어 패해 온 프랑스로서는, 자기가 못나게도 내놓은 지역까지를 앵글로색슨이 집어삼키는 것은, 정말 새벽에 삼대독자 죽는 꼴은 보아도, 그것만은 눈뜨고 볼 수 없었습니다(145쪽).

이러한 속담과 속어의 잦은 사용을 통한 풍자적 비유는 관념의 지루한 서술에 생기를 불어넣고, 가상공간의 비판에서 엄숙주의로 야기될 수 있는 화자와 독자 간의 거리감을 없앤다. 화자 혹은 인물의 관념을 제시하는 것으로 일관하는 최인훈의 대부분의 작품들에서도 이러한 희극적인 관용어의 적절한 사용은 지루하고 건조하게 될 수 있는 여지를 없애는 역할을 한다. 한 연구자의 지적8)대로 작가는 한 집약적인 정황에 언어의 혼란의 구성요소들 즉 관념어와

----

8) 정과리, 「자아와 세계의 대립적 인식」, 『문학과 지성』(문학과지성사, 1980년 · 여름호), 471쪽.

일상어를 동시에 집어넣음으로써 한국어의 현황이 내포하고 있는 우스꽝스러운 비극을 보여 준다. 이러한 이해는 작가의 한국어에 대한 비판적 안목이 정직하고 정확함을 말해 주며, 그 비판적 안목을 해학의 공간에 옮겨 놓음으로써 문학적 성과를 획득한다.

　소설에 등장하는 유일한 인물은 작가의 분신이라고 할 '시인'이다. 그는 유령방송인 총독의 소리를 듣는 유일한 인물로서, 청취가 끝나고 나면 긴 내적 고백을 통해 자신의 심경을 표현한다. 시인의 의식의 내부에는 항상 비가 내리고, 그가 바라보는 것들은 우울한 도시이다. 그럼에도 불구하고 그 시인의 의식은 잠들지 않고 계속 깨어 있다. 시인은 왜곡된 현실과 역설이 난무하는 시대를 유령방송을 통해 접하게 되면서 암울한 시대를 역설적인 독백으로 표현한다.

　　방송은 여기서 뚝 그쳤다. 시인은 어둠을 내다보았다. 그리고 창틀을 꽉 움켜잡으며 귀를 기울였다. 그 소리는 더는 들리지 않았다. 넝마를 입으면서 의젓해 보이려고 안간힘하는 자기를 사랑하면서 거기에 엿보이는 허영을 부끄러워하는 데 무슨 구원이 있는가고 물을 만한 힘을 가지고 있는 것을 저주하면서……(101쪽).

　그의 사변(思辨)이 끝없다는 것은 「총독의 소리2」에서 시인의 독백이 4쪽에 걸쳐 한 번도 끊어지지 않은 채 한 문장으로 이어지고 있는 형태적인 측면에서도 드러난다. 또한 시인의 생각은 단속적(斷續的)으로 계속되고, 비약되는 혼돈된 상태임을 「총독의 소리4」에서 보여 준다.

　　레지던트는 논문을 쓰면서 하품을 한다. 더 많은 재앙을. 풍성한 재앙을. 햇빛처럼 우박처럼 원자의 재처럼 푸짐한 재앙의 시간 속에서 아이들은 잉태되고 죄의 첫공기를 숨쉰다. 죄악의 목마위에서 착함을 배운다. 밤의 바닷물결에 헤엄치는 것들(164쪽).

총독의 '소리'가 끝난 뒤에 항상 되풀이되는 시인의 의식의 등장
은 이중적인 자기반성을 행하는 작가의 모습이다.[9] 즉 시인의 모습
은 최인훈의 작품 속에서 발견되는, 현실로부터 물러서고자 하지만
결코 물러설 수 없는 상황에서 발생하는 끊임없는 사색을 하고 있
는 주인공들의 의식을 고스란히 담고 있는 것이다.

4) 최인훈의 소설적 모험

여기에서 환기할 것은 최인훈의 창작방법과 작가의식이다. 그의
글쓰기 방식은 작중인물의 과다한 관념의 제시가 특징적이다. 끊임
없이 자아를 탐구하여 사색함으로써 진실에 이르려는 여정을 보여
준다. 생동하는 사물의 구체적인 의미들을 하나의 개념으로 고정시
키지 않기 위해 사물을 여러 관점에서 고찰하여 사물 실제에 대한
해명을 실험하는 에세이적 글쓰기[10]인 것이다. 그가 1963년부터 쓰
기 시작했던 「크리스마스캐럴」 연작은 기독교를 중심축으로 우리

---

9) 김현, 「「총독의 소리」와 「강」」, 『현대문학』 14권 5호(현대문학사, 1968), 316쪽.
10) 최인훈의 소설적 특성을 '에세이'와 연관하여 파악한 경우는 김주연과 오현일 등이
   있다. 김주연의 경우는 에밀슈타이거의 에세이적 소설론을 근거로 인간과 외계의 관
   계가 조작되어 가는 현대에 '감각적 현현'을 그리려는 소설의 방법 대신에 조작성의
   체계를 파헤치려는 '논리적 진술'과 '판단의 진술'인 에세이적 소설이 지식인 소설
   로서 존재할 타당성을 획득한다고 말한다. - 김주연, 「에세이소설의 안팎」, 『문예중
   앙』(중앙일보사, 1977 · 겨울호).
   또한 오현일은 몽테뉴의 에세이를 토대로 하여 소설의 모형 속에서 생활 체험을 통
   해 인식 비판하고 인식 비판의 내용을 자신의 실제 생활에 비추어 자아 발견으로
   방향을 설정해 보는 것을 에세이적이라고 부르고 있다. 그는 최인훈의 『假面考』를
   에세이적인 것이라 규정하여 면밀히 분석하고 있다. - 오현일, 「소설 속의 에세이적
   인 것에 관한 연구」(고려대 박사학위논문, 1979).

시대의 지적 풍속의 탐사를 행하고 있으며, 1969년부터 발표된 「소
설가 구보씨의 일일」 연작은 구보라는 소시민적인 소설가가 생활의
파편들 속에서 자신의 이성과 정서를 추적하고 있는 관념소설이다.
이러한 그의 작품내력 속에서 우리가 알 수 있는 사실은 그가 작중
인물의 입을 빌려 어떤 사실 혹은 사물에 대한 끊임없는 질문과 탐
색을 시도함으로써 진리에 도달하고자 하는 여정을 글쓰기 방식으
로 채택하고 있다는 것이다. 결국 이와 같은 자아의 인식비판은 사
건이나 사물의 다각적인 검토를 통해 진실에 이르려고 한다는 점에
서, 인물 간의 대립과 갈등을 통한 삶의 다양성과 총체성의 인식과
는 '인식대상'에서 차이를 드러낸다. 여기에서 비롯되는 관념의 전
경화는 전통적인 소설의 구성을 깨뜨린다. 따라서 최인훈의 소설들
은 관념을 서술하는 서술자만이 비대해지는 특이한 소설의 형식을
지니게 된다.

　특히 「총독의 소리」 연작은 아예 화자만이 존재하여, 처음부터
끝까지 한 사건의 뒤에 숨겨져 있는 거대한 정치적 이데올로기를
고찰하는 것으로 일관하여 관념소설의 극단을 보여 준다. 소설 속에
서 자아의 인식비판을 다각적으로 검토하던 인물의 관념은 「총독의
소리」에 와서는 담화의 목소리로 변형되어 나타난다. 담화의 형식은
특수한 역사적 상황 속에서 논설적인 자기주장을 표시하는 언어형
식이다. 그러므로 담화의 형식은 정치, 사회적 속성을 지니고 있을
뿐, 이것에는 문학의 예술적 형상화가 구현해 내는 보편성의 의미가
개입할 수 없다.11) 이러한 형식은 작가의 태도와 현실 문제의 상충
을 통해 또 다른 정치적 비전을 제공할 수 있는 기능성을 발휘한다.
　'어떤 현실의 정치도 궁극의 것으로 받아들여서는 안 된다.'12)는

---

11) 권영민, 「정치적인 문학과 문학의 정치성」, 『작가세계』(세계사, 1990 · 봄호). 80쪽.
12) 최인훈, 「정치와 문학」, 『전집』 12권, 292쪽.

것을 주장하면서, '정치적 유토피안'이 되어야 함을 강조한 작가에게 자아의 탐구와 사색의 인물에서 담화의 목소리로 변화되는 과정은 소설적인 모험이다. 소설의 내적 구성을 파괴하면서까지 그 시의성에 맞춰 역설적인 방식으로 현실을 비판하고 있는 「총독의 소리」 연작은 작가의 '정치적 유토피안' 의식에서 비롯한 소설의 정치성의 한 면모를 보여 준다.

참고문헌

1. 기본 자료

최인훈, 「총독의 소리」, 전집 9(문학과지성사, 1980).
최인훈, 「정치와 문학」, 『문학과 이데올로기』 전집 12(문학과지성사, 1980).

2. 논문 및 저서

권영민, 「정치적인 문학과 문학의 정치성」, 『작가세계』 4호(세계사, 1990·봄호)
권영민, 『한국현대문학사(1945-1990)』(민음사, 1993).
김주연, 「에세이소설의 안팎」, 『문예중앙』(중앙일보사, 1977·겨울호).
김인환, 『상상력과 원근법』(문학과지성사, 1993).
김인환, 『기억의 계단』(민음사, 2001).
김종수, 「최인훈 소설의 관념표출방법 연구」(고려대 석사학위논문, 1998).
김 현, 「「총독의 소리」와 「강」」, 『현대문학』 14권 5호(현대문학사, 1968).

오현일, 「소설 속의 에세이적인 것에 관한 연구」(고려대 박사학위
        논문, 1979).
유지현, 「분단체제 심화기 남북한 사회의 동력과 문학적 사유」, 『남
        북한 현대문학사』. 최동호 편(나남, 1995).
이남호, 「냉전상황에 대한 지적 대응」, 『웃음소리』(책세상, 1989).
이남호, 「문학의 위족」(민음사, 1990).
정과리, 「자아와 세계의 대립적 인식」, 『문학과 지성』(문학과지성사,
        1980 · 여름호)

II

소설의 기술과 욕망의 지형도

1. '사랑'에 접근하는 방법론에 관하여
– 이광수의 『무정』 연구사

1) '계몽'에서 '연애'로

그동안 한국 근대소설 연구방법[1]을 고찰한 논문들은 그 시도의 적절성에서 의미 있는 주장을 담고 있었다. 그러나 논의가 연구사 동향 점검 수준에서 포괄적 개관으로 일관하고 있거나,[2] 특정 연구방법론의 문제점과 한계를 지적하는 것[3]만으로 마무리되고 있다. 근대소설 연구방법에 관한 반성적 전망은 구체적인 연구사를 탐색하고 고찰함으로써 현재까지의 근대소설 연구방법이 마련한 업적과 한계가 무엇인지를 엄정한 근거를 바탕으로 규명하는 것이 필요하다. 근대소설 연구방법의 반성은 근대소설 연구가 걸어온 궤적을 추적하여 귀납적으로 연구들을 분류하고 체계화함으로써 연구방법에

---

[1] 현대소설학회가 제18회 연구주제발표회(2002)에서 특집 주제로 다룬 '소설 연구방법론의 반성과 전망'은 소설 연구자들 사이에서 연구방법론에 관한 논의를 본격적으로 시작한 첫 번째 사례였다. 연구자 개인의 문제제기 차원을 넘어서 학회 차원의 관심은 곧 이 문제가 소설 연구의 '연구주제'로서 보다 심도 있고 체계적인 연구 수행을 촉구하는 계기를 마련하였다.

[2] 다음의 예가 여기에 해당된다. 임명진, 「소설사회학적 방법에 대한 반성적 고찰 – 역사적 지평과 소설 연구의 맞물림」, 『현대소설연구』 16(현대소설학회, 2002), 31 – 45쪽; 노상래, 「1990년대 현대소설 연구 동향과 전망」, 『현대소설연구』 12(현대소설학회, 2000), 363 – 382쪽.

[3] 김경수, 「구조주의적 소설연구의 반성과 전망」, 『현대소설연구』 19, 2(현대소설학회, 2003), 335 – 356쪽; 이선영, 「문학연구의 새지평 – 변증법적 소설연구 방법론 –」, 『현대소설연구』 16(현대소설학회, 2002), 9 – 29쪽; 김승종, 「소설담론 연구의 현황과 전망」, 『현대소설연구』 2(현대소설학회, 1995), 267 – 286쪽.

대한 새로운 관점을 형성할 수 있는 자료로서 활용될 수 있어야 할 것이다. 나아가 이 작업은 근대소설 연구의 학문적 객관성과 주체성을 확보할 수 있는 근대소설 연구방법론의 정립을 위해서도 필수적인 일이다.4)

근대소설 연구방법의 한 경향을 탐색하기 위해 이 글에서는 『무정』 연구사 중에서 '사랑 – 연애담론'에 주목한 연구들을 대상으로 하여 근대소설 연구의 한 경향을 고찰해 보려고 한다. 이광수의 장편소설 『무정』은 한국 근대소설사에서 근대소설의 출발점으로 평가받는 소설이다. 『무정』은 1917년 발표 당시부터 90여 년이 지난 현재까지 평단과 연구자들뿐만 아니라 독자 대중들에게도 지속적인 관심을 받고 있는 소설이다. 가히 한국의 대표소설이라 할 『무정』에 대한 관심은 소설 연구의 차원에서도 분명하다. '『무정』은 권력이다.'라는 제목의 연구논문5)이 발표되는 것에서도 알 수 있듯이 『무정』은 근대소설 연구자들이 해결해야 할 질문들을 함축하고 있는 작품으로 소설 연구자에게 여전히 중요한 연구 대상이다. 『무정』 연구사를 일별해 보면 쉽게 확인할 수 있는 사항이지만 『무정』을 분석하는 데 활용되고 있는 연구방법은 그동안 한국 근대소설을

---

4) 대학을 배경으로 한국소설연구가 제도적으로 정착된 이래 한국 근대소설 연구의 학문적 체계화를 위한 작업은 서구 문학 연구방법론의 강한 영향 아래에 있었을 뿐만 아니라 그 영향을 통해서 중요한 진전을 이룩했다. 역사적, 문헌적, 전기적 사실에 대한 고증과 검토, 다분히 인상주의적인 작품론이 주류를 이루고 있던 한국 근대소설 연구는 1960년대 신비평의 도입을 통해서 문학작품의 내재적 의미와 가치를 밝혀내는 일을 수행할 수 있었다. 1980년대에는 게오르그 루카치, 르네 지라르, 뤼시엥 골드만 등의 문학사회학적 소설이론이 한국 근대소설 연구에 폭넓게 적용되었으며, 1990년대 들어와서는 미하일 바흐친, 미셸 푸코, 자크 라캉 등 후기구조주의적 논의가 광범위하게 수용되었다. 문제는 서구 문학이론 수용 과정에서 필요한 서구 문화권과 한국 문화권 사이에 존재하는 낙차와 이론적 편차에 관한 정밀한 사고와 더불어 그간에 진행해 온 근대소설 연구방법에 관한 적극적인 성찰이 요구된다는 점이다. – 권성우, 「현대소설 연구에 있어서 자생적 이론의 가능성에 대하여」, 이문열 외 편, 『한국문학이란 무엇인가』(민음사, 1995), 참조.
5) 김병길, 「무정은 권력이다」, 『한국근대문학연구』 8호(근대문학회, 2003).

연구하는 데에 이용된 모든 방법이 망라되어 있다. 또한 현재까지 『무정』을 다룬 연구논문의 수는 근대소설 연구방법을 점검하기에 충분하다는 점6)에서 『무정』 연구사는 한국 근대소설의 연구방법을 귀납적으로 고찰하기 위해서 적합한 연구 대상이라 할 것이다.

『무정』에 대한 기존의 소설사적 평가는 주로 이념적이며 사상사적 측면에서 '계몽성'에 초점을 맞춰 이루어졌다. 한국의 역사적 특수성 속에서 『무정』은 '공리적인 효용주의'7)로 규정되는 작가 이광수의 문학관을 대변하는 작품으로 평가되어 '교화소설',8) '교육소설'9) 등으로 규정되어 왔다. 그렇기 때문에 문학사가들이 『무정』을 결혼과 연애가 주제인 연애소설로 파악하면서도 그 문학사적 평가는 근대 초기의 정치사회적 하중을 해결하는 데에 초점이 맞춰졌었다. 이광수의 "교육으로, 실행으로 보여 주었어야 했을 것은 구제도의 모순의 공격과 불법적인 침략집단에 대한 그것이었어야"10) 한다는 주장이나 이형식이라는 당대의 새로운 이념형의 제시는 국권상실에 대한 구체적 회복 의지의 표출11)이라는 주장 모두 근대 초기의 역사적 상황을 독립국가 건설의 당위성으로 수렴하려는 평가에 기반을 둔 것이었다.

연애소설임에도 불구하고 '에로스의 알레고리'12)로 해석되었던

---

6) 이선영의 『한국문학 논저 유형별 총목록』 1990년 판(한국문화사 刊)과 2001년 판(한국문화사 刊)에 따르면 이광수 소설, 시, 논설 등에 관한 연구논문은 총 636건에 달한다. 이 가운데 식민지 시기 비평가들의 단평 등을 제외한다 하더라도 이광수의 연구사는 가히 한국 근대문학 연구사의 큰 맥을 형성했다고 할 수 있을 것이다. 필자가 이선영의 자료와 2000년대에 발표된 연구논문을 정리한 바에 따르면 『무정』만을 다루거나 『무정』을 중심으로 작품 비교를 한 연구논문은 153편 정도이다. 이광수 관련 논문들에서 대개 『무정』이 이광수의 주요 작으로 이해되어 언급, 분석되고 있는 것들도 포함시킨다면 그 수는 배 이상 늘어날 것이다.
7) 이재선, 『현대 한국 소설사』(홍성사, 1979), 201쪽.
8) 이재선, 앞의 글, 210쪽.
9) 김윤식·정호웅, 『한국소설사』(문학동네, 2000), 74쪽.
10) 김현·김윤식, 『한국문학사』(민음사, 1973), 120쪽.
11) 김윤식·정호웅, 앞의 책, 76쪽.

『무정』의 세계를 주인공 형식이 영채로 상징되는 '당위'와 선형으로 대표되는 '욕망' 사이에서 갈등하는 구도로 파악하면서13) 『무정』에 대한 연구는 거시적 계몽담론의 층위에서 탈피한다. '문명개화'가 최고의 시대적 선의 하나로 받아들여진 사회변동의 시대에 그 시대의 감정과 가치의 구조를 반영한 개인의 근대화 과정에 주목하는 이후 연구들은 『무정』의 인물들이 펼치는 '욕망의 환상도'14)를 다층적이며 다각적으로 규명하고 있다.15) 이 가운데 전근대와 근대를 구별하는 개념으로서의 '연애'에 주목한 사랑-연애담론에 관한 연구는 계몽의 문제를 주체의 '감정'을 초점으로 다룬다는 점뿐만 아니라 텍스트의 해석이 역사학, 사회학, 문학의 영역을 넘나들면서 근대 주체, 근대소설의 형성 과정에 주목한다는 점에서 소설 연구의 새로운 접근법이라 할 것이다.

이에 본 글에서는 최근의 『무정』 연구사 중 '사랑-연애담론'에 주목한 연구들의 연구 쟁점과 방법론적 특징을 논구하려고 한다. 이 작업은 현재 진행되고 있는 소설 연구의 경향을 탐색하는 한 사례로서 의미를 가질 수 있을 것이며, 더 나아가 한국 근대소설 연구 방법론사의 토대를 마련하는 데 일조할 수 있을 것이다.

---

12) 김열규, 「이광수 문학의 문법: 담화론적 접근을 위한 시도」, 연세대 국학자료원 편, 『춘원 이광수 문학 연구』(국학자료원, 1994).

13) 서영채, 「『無情』 연구」(서울대석사학위논문, 1992).

14) 송하춘, 『1920년대 한국소설연구』(고려대출판부, 1985), 34쪽.

15) 1990년대 이후 『무정』 연구는 이전까지의 계몽주의에 기반을 둔 문학사적 평가를 탈피하여 정신분석학적 접근, 문체적 접근, 서사론적 접근, 비교문학적 접근, 사랑-연애담론 등 다양한 접근방법을 통해 『무정』의 근대소설적 성취를 점검하고 있다.

2) 육체, 순결, 결혼

연애담론에 초점을 둔 『무정』 연구들16)은 주인공이 '연애' 관계를 통해 근대적 주체로 탄생하는 과정에 주목하고 있다. 사랑의 계몽성을 『무정』의 핵심적인 주제로 파악하고 있는 연애담론 연구들은 크게 두 가지로 분류할 수 있다. 하나는 연애를 서구의 '낭만적 사랑'이라는 개념에서 연역하여 근대 초기에 형성된 연애의 문화·사회제도를 재구성하는 접근법17)이며, 다른 하나는 근대 초기 연애담론의 형성 과정에 내재된 근대 주체의 정립과 근대소설의 형성 과정을 귀납하는 접근법18)이다.

관점의 상이한 차이에도 불구하고 『무정』의 연애 관계 분석에서

---

16) 이재선, 「무정과 가르침의 시학」, 『문학사상』 317(문학사상사, 1999, 3); 최혜실, 「『무정』에 나타난 근대성, 사랑, 성」, 『여성문학연구』 1(여성문학연구회, 1999); 정혜영, 「근대를 향한 시선-이광수 『무정』에 나타난 연애의 성립과정을 중심으로」, 『여성문학연구』 3(여성문학연구회, 2000); 이경훈, 「무정의 패션」, 『민족문학사연구』 18(민족문학사연구소, 2001); 김동식, 「연애와 근대성」, 『민족문학사연구』 18(민족문학사연구소, 2001); 구인모, 「『무정』과 우생학적 연애론-한국의 근대문학과 연애론」, 『비교문학』 28(비교문학회, 2002); 이영아, 「이광수 『무정』에 나타난 육체의 근대성 고찰」, 『한국학보』 28(한국학회, 2002); 서영채, 「한국 근대소설에 나타난 사랑의 양상과 의미에 관한 연구-이광수, 염상섭, 이상을 중심으로」(서울대 박사학위논문, 2002); 최영석, 「근대주체구성과 연애 서사」(연세대 석사학위논문, 2002); 차미령, 「『무정』에 나타난 사랑과 주체의 문제」, 『한국학보』 29(한국학회, 2003); 권보드래, 『연애의 시대』(현실문화연구, 2003); 김지영, 「『무정』에 나타난 사랑과 주체의 근대성」, 『한국문학이론과비평』 26(한국문학이론과 비평학회, 2005); 김현주, 「한국 대중소설의 전개와 '독자'의 문제-연애라는 문화적 코드를 중심으로」, 『독서연구』 13(독서학회, 2005); 송하춘, 「근대 초기 소설의 가정교사와 연애풍속」, 『현대소설연구』 26(현대소설학회, 2005); 정순진, 「배움, 결혼, 성별-『무정』과 경희를 중심으로」, 『비평문학』 20(비평문학회, 2005).
17) 최혜실, 권보드래, 김동식, 서영채, 최영석의 연구가 여기에 속한다. 이 시기의 연애를 '서구의 낭만적 연애'로 규정하는 이들의 연구는 루만(Niklas Luhman, *Love as Passion: The Codification of Intimacy*, tr. by Jeremy Gaines &Doris L. Johns, Harvard University Press, 1986.), 기든스(Anthony Giddens, 배은경·황정미 역, 『에로티시즘-친밀성의 구조 변동』, 새물결, 1996.) 등의 개념을 차용하고 있다.
18) 김지영, 구인모, 이경훈, 이영아, 정혜영의 연구가 여기에 속한다.

공통으로 문제 삼는 부분은 주인공 형식이 영채와 선형 중에서 '누구를 선택하는가'이다. 사실 형식의 '선택'은 『무정』의 핵심적인 내용으로서 그간의 연구사에서도 중요하게 다루어졌지만, 연애담론 연구의 초점은 '선택 과정에 묘사되는 형식의 내면'과 '선택 과정에서 은폐된 형식의 이념적 기반에 대한 분석과 해석의 지평'에 있다.

『무정』을 자유연애를 주창한 소설로 이해하던 기존 연구사들과 달리 연애담론의 연구들은 '이 소설에는 자유롭게 사랑하고 교제하는 남녀가 등장하지 않는다.'[19]는 점에서 『무정』을 '사랑배우기 소설'[20]이라 규정한다. 청춘남녀의 열정적 교감으로 구성된 연애소설이 아니라 연애의 개념을 자각하는 과정을 그린 소설로 『무정』을 이해할 때 문제가 되는 것은 인물의 파토스뿐만 아니라 파토스를 형성하고 굴절시키는 당대의 역사적 특수성이다. 자각은 외부에서 주입된 이념에 의해서가 아니라 현실적인 조건과의 갈등을 통해 획득되는 개체의 인식이기 때문에 자각 과정의 이해를 위해서는 인물의 현실적 조건을 고려하지 않을 수 없다. 그래서 '사랑 - 연애담론'의 연구들은 1910년대 청년 지식인들의 논설에 등장한 신생어 '연애'의 등장배경을 소개하며 근대 초기의 사회문화사로 관심의 영역을 넓힌다.

1910년대에 '연애는 개인의 고유성과 자발성을 증명하는 유력한 행위의 하나'로서 '전근대적 사회와 대립하는 사회개혁적 측면'을 담고 있는 '계몽의 원천'[21]이었다. 1910년대 일본을 거쳐 수입된 '연애'는 愛, 色 등이 내포하는 육체적인 사랑과는 다른, 의식의 새로움을 담고 있는 신조어였다. '연애'는 전근대적 관습과 윤리에 지배되는 인간이 아닌 자율적이며 독립적인 인간임을 표방할 수 있는

---

19) 김지영, 앞의 글, 86쪽.
20) 최혜실, 앞의 글, 172쪽.
21) 김지영, 앞의 글, 85쪽.

새로운 감정이었던 것이다. '연애'가 '정신적 사랑'과 '남녀의 평등성'을 전제한다는 점에서 그 해방성을 취하였지만, '가장 교육을 잘 받은, 가장 건전하게 발육한 청춘 남녀'의 연애의 목적이 '생물학적 필연의 요구'인 결혼을 전제한 까닭에 근대 제도의 굴레에 귀속될 수밖에 없었다는 점에서 이 연구의 쟁점들이 파생된다.

『무정』의 주인공 이형식은 '육욕'이 아닌 '정신적 사랑'이 '참된 사랑'임을 주장하면서도 선형의 아름다움과 지위, 영채의 외모와 은인의 의리 사이에서 갈등한다. '정신적 사랑'이라는 당위는 이중으로 형식을 갈등하게 만든다. 첫째는 정신적 사랑과 우열적인 관계에 있는 육체에의 관심이 그의 내면을 혼란하게 만들고 둘째는 자신의 사랑이 정신적 사랑의 요체라 할 자발적 사랑 - 외적 조건이 아닌 자신에 의해 선택된 사랑이 아니라는 의혹의 연속에 빠져 있다.

『무정』은 '영채 몸의 순결성과 관능성에 대한 상상이 소설 곳곳에서 묘사'되고 있는 '영채의 육체가 전경화된 서사'라는 주장22)이나 '개성에 대한 애착과 정신적 사랑을 주장하는 표면적이고 공식적인 언표의 장 이면에서 육체에 대한 관심과 긍정'이 보인다는 분석23)은 『무정』에서 드러나는 육체성에 근거한 근대소설적 평가이다. 이광수가 정신적 사랑의 우위를 자신의 논설 속에서 강조하였으면서도 『무정』의 인물이 그 정신적 사랑의 승리보다는 감당할 수 없는 육체적 욕망에 휘말려 있다는 이 '갈등의 사실성'은 신소설과 차별되는 『무정』의 소설적 새로움이라는 것이다.

한편 자신의 사랑이 '개성존중의 사랑이 아니다'라는 형식의 회의의 과정은 '자기가 사랑하는 사람이 누구인가'라는 질문으로 표현된다. 이 질문은 '『무정』의 서사를 이끌어 온 기본 동력'이라고 할 수

---

22) 이영아, 앞의 글, 139쪽.
23) 김지영, 앞의 글, 97쪽.

있을 만큼 형식의 내면세계에서 중요한 갈등 요소이다. '이름만 알고 그 내용을 알지 못'했던 '정신적 사랑'을 '과도기의 청년'의 사랑으로 깨닫게 되는 그 내면의 흐름은 상호 이해의 평등한 인간관계가 '진정한 사랑'임을 자각하는 것으로 완결된다. 육체에 대한 내면의 욕망과 유사하게 '진정한 사랑'에 대한 내면의 자각은 '연애'의 체화 과정의 진지성을 사실적으로 보여 주고 있다. 『무정』에 묘사된 이형식의 이 같은 내면세계를 두고 '육체에 대한 직접적이고 선정적인 노출이 많은 육체의 근대적 의미화 작업'이라는 주장24)과 '두 여성 사이에서 갈등하는 형식의 심각하고 진지한 내면을 그려 냄으로써 연애의 문제를 공론적 성찰의 대상으로 끌어올'렸다는 평가25)는 『무정』의 근대소설적 의의를 새롭게 규정한다는 점에서 주목할 만하다.

정신적 사랑의 이념과 육체적 욕망의 갈등이 직조해 내는 이형식의 내면이 종국적으로 해결해야 할 '사랑의 선택'은 선형을 향한다. 이때 형식의 '선택'에서 결정적인 역할을 하는 것은 '영채의 순결성'이다. 영채의 '순결 잃음'은 형식의 내면에서 요동치던 정신적 사랑과 육체적 욕망의 갈등, 사랑 선택의 갈등을 일거에 해소하는 『무정』의 핵심적인 사건인데, 이것이 문제적인 이유는 '순결'에 내재한 연애의 이데올로기가 작동한다는 데에 있다.

'정신적 사랑'에 기반을 둔 개성의 자유로운 만남이 연애라고 할 때 육체는 연애의 조건에서 고려의 대상이 아닌 듯 보였다. 그렇지만 형식이 정신적 사랑과 육체적 욕망 사이에서 갈등을 벌이는 내면에서 확인할 수 있듯이 '사랑의 불온한 육체성'은 연애의 이면에서 작동하고 있다. 육체에 주목하면서도 육체를 은폐하려는 연애의

---

24) 이영아, 앞의 글, 135쪽.
25) 김지영, 앞의 글, 86쪽.

모순성은 '정신적 사랑과 순결성'을 등가로 위치시켜 '육체적으로 순결하지 않은 여자는 반드시 정신적으로 순결하지 않다는 논리'26) 로 변형된다. 그래서 '순결성은 곧 정신성의 상징이며 이것은 교육 받은 자의 몫'이기 때문에 순결을 잃은 영채를 버리고 선형을 선택 하는 이유는 '기생에서 여학생으로의 관심이 이동하는'27) 1910년대 의 풍속을 반영한 것이라는 주장이 제기된다. 또한 영채의 육체에 끌리고 있는 형식이 '영채가 순결을 잃고 사라질 때 형식은 육체적 욕망의 갈등에서 벗어나 새로운 삶을 선택할 수 있는 기회를 얻'28) 게 되어 '정신적 사랑'을 자각할 수 있었다. 결국 순결성은 연애의 출발점이라고 할 '정신적 사랑'의 육체적 증거이기 때문에 연애의 상대는 순결해야 할 의무가 있고 순결해야만 연애가 성립한다는 연 애의 논리가 구축된다. 이형식이 순결을 잃은 '추한 존재' 영채를 거부하고 '마주보는 사랑' 선형을 선택하여 결혼에 이르는 소설의 결말은 이 같은 연애의 논리를 따르고 있음을 알 수 있다.

정신적 사랑의 연애는 결혼으로 이어지고 그 후에야 비로소 육체 적 관계가 정당화될 수 있다는 이광수 '연애론'의 이념적 기반이 근 대 초기 '사회진화론'이 내재하고 있다는 점에서 논의의 쟁점으로 부각된다. 형식이 선형과의 사랑에서 '누이를 대하는 마음으로 여성 을 대한다는 정신적 사랑'을 보이고 '色 추구를 지양하고 신체적, 윤리적, 경제적 조건에 맞춰 결혼'하려는 것은 이광수의 결혼이데올 로기가 '가족의 규율화를 통한 종족의 번영을 목표로 하는' 약육강 식의 사회진화론에 근거한 것으로 해석29)되기 때문이다. 이 같은 관점에서 '순결성'은 '우량자녀 생산과 훌륭한 미래의 국가 구성원

---

26) 최혜실, 앞의 글, 181쪽.
27) 정혜영, 앞의 글, 55쪽.
28) 이영아, 앞의 글, 147쪽.
29) 이영아, 앞의 글, 156 - 7쪽.

양성 가능성의 조건'으로 이해된다. 그리고 이광수가 '혼인은 생물학적 필연의 요구'이며 '날로 발달하는 과학의 영역'임을 강조한 '혼인론'을 근거로 '그의 연애론이 서구의 엘렌 케이가 주장한 우생학적 연애론에 기반을 두어' '궁극적으로 청년들에게 지, 덕, 체의 함양을 통한 근대적 개인, 민족의 성원으로서의 '성숙'을 인생의 과제로 부여하는 동시에 이 성숙한 개인의 결합을 통한 민족의 번영을 이상으로 제시'하고 있다고 해석[30]되기도 한다.

'사랑 - 결혼 - 성'의 삼박자는 순차적인 구성으로 완결되는 근대적 개인의 삶으로서, 이 구성 안에서 연애의 혁명성은 전근대적 삶과는 다른 사적 영역을 형성시켜 근대적 주체가 탄생될 수 있는 필연을 제공하지만, 결혼이라는 근대적 장치와 성의 육체를 규율하는 국가적 목표의식과 같은 공적 영역의 권력기제가 근대적 주체의 삶 - 사적 영역을 규율하는 운명 역시 필연적인 것이다.

3) 텍스트 경계의 확장과 소설적 재현 방식

『무정』의 형식이 구현하는 '사랑 - 결혼 - 성'의 근대적 연애는 전(前) 시대에서는 발견할 수 없는 새로운 사랑법이었다. 서구의 '낭만적 사랑'에서 연역하여 이 '연애'에 접근하는 연구들은 우선 한국 근대 초기의 '사랑'이 전 시대와 비교하여 어떻게 변모되고, 근대적 사랑이 제도로서 어떻게 정립되는가를 규명[31]하고 있다. 특히 이 연구들은 『무정』의 의미구조를 통해 당시 현실세계의 연애담론과 그 제도적 조건들의 탐색을 지향하고 있다.

---

30) 구인모, 앞의 글, 189 - 190쪽.
31) 최혜실, 「무정에 나타난 근대성 - 사랑, 성」, 『여성문학연구』 1(여성문학연구회, 1999).

즉 근대 초기 교육을 매개로 성장한 신흥 지식인 계층의 발흥 과정과 이를 제도화하기 위해 필요했던 자유결혼-자유연애의 등장을 재구성하려는 목적으로 『무정』의 '연애'가 주목되는 것이다. 『무정』의 형식이 보여 주는 연애를 '열정(passion)이나 육욕(sexuality)을 사랑으로 분리시키는' 서구의 낭만적 사랑으로 규정하여 소설 세계 밖의 근대 초기 현실 공간에서 일본 유학생들을 중심으로 조성되었던 연애담론이 근대 서구의 낭만적 사랑이었음을 밝혀 이 시기에 전개된 사랑의 새로움을 주장하고 있다.

근대적 사랑을 할 수 있었던 신흥 지식인 계층의 '사랑'은 곧 그 같은 사랑을 가능하게 한 근대적 매체들이 존재했기 때문에 가능한 것이다. 그렇기 때문에 근대 초기의 연애를 '역사적으로 출현한 사회적 관계로 이해'하여 '연애를 가능하게 하는 사회제도적인 조건과 연애를 정당화하는 상징적인 매체'에 주목하는 연구32)는 당시에 도입된 근대적 문물들에 관심을 가진다. 낭만적 사랑 곧 자유연애가 가능하기 위해서는 그에 따른 새로운 라이프스타일이 창출되어야 하며 그것은 곧 근대문물이 근대 연애의 존재 조건이라는 것이다. 그래서 연애를 가능하게 하는 조건으로서 '학교', '기차', '신문' 등 근대적 매체가 형성하고 있는 1910년대의 소통의 네트워크 체제를 탐색하는 데에 주력한다. 이러한 논의들은 『무정』의 연애담론에서 출발하였으나 당시 신흥 지식인의 대두와 근대 매체의 보급 과정을 부각시켜 연애담론의 사회문화적 조건을 탐색하는 데 주된 목적이 있는 것이다.

한편 『무정』 텍스트 밖의 현실세계에서 전개되고 있는 연애의 성격을 접근하기 위해 서구의 근대적 사랑 개념을 연역하여 당시 연애담론의 사회문화적 조건을 탐색하기 위해 『무정』 텍스트에 접근

---

32) 김동식, 「연애와 근대성」, 『민족문학사연구』 18(민족문학사연구소, 2001).

하는 것에서 더 나아가, 권보드래33)는 텍스트와 현실의 경계를 무
화하며 '연애'의 일상을 재구성하는 데에 주력한다. 그는 신소설과
『무정』이 발표된 1910년대의 연애사에서 보이는 '연애의 신조류'를
본격적인 연애의 과도기로 규정한다. 『무정』은 자유연애로 가기 전
단계인 자유결혼론의 예로서 제시되고 있는데, 그의 글에서 『무정』
의 인물들은 1910년대의 비현실적 전형이라기보다는 실존인물처럼
제시된다. 그는 근대 초기의 연애를 재구성하기 위해 소설 속 인물
과 실존인물을 구분없이 거론하며 연애의 일상사를 재현하고 있다.
이 경우 『무정』은 텍스트로서의 견고성이 해체되어 텍스트의 자율
성은 사라져 버리고 일상사로서의 사료적 의미로 역할을 한다. 앞선
두 논자가 『무정』을 텍스트 밖에서 전개되는 낭만적 사랑의 이데올
로기 규명의 근거로 활용하여 텍스트의 사회사적 의미를 강화했다
면 권보드래는 텍스트의 자율성을 해체하여 일상사의 한 예로 접근
했다고 할 것이다.

　연애를 매개로 근대 초기에 전개되었던 근대적 제반 제도의 형성
과정의 재현을 목적으로 『무정』을 접근하는 이 같은 풍속적 연구들
은 근대적 생활상의 표본적인 작품으로 『무정』을 상정하고 있는 것
이다. 이들의 연구방법은 소설을 사회문화사적 담론과 적극적으로
연결함으로써 텍스트의 경계를 확장시키는 접근법이라 할 것이다.

　『무정』에서 확인할 수 있는 '연애'를 서구의 낭만적 사랑의 이념
에서 연역해서 접근하지 않고 근대 초기 식민지 조선 사회에서 전
개된 연애담론의 형성 과정에 주목하여 연애의 역사적 특수성을 귀
납적으로 규명하고 이를 토대로 『무정』의 근대소설적 면모를 규정
한 연구들은 텍스트의 형성 과정에 집중한다.

　『무정』의 인물들이 '연애'가 내포하고 있는 사회개혁적 의미를

---

33) 권보드래, 『연애의 시대』(현실문화연구, 2003), 210－222쪽.

자각하는 과정으로 형성된 소설임을 주장하는 논문34)은 텍스트 속에 내재된 연애의 담론화 과정을 추적하며 연애의 시대적 의미와 텍스트의 근대소설적 재현 방식에 천착한다. 사랑의 실현과 사랑의 좌절을 경험하는 『무정』의 인물들이 내면적인 갈등과 혼란 속에서 강압결혼이나 남존여비 등 전대 구습의 모순을 자각하며 정신적 가치를 존중하고 일부일처제를 준수하는 평등한 남녀 관계를 지향하는 연애의식을 형성하고 있다는 것이다. 사제지간의 애정관계 형성을 모티프로 한다는 점에서 『무정』은 신소설 『혈의 누』와 유사하지만 『무정』의 주인공들이 펼치는 연애 관계의 자각 과정은 개인의 애정사가 시대성을 확보한다는 점에서 근대소설적 가치를 지닌다는 것이다.

역시 신소설과의 비교를 통해 『무정』이 근대 텍스트적 성격을 형성하였음을 주장한 또 다른 글35)은 연애담론의 제시 과정 속에서 사랑의 육체성에 주목하였다. 『무정』은 신소설에서는 찾아볼 수 없는 육체에 대한 직접적이며 선정적인 묘사를 근간으로 하는 근대적 서사라는 것이다.

한편 이광수가 논설에서 제기한 사랑 - 연애가 지니는 이념의 근거를 춘원 문학의 핵심적 주제인 '情'으로부터 도출하고 있는 글36)은 『무정』이 섹슈얼리티와 정신성의 양가적인 태도로 묘사된 작품이라고 주장한다는 점에서 앞의 논자들과는 차별성을 갖는다. 이 글은 이광수에게 계몽의 원천이자 계몽의 대상인, 이광수의 문학 원리라고 할 수 있는 '情'으로부터 '사랑'의 계몽적 성격이 발현되었다

---

34) 정혜영, 「근대를 향한 시선 - 이광수 무정에 나타난 연애의 성립과정을 중심으로」, 『여성문학연구』 3(여성문학연구회, 2000).

35) 이영아, 「이광수 무정에 나타난 육체의 근대성 고찰」, 『한국학보』 28(한국학회, 2002).

36) 김지영, 「『無情』에 나타난 사랑과 주체의 근대성」, 『한국문학이론과 비평』 26(한국문학이론과 비평학회, 2005).

고 주장한다. 『무정』에 등장하는 사랑–연애의 계몽성을 서구의 낭만적 사랑에서 연역하지 않고 작가 이념의 일관된 원리로부터 귀납해 내는 방법은 이념의 문학적 형상화 과정에서 생성되는 이념과 문학 간의 필연적 간격의 핍진성에 『무정』의 의의와 성과가 있다는 주장으로 이어진다. 즉 작가의 이념과 그 이념이 형상화된 소설의 간극에서 발생하는 '사실성'이 텍스트의 근대적 면모라는 것이다.

근대 초기 역사적 특수성에 기반을 두어서 당시에 형성된 연애의 근대적 성격이 소설에서 형상화되는 방식을 통해 근대 주체의 형성 과정을 귀납하고 있는 위의 연구들은 근대 개인의 출현이 곧 근대소설의 형성 기반임을 강조하고 있다.

서구의 낭만적 사랑 개념에서 연역하여 근대 초기 조선에서 형성되는 연애의 관념을 당시 새롭게 부상한 지식인 계층의 형성 과정이나 연애를 가능하게 하는 사회적 제도를 재구성하는 매개로 접근한 연구들은 『무정』의 의미 형성 과정이나 이념적 해석보다는 근대 초기 근대인의 일상 재현에 그 목적이 있다. 그렇다 보니 당시의 문화 사회사적 현상과 소설 텍스트 내 인물의 삶을 구별하기보다는 허구적 공간의 인물을 현실 공간의 인물로 이해하기까지 한다. 근대 초기 사회문화적 맥락의 이해를 목적으로 하는 이 같은 연구들에서 『무정』의 텍스트성은 그 경계가 사회적 담론의 영역으로 확장되거나 아예 해체되기도 한다. 소설이 가지고 있는 장르적 경계와 텍스트라는 지위를 지운 채 '연애'의 소재로 환원하여 당시의 일상을 재현하려는 풍속적인 접근법은 근대적 개인, 근대 주체의 기원에 대한 탐구를 목표로 한다.

한편 연애의 개념을 귀납적으로 추적하며 『무정』의 근대소설적 성격을 규명하는 연구들은 연애담론의 형성 과정에 내재된 근대 초기의 역사적 특수성이 근대 주체의 형성에 작용하고 있음을 텍스트

의 분석 과정에서 밝혀내고 있다. 이 같은 접근법은『무정』의 근대
소설적 특징을 작가의 주제의식에만 한정하거나 미학주의적 관점에
국한하여 논의하던 방법을 탈피하여 근대소설의 형성 과정 속에는
근대 주체의 정립 과정이 내재되어 있음을 규명함으로써 근대소설
과 근대 주체에 대한 이해가 공통된 역사적 조건 안에서 가능함을
보여 준다.

이 같은 '사랑-연애담론' 연구가 출현하게 된 배경은 1990년대
중반 이후 전개된 한국 문학의 근대성 논의의 반성적 접근 과정에
서 찾아볼 수 있다. '한국 근대문학이란 무엇인가'라는 질문 속에서
'근대성'의 성찰이 제기된 데에는 1990년대의 지식사회학적 계기들
이 존재한다. 현실 사회주의 몰락과 자본주의 세계 체제가 전 지구
적으로 전면화되고 후기 산업사회의 징후가 강하게 포착된 1990년
대 초반 이후 포스트모더니즘 철학의 유행이 한국 문학의 근대성
(혹은 탈근대성)을 성찰하도록 유도했던 것이다. 여기에는 이전까지
한국 근대문학계에서 전개해 왔던 리얼리즘 대 모더니즘의 대립과
갈등이라는 문학사적·문예미학적 시각의 협소성을 반성하고 근내싱
문제라는 포괄적인 입장에서 한국 근대문학을 이해하려는 입장이나
한국 문학의 근대성에 대한 새로운 인식을 통해 탈근대성의 지향을
이루려는 문학사적 전망을 타진하려는 의도가 내재해 있었다.[37]

근대문학에 대한 역사적 반성으로서의 근대성 혹은 탈근대성 논
의는 문학에 대한 근대적 개념의 제도적 형성 과정에 대한 연구들
의 생산적인 발표로 이어졌다.[38] 이 같은 연구들이 지향하는 근대

---

37) 이광호, 「문제는 근대성인가」, 이문열 외 엮음, 『한국문학이란 무엇인가』(민음사,
1995), 212쪽.
38) 김영민, 『한국근대소설사』(솔, 1997); 황종연, 「문학이라는 역어」, 『한국 문학과
계몽담론』(새미, 1999); 김동식, 「한국의 근대적 문학개념 형성 과정 연구」(서울대
박사학위논문, 1999); 권보드래, 『한국 근대소설의 기원』(소명출판사, 2000) 등이
대표적이라 하겠다.

적 개념으로서의 문학, 제도로서의 근대문학, 근대문학의 기원과 같은 논의는 이전의 근대성 논의가 서구의 경험을 추상화하여 얻은 이념적 지표와 한국을 비교하던 차원에서 벗어나 한국의 '근대'에 대한 사회적·역사적 조건을 탐색하는 방향으로 이동하는 가운데 전개되었다. 근대의 역사적 조건들이 주체의 삶과 경험 속에서 의미화되는 맥락에 대한 관심이 근대성과 관련된 주요한 문제의식으로 자리 잡게 되었고, 이 가운데 근대성과 주체의 삶을 매개하는 사랑−연애가 관심의 대상이 되었으며 그 관심은 필연적으로 근대소설이 어떠한 역사적 조건 속에서 어떠한 과정을 거쳐 형성, 확립되었는가로 수렴되고 있는 것이다.39) 사랑−연애담론의 연구는 텍스트의 역동적 재구성 과정을 통해 주체의 탄생의 문제를 초점으로 하여 근대적 개인이 근대라는 전연 새로운 삶의 조건에 적응해 가며 형성하게 되는 근대적 감정과 가치의 문제에 천착하며 근대소설의 기원을 탐색한다는 데에 그 성과가 있다고 하겠다.40)

앞서 살폈듯이 사랑−연애담론의 연구가 보여 주는 일상의 삶에 대한 미시사적 관심은 문학 연구를 문학에만 한정하지 않고 문학−역사학−사회학의 경계를 넘나들며 진행되며 사회적 담론과 문학작품을 근대인의 성립과 근대소설의 형성이라는 주제와 시각에 따라

---

39) 김동식은 사랑−연애의 문제를 포함하여 황금광, 다방, 건축, 전화, 질병, 가족, 백화점 등 풍속−문화론적 관점의 연구는 근대의 이념이 아니라 근대성이 주체화되는 역사적인 맥락을 재구성하는 과정이라 주장하면서 이것을 "주어중심의 근대에서 근대성의 술어화의 과정"이라고 규정하였다. − 김동식, 「풍속·문화·문학사」, 『민족문학사연구』 19(민족문학사연구소, 2001), 87쪽.

40) '감정의 해방과 자유로 요약되는 새로운 주체성의 원리가 삶의 기획인 동시에 한국 근대소설을 가능하게 하는 내적 원리'로 이해하는 사랑−연애담론의 연구가 '성'과 '육체'를 매개로 담론을 전개하는 방식은 견고한 일상의 관성이 갖는 문제들에 주목하고 생체 권력의 위력을 실감한 미셸 푸코의 저작들에 자극을 받은 것으로 보인다. 또한 근대적 사회관계로서 연애를 발견하는 과정에서 형상화되는 감각적, 감정적 삶의 심미화를 한국 근대문학의 기원으로 조명하는 연구에서는 가라타니 고진의 영향을 확인할 수 있다.

재배치하고 맥락화하여 문학 텍스트의 새로운 관계망을 구축해 내
고 있다.

4) 근대인의 성립과 근대소설의 형성

『무정』 연구사는 한국 근대소설 연구방법을 귀납적으로 고찰하기
위해서 연구논문의 양적 규모나 그 연구방법의 다양함에 있어서 적
합한 연구 대상이다. 『무정』 연구사 중 2000년대에 접어들어서 다
수 발표된 '사랑 - 연애담론' 연구는 기존의 『무정』 연구사뿐만 아
니라 한국 근대소설 연구방법의 새로운 한 경향으로 주목을 요하는
연구 접근법이다.

『무정』 연구사 중 '사랑 - 연애담론' 연구는 크게 '연애' 개념의
연역적 접근을 통한 텍스트의 확장을 꾀하는 접근법, 연애담론의 귀
납적 접근을 통한 텍스트에로의 집중을 시도하는 접근법으로 구분
된다. 전자의 경우는 서구의 낭만적 사랑 개념에서 연역하여 근대
초기에 형성되는 연애의 관념을 당시 새롭게 부상한 지식인 계층의
형성 과정이나 연애를 가능하게 하는 사회적 제도를 재구성하는 매
개로 접근하여 『무정』의 의미형성 과정이나 이념적 해석보다는 근
대 초기 근대인의 일상 재현에 목적이 있다. 그렇다 보니 당시의
문화 사회사적 현상과 소설 텍스트 내 인물의 삶을 구별하기보다는
허구적 공간의 인물을 현실 공간의 인물로 이해하기까지 한다. 소설
이 가지고 있는 장르적 경계와 텍스트라는 지위를 지운 채 '연애'의
소재로까지 환원하여 당시의 일상을 재현하려는 이 같은 풍속적인
접근법은 근대적 개인, 근대 주체의 기원에 대한 탐구를 목표로 한
다. 한편 연애의 개념을 귀납적으로 추적하며 『무정』의 근대소설

적 성격을 규명하는 연구들은 연애담론의 형성 과정에 내재된 근대 초기의 역사적 특수성이 근대 주체의 형성에 작용하고 있음을 텍스트의 분석과정에서 밝혀내고 있다. 이 같은 접근법은 『무정』의 근대소설적 특징을 작가의 주제의식에만 한정하거나 미학주의적 관점에 국한하여 논의하던 방법을 탈피하여 근대소설의 형성 과정 속에는 근대 주체의 정립 과정이 내재되어 있음을 규명함으로써 근대소설과 근대 주체에 대한 이해가 공통된 역사적 조건 안에서 가능함을 보여 준다.

위와 같은 『무정』 연구사의 '사랑 - 연애담론'의 연구의 사례를 통해 근대 초기의 사회적 담론과 문학작품을 근대인의 성립과 근대소설의 형성이라는 주제와 시각에 따라 재배치하고 맥락화하여 문학 텍스트의 새로운 관계망을 구축해 내며 한국 근대소설의 근대성을 접근하는 최근 한국 근대소설 연구방법의 한 경향을 확인할 수 있다.

참고문헌

1. 기본 자료

김철, 『바로잡은 『무정』』(문학동네, 2003).

2. 논문 및 저서

고미숙, 『한국의 근대성, 그 기원을 찾아서 - 민족, 섹슈얼리티, 병리학』(책세상, 2001).

구인모, 「『무정』과 우생학적 연애론 — 한국의 근대문학과 연애론」, 『비교문학』 28(비교문학회, 2002).

권보드래, 『연애의 시대』(현실문화연구, 2003).

권성우, 「현대소설연구에 있어서 자생적 이론의 가능성에 대하여」, 이문열 외 편, 『한국문학이란 무엇인가』(민음사, 1995).

김경수, 「구조주의적 소설연구의 반성과 전망」, 『현대소설연구』 19(현대소설학회, 2003).

김동식, 「연애와 근대성」, 『민족문학사연구』 18(민족문학사연구소, 2001).

김동식, 「풍속·문화·문학사」, 『민족문학사연구』 19(민족문학사연구소, 2001).

김병길, 「『무정』은 권력이다」, 『한국근대문학연구』 8호(한국근대문학회, 2003).

김승종, 「소설담론 연구의 현황과 전망」, 『현대소설연구』 2(현대소설학회, 1995).

김열규, 「이광수 문학의 문법: 담화론적 접근을 위한 시도」, 연세대 국학자료원 편, 『춘원 이광수 문학 연구』(국학자료원, 1994).

김영민, 『근대소설사』(솔, 2000).

김우종, 『한국 현대소설사』(성문각, 1982).

김윤식·김현, 『한국문학사』(민음사, 1972).

김윤식·정호웅, 『한국소설사』(문학동네, 2000).

김인환, 『상상력과 원근법』(문학과지성사, 1993).

김인환, 『기억의 계단』(민음사, 2001).

김지영, 「근대문학 형성기 '연애' 표상 연구」(고려대 박사학위논문, 2004).

김지영, 「『무정』에 나타난 사랑과 주체의 근대성」, 『한국문학이론과 비평』 26(한국문학이론과 비평학회, 2005).

김현주, 「한국 대중소설의 전개와 '독자'의 문제 — 연애라는 문화적 코드를 중심으로」, 『독서연구』 13(독서연구회, 2005).

서영채, 「한국 근대소설에 나타난 사랑의 양상과 의미에 관한 연구 —

이광수, 염상섭, 이상을 중심으로」(서울대 박사학위논문, 2002).

서영채, 「『무정』 연구」(서울대 석사학위논문, 1992).

송하춘, 「근대 초기 소설의 가정교사와 연애풍속」, 『현대소설연구』 26. (현대소설학회, 2005).

송하춘, 『1920년대 한국소설 연구』(고려대 출판부, 1985).

신수정, 「한국 근대소설의 형성과 여성의 재현 양상 연구」(서울대 박사학위논문, 2003).

이경훈, 「『무정』의 패션」, 『민족문학사연구』 18(민족문학사연구소, 2001).

이광호, 「문제는 근대성인가」, 이문열 외 편, 『한국문학이란 무엇인가』 (민음사, 1995.

이선영, 「문학연구의 새지평 - 변증법적 소설연구 방법론 - 」, 『현대소설연구』 16(현대소설학회, 2002).

이선영, 『한국문학 논저 유형별 총 목록 - 연도 장르별 논저』(한국문화사, 1990).

이선영, 『한국 문학논저 유형별 총목록 1991 - 1999, 대상작가별』(한국문화사, 2001).

이영아, 「이광수 『무정』에 나타난 육체의 근대성 고찰」, 『한국학보』 28(한국학회, 2002).

이재선, 「『무정』과 가르침의 시학」, 『문학사상』 317(문학사상사, 1999).

이재선, 『한국현대소설사』(홍성사, 1979).

정순진, 「배움, 결혼, 성별 - 『무정』과 『경희』를 중심으로」, 『비평문학』 20(비평문학회, 2005).

정혜영, 「연애에의 동경과 좌절」, 『현대소설연구』 11호(현대소설학회, 2000).

정혜영, 「근대를 향한 시선 - 이광수 『무정』에 나타난 연애의 성립과정을 중심으로」, 『여성문학연구』 3(여성문학연구회, 2000).

차미령, 「『무정』에 나타난 사랑과 주체의 문제」, 『한국학보』 29(한국학회, 2003).

최영석, 「근대주체구성과 연애 서사」(연세대 석사학위논문, 2002).

최혜실, 「『무정』에 나타난 근대성, 사랑, 성」, 『여성문학연구』 1(여성문학연구회, 1999).

최혜실, 『신여성들은 무엇을 꿈꾸었는가』(생각의 나무, 2000).

Anthony Giddens. 『에로티시즘 - 친밀성의 구조 변동』. 배은경 · 황정미 역(새물결, 1996).

Niklas Luhman. *Love as Passion: The Codification of Intimacy*. tr. by Jeremy Gaines & Doris L. Johns. Harvard University Press, 1986.

2. 상처의 기록과 기억의 운명

- 한국전쟁소설

1) 전쟁 체험의 형상과 전장(戰場)의 묘사

한국 현대소설사에서 한국전쟁과 전쟁 체험의 문학적 수용에 관한 논의는 그간 많은 연구 성과를 이루어 왔다. 그것은 관례적으로 1950년대 소설에 한정해 논의하는 전후소설의 연구와 고착화된 분단 체제의 소설적 대응으로서의 분단소설의 연구로 나누어 볼 수 있다. 물론 '전후소설'과 '분단소설'이 분명하게 구별되는 것은 아니다. '전후소설'이 시기를 염두에 둔 말이라면 '분단소설'은 성격에 더 치중한 용어인데,[1] 이 같은 분류에는 '전쟁의 본질을 해명하고 있는가'라는 문제가 가로놓여 있다. 즉 물자의 절대적인 결핍, 기존 도덕의 와해, 인간적 가치의 전락을 가져온 전쟁의 본질에 접근하려는 의지의 여부가 '전후소설'과 '분단소설'을 가늠하는 기준인 것이다. 여기에는 1960년 4·19 혁명이 그 기준을 제시하는 정치, 문화사적 전환점으로 존재하고 있으며, 4·19 혁명의 세례로 탄생한 『광장』이 소설사적인 기준점이 된다.[2]

---

[1] 송하춘, 「1950년대 한국소설의 형성」, 『1950년대의 소설가들』(나남, 1993), 14쪽.

[2] 민족과 역사에 대한 새로운 신념이 4·19로 촉발되면서 한국 문학에서는 현실 지향적인 문학의식이 강하게 대두된다. 그와 함께 민족 분단 모순에 대한 비판적인 인식을 기반으로, 분단 상황에 대응하는 문학의 새로운 지표가 논의되는데, 특히 1970년대 민족문학론의 논리적 전개에 근거하여 민족의 삶에 대한 총체적인 인식을 문제 삼는 데에까지 확대되었으며 결국 분단체제에 의해 훼손된 민족 공동체의 회복을 지

한국 전후소설에서 형상화하고 있는 '한국전쟁'은 대개가 후방에서 간접적으로 전해 듣는 소식으로 형상화되거나 혹은 전쟁 후의 암울한 삶을 추상화함으로써 관념화된다. 전쟁기 원로 작가들의 경우, 그들의 전쟁 경험은 제한적이었는데 종군 문인들이 『전선문학』, 『신천지』, 『문예』 등에서 전쟁을 다룬다고 쓴 작품은 제대군인이나 부상병을 대상으로 하여 애국심을 고취하거나 뻔한 전투장면을 반복게 하여 국군의 전투의식을 진작하는 이야기를 나열하는 것에 불과했다.3) 이들의 소설이 전쟁에 대한 묘사보다는 개개인의 일상의 변화, 일상의 지속, 일상적 욕구의 문제에 치중되어 있거나, 주어진 현실에 대한 즉자적인 인상 묘사에 그치는 것은 바로 체험의 한계와 직접적으로 관련된다.

한편 전후소설 신세대작가의 경우 그들은 전쟁이 가져온 삶의 절박함, 현실적 비극성이 우리 삶의 근본조건임을 발견하는 순간, 현실에 대한 허무와 절망을 노래하는 환멸의 구조 속으로 들어간다. 전후 현실을 냉엄한 비극의 공간으로 인식하여 인간의 존재조건을 문제 삼는 신세대 작가들은 전쟁으로 인해 전반적인 생활의 질서가 파괴된 상황에서 어떻게 자신의 삶을 유지해 가느냐 하는 문제의 해결에 중점을 두게 된다. 이때 전쟁의 와중에 유입된 실존주의는 신세대 작가들의 마음을 사로잡았는데, 당시 실존주의는 당대 현실에서 개인의 삶에 함몰되는 경향을 사상적으로 뒷받침해 주는 거점이 되었다. 이와 같은 실존주의 수용 양상에서 전후 신세대 작가들은 실존주의를 전체적으로 조망할 수 있는 여건이 성숙하지 못한 상태에서 받아들여 실존주의의 역사성에 관심을 둘 여유가 없었고,

---

향하는 적극적인 의미를 지니게 된다. 분단소설은 분단 극복의 의지를 구현하는 문학으로서의 민족문학과 같은 선상에서 논의되기도 한다.

3) 정희모, 『1950년대 한국문학과 서사성』(깊은샘, 1998), 321쪽.

'상황 속에 던져진 존재'의 의미 탐색에만 몰두한다.4) 그리하여 전후 신세대 작가들의 소설은 "현실에 더 이상 전망이 없다는 것(손창섭), 현실이 인간에 대한 삶의 조건이 되지 못한다는 것(오상원), 이데올로기의 다툼이 허위적이라는 것(장용학)"5)을 내세우는 관념적이며 다분히 허구적인 현실추상화의 방법으로 창작되었다.

이러한 전후소설의 전개 과정에서 이 글은 소설적 현재로서의 전쟁의 양상, 전장의 직접적인 체험이 드러나는 작품에 주목해 보려 한다. 앞서 살펴보았듯이 전후소설은 전후 현실에 대한 근본적인 회의와 반항, 절망과 허무의 문제를 담고 있으나 전쟁의 현장을 소설 내의 시공간으로서 채택하고 있지 않았다. 역사적 사실로 존재하는 전쟁의 현장에 대한 형상화를 가능케 하기에는 그들의 체험이 미미하거나 그들의 의식은 전쟁의 '중압감'6)에 짓눌려 있었기 때문이며, 전후소설이 단편 형식에 치우쳐 그 주제의식을 형성하고 있는 것도 같은 이유에서이다. 전쟁의 중압감에서 벗어나 전쟁을 좀 더 객관화하기에는 시간적인 거리가 필요했으며 그것은 1960년대에 들어와서야 가능했다.

특히 단일한 상황에서 집약적으로 현실 모순의 단면을 제시하는 단편 형식이 아니라 인물의 운명이 전개되는 과정 속에서 대상의 전체성을 추구함으로써 주제를 재현하는 장편의 양식으로 전쟁의 현장, 전장의 직접적인 체험을 형상화한 소설들이 1960년대에 창작

---

4) 김동환, 「한국 전후소설에 나타난 현실의 추상화방법 연구」, 『한국의 전후문학』(태학사, 1991), 108쪽.

5) 정희모, 앞의 책, 337쪽.

6) 전후소설의 대표적인 신세대 작가들이 대부분 북쪽 출신으로 전쟁 후 월남하였다는 신분적 위치와 그로 인한 이데올로기와 정치적 선택에 따른 이유 때문에 그들의 소설에는 전쟁 중의 사건을 다룬 작품이 전쟁을 파편화시켜 한 개인의 기록으로 남기거나 전쟁 후의 사회를 그린 작품이 주변 인물들의 일상사에 국한되어 있다. - 김동환, 앞의 글, 214쪽.

되었다는 것은 그 본질에 대한 해명을 위한 시도로 이해할 수 있다. 1960년대 소설에서 전쟁의 현장을 소설화한다는 것은 전쟁을 소설적 대상으로 바라볼 수 있는 거리 획득의 한 방법이며 전쟁의 본질에 관한 이해의 시작인 것이다. 그러니까 1960년대 전쟁의 현장을 다룬 장편소설들은 한국전쟁의 본질 해명을 조건으로 하는 분단소설의 출발점으로서, 전쟁을 객관화하려는 시도의 시작단계로서 의미를 지닌다.

따라서 이 글은 분단시대의 시작인 전쟁에 대한 소설적 대응 양상의 연구 중에서 상대적으로 결여지점인 1960년대 장편소설들에 나타난 한국전쟁의 체험 양상과 전쟁의 인식 방법을 논하는 것을 목적으로 한다. 1960년대 작가들이 '그만큼의' 시간적 거리에서 전쟁을 '어떻게' 조망하고 있는지를 밝히는 것은 전후소설사의 입체적인 맥락을 형성하는 데 유의미한 작업이 될 것이며 이후 1970 - 80년대 분단소설과 한국전쟁의 시기를 중심적인 배경으로 삼은 대하장편소설들에서 등장하는 전장의 묘사와 전쟁 체험의 형상화에 대한 영향관계를 밝히는 데에도 토대를 제공할 수 있을 것이다.

2) 내면화된 전쟁의 상처와 기억의 술회

1967년 『신동아』에 연재했던 3부작 소설을 하나의 장편으로 엮은 강용준의 『밤으로의 긴 여로』는 한국전쟁 당시 치열한 전장이었던 낙동강 전투와 거제도 포로수용소에서 벌어졌던 살육의 장면들을 다루고 있다. 이 소설은 서술자 '나'가 자신의 기억을 풀어놓는 형태로 전개하는 서술방식을 채택하고 있는데, 작품의 첫머리에서부터 인지할 수 있는 것은 전장의 긴장감이다. 전쟁 중의 후방이 아니고, 전쟁 후 폐허가 된 서울도 아닌, 피-아의 구별이 곧 삶과 죽음으로 나뉘는 최전방을 소설은 그 시작부터 제시하고 있다.

> 1950년 8월 31일, 우리는 합천(陜川) 동남방 20킬로 지점의 어느 산속에 있었다. 우리들이 있는 곳에서 강(江)은 2천 미터쯤 전방에 마치 가느다란 띠처럼 길게 가로놓여 있었고, 그 강 너머 고지(高地) 이쪽의 계곡에서는 이따금 미군 포병들이 심심풀이라도 하듯 쿵쿵 야포를 쏴 대고 있었으며, 우리는 그곳들을 가리켜 '피의 강', 또는 '요사핫골짜기'라고 불렀다. 이 강을 사이에 두고 쌍방의 병사들이 불린 피의 양(量)이 대관절 얼마나 되는지 우리는 상상도 못 했으나, 최소한 이 강과 대봉리(大鳳理) 계곡에서 당한 괴뢰군 4사단의 경우만은 우리도 알고 있었다.7)

'나'는 인민군의 보충병으로 낙동강 전선에 투입되어 전장을 체험하고, 전쟁포로가 되어 거제도 수용소의 잔혹한 생존 투쟁을 경험했다. 전장에 끌려온 자신을 '도살장에 끌려가는 소'에 비유하고 있는 신창호나, '두 달 전까지만 해도 불로지주의 후예로, 그래서 반동의 아들이었다가 지금은 인민군 전사가 된' 봉수, 여색을 탐하는 인민배우 배용걸, 철모르는 18세의 동규 등이 낙동강 전투에서 모두 미군의 포탄에 맞아 참혹하게 전사하는 모습을 '나'는 곁에서 목격했다. 그들이 하나같이 '우연히' 징집되어 전선에 배치되고 죽음을 맞이하는 순간까지 그들은 자신들이 '희생자'일 뿐이라는 수동적인 자각과 전장의 공포감에 시달렸다. 1부에 등장하는 인물들과 마찬가지로 2·3부 포로수용소의 인물들 역시 자신들이 전쟁포로가 된 것은 미군 흑인 병사의 무식함 때문이라며 억울해한다. 낙동강 전선을 탈출하여 이북의 고향에 돌아가 고향의 치안사업까지 담당하던 나를

---

7) 강용준, 『밤으로의 긴 여로』(삼성출판사, 1972), 7쪽. 이후 본문 인용 시 쪽수만 표시.

비롯한 태홍, 병길, 순봉이가 ‘하룻밤 새’ 전쟁포로로 잡혀 와 남도의 고도(孤島)에 갇히게 된 이유는 흑인 병사의 무식함 때문이었다고 소설에서 설명되고 있다. 흑인 병사가 어떤 이유로 그들을 포로로 분류했는지에 대한 정보는 작품 속에 등장하지 않지만, 자신들이 수난을 당하게 되는 것은 분명한 이유를 찾을 수 없는 ‘우연함’ 때문이라는 생각을 이 작품 속의 인물들은 공통적으로 가지고 있으며 그래서 스스로를 희생자로 여기고 있다.

전장에 끌려와 비극적인 삶을 마감하는 인물들의 ‘피해의식’은 수용소 생활을 같이 하던 태홍의 살해 과정을 통해 보다 분명하게 드러난다. 전쟁 전 무식한 상민(常民)이었던 태홍의 아버지가 가난으로부터 벗어나기 위해 악착같이 돈을 모아 ‘말달구지’를 장만했어도 최하층 천민에서 벗어나지 못한 것을 ‘아시아적인 초기 자본주의가 지배하는 식민지’ 때문이라고 인식하고 있는 ‘나’가 보기에 태홍이가 괴뢰군 군관을 선택한 것은 ‘자기에게 이득을 가져오는 일이라면 체면 따위 깨끗이 외면할 수 있는 용기’를 아버지에게서 물려받은 생활철학 때문이라고 생각한다. 그러니까 태홍의 괴뢰군 군관 경력은 이념적인 선택에 의한 것이 아니라 생존의 보존을 위한 것이었으며 악착같이 돈을 벌었어도 천민을 벗어나지 못했던 태홍의 아버지처럼 생존을 위해 이중간첩을 선택했으나 수용소 내 좌익에 의해 참혹한 죽임을 당한 태홍은 역사의 폭력에 희생당한 무기력한 개인으로 형상화된다. ‘나’는 어떤 이념을 선택하건 전쟁의 폭력에 희생당할 수밖에 없는 태홍의 죽음을 이유 없이 우연히 전장에 끌려와 처절하게 죽어 간 젊은이들의 죽음과 다르지 않은 역사의 피해자로 인식한다. 또한 거제도 수용소 주변에서 국군과 포로들에게 몸을 파는 수용소 경비대장 한민호의 아내와 이북 출신의 아낙네를 의지와는 상관없이 생존의 극한 상황에 몰린 전쟁의 피해자로 인식하는 것은 홀로 살아남은 채 그들을 기억하고 있는 '나'의 죄책감 때문이었다. 그러나 전쟁의 생존자가 죄책감을 가져야만 하는 구체적인 이유는 없다. 살육의 광란에서 우연히 살아남았다는 사실이 생존자들에게 죄책감을 갖게 할 뿐이고 그런 생존자들이 전장에서 할 수 있는 일이란 관념적인 대응이 전부이다.

① 사람이 해를 보지 못한다는 것은 오직 썩어드는 자신의 내부를 응시하며 무엇인가 하나하나씩 소멸되어 나가는 자기의 분신을 지켜보아야 할 때, 그리고 이놈의 확신을 수정해 줄 만한 아무런 빛도 끝내 나타나지 않고 말 때, 여보게 자네는 지구의 끝까지 이어진 장구한 시간의 압력이라는 것을 아나? 이 장구한 시간의 관념이 사람에게 주는 정신적인 압력에 대해서 말야. '신은 죽었다'는 말이 있지만 이 신파조의 말조차도 아주 순수하게 진짜로 느껴질 때, 그런 상황 속에서 인간은 어떤 식으로 자기의 존재를 이어나가는가 하는 문제……(204쪽).
② '사람들이 크게 태움에 태워진지라' 문득 나는 묵시록의 구절이 떠올랐다. '이 재앙들을 행하는 권세를 가지신 하나님의 이름을 훼방하며, 또 회개하여 영광을 주께 돌리지 아니하더라.'
이 세상에는 오류보다는 차라리 시체들 틈에서 정리(正理)에 사는 편이 낫다고 나발을 불어대는 저주받은 무리들이 있다. 공산주의자들 말이다. 정리가 무엇인지 나는 모르지만, 그것이 바로 정리이기 위해서는 최소한 그것이 시체들 틈에서 생장할 리는 없을 노릇 아니겠는가(96쪽).

전쟁의 실상을 목격하면서 전개하는 '나'의 장황한 내적 독백과 병길의 분열적인 언어, 포로수용소 경비대장인 한민호의 긴 설교 등은 전쟁의 생존자가 할 수 있는 유일한 대응의 방법으로 소설 속에서 제시된다. 이들의 독백과 대화 안에 등장하는 묵시록의 구절에서

드러나듯 전쟁은 인간이 해결할 수 없는 상황으로 인식된다. 이러한
세계인식을 바탕으로 전개되는 관념적 요설의 과잉은 세계에 대한
정확한 이해가 불가능한 개인의 무기력한 대응방법이었다. 의사소통
을 할 수 있는 대상이 존재하지 않을 때 자기의 내면에 침잠해서
서술되는 긴 내적 독백이나 타인과의 대화에서 타자의 존재를 무시
하고 설교하듯 장황하게 자신의 언어만을 늘어놓는 것은 인물의 내
면에 자리하고 있는 전쟁의 충격을 반영한다.

　이 소설에서 생존자의 내면화된 상처인 죄책감은 그들을 끊임없
이 괴롭힌다. 전쟁이 야기한 죽음과 인간적 가치의 전락을 목격한
전장의 생존자인 병길은 속죄의식과 은사망상의 분열증적인 행동을
일삼다가 자살하고 만다. 초점 없이 긴 설교를 전개하는 한민호의
냉소적인 태도 역시 전쟁의 상처 때문이지만 이 소설에서 인물의
내면화된 상처를 흥미롭게 형상화한 부분은 나의 '꿈 이야기'이다.

　　그녀를 눕히고는 이윽고 호흡이 고조에 올라서 내팽개치듯 배
　설해 버리고 나니까 그 배설의 대상물은 어처구니없게도 아그네
　시아가 아니라 그놈의 레구홍 암탉이었다. 그리고 그녀의 방이라
　고 알았던 그놈의 장소도 알고 보니 우리 집 헛간 짚더미 속이었
　다.……중략……닭과 교미를 하다니……. 수치다. 이건 인간적인
　수치다.……중략……그 암탉의 이미지에 양공주가 되었다는 한민
　호 씨의 부인과 대대 위생관 녀석이 재미 보았다는 예의 아낙네
　의 이미지가 겹쳐 떠오르고 그리고 그 이미지로 하여 나는 성기
　가 발기되고 그리고 그 다음에 온 동물적인 본능에 대한 혐오감
　이 나를 몹시 우울하게 하는 것이었다(240－241쪽).

　수용소에 갇힌 내가 타인의 감시로부터 벗어나 자유롭게 상상할
수 있는 꿈에서조차 전쟁의 충격에서 벗어나지 못하고 있는 상황을

이 꿈은 단적으로 보여 준다. 스무 살의 젊은 나이에 충분히 가질 수 있는 성욕조차 마음대로 발산하지 못하고 계간을 하는 것으로 그려지는 장면이 비인간적인 행위가 수치심 없이 자행된 전쟁의 폭력성을 드러내는 것이라면, 성욕의 대상이 양공주가 된 한민호의 부인이나 이북 출신 아낙네로 바뀌어 떠오르는 장면은 전쟁에서 생존한 자신에게 스스로 가하는 죄책감을 반영한 것이다. 전쟁이 왜 발발했는지, 왜 젊은이들이 전장에 끌려와 목숨을 잃고 수모를 당해야 하는지에 대한 분명한 인식을 갖지 못했을 때 전쟁 비극의 책임은 생존자 모두 질 수밖에 없다는 공동 책임의식에서 기인한 나의 ‘죄책감’은 내면에서 지워지지 않는 상처가 되었다. 병길처럼 자살할 수도 없고 한민호처럼 냉소적인 태도로 삶을 견디지도 못하는 ‘나’가 내면적 상처의 근원인 전쟁의 현장을 기억해 내고 술회하는 것은 그 상처의 극복을 위한 과정으로 이해할 수 있다.

　『밤으로의 긴 여로』의 ‘나’가 1950년 8월 31일의 낙동강 전투를 시작으로 포로수용소의 생활까지를 시간적인 순서에 맞춰 술회하는 수기의 형식은 ‘나’의 내면적 상처를 극복하기 위한 방법인 것이다. 수기의 형식을 지닌 이 작품의 내용은 작가의 체험과 밀착되어 있는데8) 작가가 전장의 현장에서 벌어지는 부상병의 묘사를 실감 나

---

8) 강용준은 50년 한국전쟁 당시 인민군으로 낙동강 전투에 보충병으로 투입되었다가 인민군 부대를 탈영, 그해 유엔군 포로가 된다. 그는 청주 형무소, 동래 수용소를 거쳐 거제도 포로수용소에 이르기까지 3년 동안 포로수용소 생활을 경험한 후 53년 6월 18일 반공포로로 석방된다. 한편 평자들은 강용준의 소설에 나타난 자기 체험적 요소의 의의를 다음과 같이 지적하고 있다.
　“그의 자전성은 그 개인의 일생만을 돋보이게 하려는 사소설과는 거리가 있고 어디까지나 그의 체험 세계는 한국 최근세가 마주친 가장 격렬한 삶의 현장이자 죽음의 마당인, 그래서 우리들 모두의 생애를 포함하는 보편적 역사성을 드러낸다는 특성을 지니고 있다.” - 정현기, 「소설의 역사적 증언과 문학적 진실의 문제」, 『한국문학의 사회사적 의미』(문예출판사, 1986), 151쪽.
　“우리는 그의 작품의 도처에서 그가 살아온 파란만장의 생애의 다양한 국면에 부딪히게 되는데, 그것들은 또 예외 없이 가혹하리만큼 맵고 짠 내용의 것들이기도 하

게 해 낼 수 있는 것은 전쟁을 객관화할 수 있는 시간적인 여유를 확보했기 때문에 가능할 수 있는 것이다.

이 벼라별의 형국을 다한 부상병들, 두 팔이 모두 팔꿈치부터 잘려 나간 부상병들, 얼굴 전체가 피범벅이 되어 가지고 어떤 부상병 하나는 꽥꽥 소리를 질렀는데 그럴 때마다 부상자들의 입에서는 핏덩이가 뭉클뭉클 쏟아져 나왔다. 그러더니 부상병은 쿡 쓰러져 버렸다. 목이 부러져서 제멋대로 건들거리면서도 자꾸 기어가는 부상병도 있었다. 어떤 부상병들은 너무도 고통스러운 나머지 자기 팔을 자꾸 물어뜯었다. 어떤 소년병사는 부끄러움 같은 것은 아예 집어 내던지고 질펀하니 퍼대고 앉아서 그저 어머니만을 부르며 소리 내어 울었다. 어떤 농부 타입의 부상병 하나는 코 밑에서부터 악골 전체가 떨어져 나가 있었는데 아무래도 좀 이상한지 두 손으로 이제는 있지도 않는 턱을 자꾸만 쓸어내리고 있었다. 그러더니 그도 얼마 안 되어 죽어 버렸다. 참으로 엉망진창이었다(93쪽).

끔찍한 전장의 살상 장면을 사실적으로 묘사하며 전쟁의 참혹상을 보다 구체적으로 보여 주는 인용문에서처럼 전쟁에서 있었을 법한 이야기가 아닌 있을 수밖에 없었던 이야기를 들려 주는 수기의 형식을 사용한 『밤으로의 긴 여로』는 한국전쟁의 내면화된 상처를 극복하려는 작가의 의지를 담고 있다.

다. 강용준의 문학이 간직하는 일차적 흥미는 바로 그 점에 있다." – 천이두, 「呪縛으로부터의 脫出」, 『현대문학』(현대문학사, 1980.1), 324쪽.

3) 전쟁 후유증의 이상주의적 치유 과정

한국전쟁에서 전장은 정규군인들이 대치한 최전방만이 아니었다. 전투병력의 이동 과정에서 주둔한 군인들이 어느 편인가에 따라 점령지의 거주민들이 참혹한 학살을 당했다는 역사적인 사실은 전쟁이 민간인들에게 끼친 직접적이면서 가장 큰 피해였다. 최전방이 아닌 후방의 마을에 전쟁이 휩쓸고 지나간 피해 상황을 보여 주는 소설이 오유권의 『방앗골 혁명』이다.

이 작품은 전쟁의 소용돌이에서 '방앗골'이라는 농촌 촌락에 불어닥친 양민학살의 참상 과정과 초토화된 마을의 복구 과정을 보여 주고 있는데 특히 학살의 원인이 전쟁 이전부터 마을 내에 있었던 갈등 때문이라는 설정은 주목할 만하다. 소설의 전반부에서 다루어지는 상-하촌 간의 갈등이 전쟁기 대량 학살의 이유였음을 제시하고 있는데 전쟁의 비극에 대한 원인을 내재적인 이유에서 찾아보려 했다는 점은 전후소설에서는 찾아볼 수 없는 새로운 문제 접근 방식이다. 그러나 『방앗골 혁명』이 분단의 실상과 비극적인 전쟁의 원인을 봉건적 계급구조의 모순이라는 근대사의 역사적 전개 과정에 숨겨진 사회적 모순 구조를 추적해 보는 데까지는 이르지 못한다.

상촌-하촌으로 이루어진 방앗골에 잠재되었던 내부적 갈등의 원인은 하촌민에 대한 상촌민의 멸시로 드러나 있다. 상촌민은 하촌민을 '대대적으로 천시'하며, '언뜻하면 불러다 뭇매를 갈'겼고 상촌민에 대해 하촌민의 불만과 분노는 계속 커져만 갔다. 전쟁이 터지자 상촌은 우익의 편으로 하촌은 좌익의 편으로 갈라지게 되고 방앗골의 대량학살은 시작된다. 빨치산이 된 득보와 만호는 일만 잘되면 '상촌부터 숙청'하자고 벼르고, 보도연맹원 학살 때 죽을 뻔했던 기남이는 질투의 감정에 휩쓸려 순태네 식구와 금순네 식구를 처형명

단에 올린다. 국군 장교가 되어 공산군을 몰아내고 마을에 들어온 방앗골 출신의 한수가 200명이 넘는 하촌 사람들을 죽인 것은, 그들이 빨치산과 인민군에 협력했다는 혐의 때문이 아니라, 상촌 사람들이 죽임을 당한 것에 분노하여 보복의 차원에서 학살을 저지른 것으로 나타났다. 인민위원장인 민우의 외삼촌이 '좌익에 손을 댄 것'도 '물질이나 공리와는 상관없'이, 그의 친구의 지나친 심술에 대한 '인간 본연의 증오심'에서였다. 방앗골에서 벌어진 대량학살의 참상은 모두 개인적인 감정과 원한의 문제 때문에 발생한 것이었다. 학살의 소용돌이에 휩쓸린 촌락의 구성원에게 중요한 것은 이데올로기의 선택이 아니라 '생존'만이 유일한 목표였다. 이 소설의 주인공인 순태가 전쟁 중에 보여 주는 행로는 '생존'을 모색해야 할 농촌민의 본능적 의식을 그대로 반영하고 있다.

주인공 순태는 자신의 생존을 위해 학살의 두 주체인 경찰과 공산당을 모두 이용하며 전쟁이 끝나자 마을을 재건하는 인물로 등장한다. 공산당이 '싹듯이 말을 높이고 모든 절차에 신사적인 것 같지만 안에는 보이지 않는 칼날이 꼬리를 감추고 있을 거라는 것을' 순태가 예견하며 자기 삶을 안전하게 몰고 갈 방편들을 찾아낸다. 인민군이 진주하자 자신과 가족이 유리한 입지를 확보할 수 있도록 득보를 따라 며칠간 빨치산 대원으로 활약하고, 경찰에 취조당하고 밀정으로 산에 파견되자 자신이 양편 어디에서도 위험에 처하지 않을 만큼만 빨치산의 정보를 '적당히' 경찰에게 알려 준다. 즉 '앞뒤를 살펴서 조심을 해야지, 그렇지 않으면 크게 다친다.'는 순태의 인생관은 '생존을 최선'으로 여기는 생존우선주의였다.

생존의 본능을 좇아가는 농촌민에게 있어 전쟁의 원인과 세계에 대한 이해 의지는 찾아볼 수 없다. 그러나 그들이 마을에 불어 닥친 연속적인 학살을 '시국 탓'으로 이해하는 수동적이며 운명적인 태도를 가지고 있음에도 불구하고 폐허가 된 공동체의 재건을 향한 의지는 강렬하게 전개된다. 이것은 농촌촌락의 폐쇄적 공동체의식에서 비롯되는 것으로 개인의 생존을 마을의 존립과 등가로 간주하는 태도이다. 그러니까 전쟁의 폭력을 피해, 생존을 모색하는 순태로 대표되는 농촌공동체의 성원들은 자신들의 생존을 위해 전쟁으로 황폐화된 마을을 치유해야 한다는 의지를 실천한다. 그런데 이러한 전쟁의 후유증을 치유하려는 과정은 비현실적인 방법으로 전개되고 있다.

상촌민과 하촌민의 대량학살이 마을 거주민끼리 화합하지 못했기 때문에 일어났으므로 마을의 상처를 치유하는 방법은 상-하촌 간의 화해에 맞춰진다. 상-하촌 양쪽의 사람들이 학살의 과정에서 비슷한 수가 죽었으므로 과거 일을 가지고 잘잘못을 따지는 것을 불필요하다고 여기며 생존자들은 '과거는 잊어야 한다.'고 주장한다. 중요한 것은 앞으로의 일인데, 방앗골의 영구적인 화합을 위하고 젊은 남자들이 모두 학살로 희생된 마을 구성원의 재생산을 위해 혼인을 통한 상-하촌의 혼혈정책이 전쟁 상처의 치유방법으로 제시된다. 윤 노인의 제의와 순태, 석만의 주도로 이루어지는 마을 치유 방법은 순태와 석만이 각각 7명, 5명의 마을 과부와 결혼을 함으로써 과부들이 마을 밖으로 나가는 것을 막고 부, 모가 없는 아이들을 이렇게 형성된 가족공동체에서 보살피는 것이었다.

생존을 위한 운명공동체가 전쟁의 후유증을 치유하는 방법으로 채택하는 상-하촌의 혼혈정책은 전쟁 전의 갈등이 전쟁기 학살로 표출되어 폐허가 된 마을의 재통합을 이루게 하는 방법이었다. 전쟁은 물리적 폭력을 통해 인간관계의 체계를 파괴시키고 증오를 조장하여 전통적인 가치와 권위를 해체시켜 버린다. 전쟁의 이러한 속성 때문에 개인들에게 비극적인 경험으로 인식되는 것인데 『방앗골 혁명』에서는 전쟁의 속성이 지닌 비극성을 새로운 가족공동체의 구성으로 전환시킴으로써 전쟁의 후유증을 이상적으로 치유한다. 방앗골이라는 공동체의 입장에서 보자면 이 농촌촌락이 지니고 있던 전통적인 내부적 갈등이 전쟁이라는 외적 요인을 통해 새로운 촌락의 통합을 가능하게 한 것이다. 이와 같은 농촌공동체의 화합을 위해 가족공동체화를 전쟁 상처의 치유방법으로 형상화한 이 소설에서 1960년대 작가의 전쟁의 상처를 치유하기 위한 열망의 정도를 발견할 수 있다.『방앗골 혁명』에서 주인공이 기회주의적인 모습으로 묘사되고 있는 것은 '생존'이 그 어떤 문제보다 절박함을 보여준다. 전쟁의 소용돌이에 휘말린 민간인들에게 전쟁의 원인이 이데올로기적 갈등 때문이라는 인식은 찾아볼 수 없다. 오히려 전쟁은 인물들의 생존본능의 장이었음을 농촌이라는 보편적 공간에서 개연적으로 묘사하고 있다. 농촌의 토속적이며 폐쇄적인 공간의 상징성은 마을의 화합을 이루기 위한 이상주의적 치유 과정으로 드러난다.

전생의 비극의 원인을 전쟁 이전부터 문제가 되었던 마을 내의 대립관계에 초점을 두어 밝혀내려고 한 것이나, 그 대립이 진쟁을 통해 거대한 비극으로 벌어졌으나 그 치유의 과정에서 대립을 화해시키고 한 마을을 새로운 가족공동체로 건설하고자 하는 의지를 실현하고 있는 것은 전후소설에서는 찾아볼 수 없는 내용들이다. 그것은 전쟁의 비극을 새로운 생성의 과정으로 전개시킬 수 있는 객관적인 거리의 확보와 모색의 결과였다. 그러나『방앗골 혁명』이 보여 주는 전쟁 후유증의 이상적 치유 과정은 전쟁의 상황적 조건에 대한 비판적 인식을 충분히 담지 못하고 있다. 이 소설이 전쟁의 비극원인을 내재적으로 밝혀 보기 위해 전쟁 전 마을의 대립을 설정하였으면서도 역사적 인식을 토대로 한 구체적인 원인 규명에는 이르지 못한 채 전쟁의 피해를 회복하는 것에 그치고 마는 것은 이후 분단소설들에서 자주 발견되는 심정주의적 속성이라고 할 수 있다. 이 문제는 역사적인 사실에 대한 명확한 재인식보다는 과거에 대한 용서와 화해를 더욱 중요시하는 70-80년대 분단소설의 경향과 관련지어 보다 심도 있게 논의될 수 있을 것이다.

4) 생명의지의 발견과 전쟁이념의 검증

전쟁의 현장은 한 개인에게 삶과 죽음의 선택만을 강요하는 실존적 공황의 순간이다. 그러므로 시공간적인 배경으로 전쟁을 형상화하는 소설들에서 직접적인 전쟁의 재난을 체험하는 인물이 동물적인 불안감과 공포에 전율하고 오로지 '생존'의 방법만을 모색하는 것은 전쟁소설들에서 공통적으로 드러난다. 그러나 박경리의 『시장과 전장』에서는 전쟁의 체험을 통해 세계관적 인식의 변화를 경험하는 인물들을 제시함으로써 전쟁의 비극을 삶의 일부로 수용하는 적극적인 대응자세를 보여 준다. 특히 이 소설은 시공간적 전쟁의 비극적 상황에 대한 묘사나 생존의 모색에만 초점을 맞추고 있다기보다는 역사적 사건으로서의 전쟁을 경험하는 인물이, 개인의 존재의의를 확인해 가는 인식의 변화 과정을 형상화하고 있다는 점에서 전쟁을 보다 객관화하고 있다.

지영을 축으로 전개되는 소설의 절반은 낭만적이고 폐쇄적인 성격을 지닌 지영이 전쟁의 체험을 통해 구체적인 현실을 자각하며 자신의 삶을 유지하려는 생의 의지를 획득하는 내용으로 이루어져 있다. 전쟁이 발발하기 전 38선 접경지대인 연안으로 부임해 간 지영은 소녀적 감상에서 비롯된 결벽증을 지닌 인물로 그려진다. 지영은 연애라는 말 자체를 혐오하며 남자 역시 싫어할 정도로 폐쇄적이고 작은 일에도 마음 상하는 결벽증의 소유자였다. 그녀의 남편인 기석이 과거에 지영을 일본말로 부른 것, 서점에서 책값을 속여 돌아온 일, 남의 밭에서 감자를 캐던 행위 등을 혐오하는 것도 결벽증 때문이었다.

> 시장은 축제같이 찬란한 빛이 출렁이고 시끄러운 소리가 기쁜 음악이 되어 가슴을 설레게 하는 곳이다. 동화의 나라로 데리고 가는 페르시아의 시장-그곳이 아니라도 어느 나라, 어느 곳, 어느 때, 시장이면 그런 음악은 다 있다. 그 즐거운 리듬과 감미로운 멜로디가, 그곳에서는 모두 웃는다. 더러는 싸움이 벌어지지만 장을 거두어 버리면 붉은 불빛이 내려앉은 목로점에서 화해 술을 마시느라고 떠들썩, 술상을 두들기며 흥겨워하고, 대천지원수가 되어 무슨 이로움이 있겠는가. 오다가다 만난 정이 도리어 두터워지는 뜨내기 장사치들.9)

또한 그녀는 위 인용문에서 드러나듯 동화적 환상, 소녀적 취향에 치우친 낭만적인 내면을 소유하고 있다. 이러한 지영의 낭만적 내면이 도덕적 결벽증으로 드러나 현실의 불만을 남편에 대한 혐오감으로 표출했던 것이 전쟁 직전 지영의 내면세계였다. 작품에서 지영이 38선 지역인 연안으로 교사가 되어 부임하는 설정은 인물의 인식이 변화하는 과정을 긴박하게 전개되는 전쟁 현장의 묘사와 함께 제시하려는 복선적인 장치로 이해할 수 있다. 즉 그녀가 전쟁의 최전방에서부터 후방인 부산에 정착하게 되기까지의 여정은 낭만적 결벽증의 폐쇄적 세계인식을 벗어나 개인의 구체적인 존재조건을 수용하면서 건강한 생명의지를 발견하는 과정이다.

서울로 피난 오기까지 전쟁의 공포를 체험한 지영이 '비굴하게라

---

9) 박경리, 『시장과 전장』(나남출판사, 1999), 131쪽.

도 살아남게 될 것'이라고 다짐하고 '도둑질까지 할' 것을 각오하며 집에 돌아오자 그녀는 강건한 어머니이자 아내로 변화했다. 혐오하던 남편 기석이 빨갱이 누명을 쓰고 감옥에 들어가자 비굴한 자세로 구명운동을 벌이며 형무소로 찾아가 옷과 돈을 넣는 헌신적인 태도를 보이고, 쌀 배급인 줄 알고 한강 변에 나갔다가 국군의 총에 맞아 죽게 된 어머니의 시체를 업고 장사 지내며, 아이들을 위해 옷 보따리를 들고 시장에 나가 장사를 하기도 하는 지영이 스스로를 '끈질기고, 징그럽고, 지혜롭고, 무서운 여자'라고 생각할 정도로 그녀는 전쟁의 체험을 통해 자신의 삶의 조건을 적극적으로 수용하며 새로운 생의 의지를 갖게 된다.

이와 같은 지영의 생의 인식 변화 과정에서 소설의 제목인 『시장과 전장』의 의미는 새롭게 형성된다. 지영이 처음에 인식했듯이 평시의 '시장'이란 시장의 장사꾼이 아닌 개인에게 활력과 낭만이 넘치는 장소일 수 있다. 필요한 것을 무엇이든 얻을 수 있는 공간으로서의 시장은 평시에는 특정한 지역에 형성되는 거래의 장소이며, 시장의 물질적인 풍부함이 제공하는 즐거움은 동경의 대상일 수 있다. 그러나 『시장과 전장』에서 드러나듯 전쟁 상황은 피난지의 모든 곳을 시장으로 뒤바꿔 놓는다. 피난민들이 몰려가는 곳이라면 어디든지, '관악산 산기슭'에서도 그들은 생존의 절박함 때문에 시장을 형성하게 된다. 전장으로 형성된 지역에는 항상 피난민들이 존재하게 되며 그 피난민들은 전장에서조차 시장을 형성하게 되는데 결국 전쟁의 상황에서는 전장이 곧 시장이 되는 것이다. 생존의 본능에 움직이는 개인들이 생존의 위협을 받으면서도 생존을 유지하려는 공간이 전장이며 동시에 시장이라는 사실은 전쟁의 폭력에 희생당하기만 할 것 같은 인간들의 무기력한 모습과 달리 그 속에서도 고귀한 생명의지가 역동적으로 꿈틀대고 있음을 상징한다.

한편 전쟁의 체험을 통해 자신의 존재조건을 수용하면서 생명의 지를 발견해 가는 지영의 경우와 달리 기훈에게 전장은 이념에 대한 열정이 지닌 허위와 모순을 폭로하는 구체적인 장소이다.『시장과 전장』에서 '전장'의 중심인물인 기훈의 이념성은 스승인 석산, 동료인 장덕삼과 빨치산 여성동무의 대화를 통해 비판되는데, 이것은 전쟁을 일으킨 '코뮤니스트'의 이념성이 지닌 허위와 모순을 지적하는 역할을 한다. 기훈의 스승이며 바쿠닌을 동경하는 아나키스트인 석산이 '광신과 방편과 폭력'을 통해 계급해방을 주장하는 기훈에게 "부르주아 독재, 프롤레타리아 독재 이 양극 사이에는 아무 것도 가담하고 싶지 않은 개인이 너무 많이 있다."며 기훈에게 '영혼이 진실로 해방되어야 한다.'는 점을 강조하는 것이나, 장덕삼이 '혁명에 대한 냉혹한 정열'을 보이는 지식인 코뮤니스트를 비판하는 것 그리고 사랑을 찾아 전향한 조 군관 동무의 이야기를 통해 '인간에 대한 애정이 있음으로 혁명의 힘이 모여야 함'을 주장하는 빨치산 여성동무의 주장 등은 인간 중심을 강조하는 인간 해방의 코뮤니즘의 논리가 그 원칙을 파기한 채 인간 파멸의 폭력만을 일삼고 있음을 비판하는 것이다.

코뮤니즘과 전쟁에 임하는 코뮤니스트의 맹목성의 비판에 대해 기훈이 코뮤니스트의 입장에서 상대방을 비난하면서도 "석산은 그런 얘기를 하면 사랑스럽고, 장덕삼은 등신 같아 우습고, 여자는 싫어진다."고 말하면서도 그들에 대한 공감을 표시하고 있는 것은 자신의 이념과 전쟁의 목표수행에 대한 기훈의 회의를 단적으로 드러낸다. 석산이나 장덕삼, 여성동무의 발언들은 기훈의 내면에서 들려오는 회의의 목소리이며, 기훈이 전쟁의 과정에서 얻게 된 깨달음이다. 전쟁을 통해 성취하려던 인간 해방이라는 목표가 극도로 비인간적인 과정을 통해 이루어져야만 한다는 아이러니에 기훈은 고뇌하

고 있는 것이다. 기훈이 겉으로는 비정하게 이념에 충실하다가 내면
에 흐르는 공산주의 이념에 대한 회의를 행동으로 나타내는 것은
산에서 가화를 만나고 나서부터이다. 기훈은 가화를 산에서 내려 보
내기 위해 동지를 배반하는 데까지 이른다. 마지막 장면에서 가화를
내려 보내려다 발각되어 추적하는 남자를 쏘아 죽이고 가화 또한
그 남자의 총에 맞아 희생되는 것은 기훈의 이념에 대한 생각의 변
화와 행동의 변화를 동시에 상징적으로 드러낸 것이라 볼 수 있다.

한국전쟁에 대한 이념적 검증을 최초로 전개했던 『광장』을 염두
에 둔다면 이 소설에서 등장하는 코뮤니즘 비판은 북의 실상을 보
여 주지 못한 채 관념적인 진술의 교환만이 이루어진 것으로 이해
할 수 있을 것이다. 그러나 전쟁의 한복판에서 지휘관의 위치에 있
는 냉정한 행동주의자인 기훈을 각기 계급적인 이해가 다른 인물들
이 자신들의 입장을 토대로 비판하는 점은 『광장』의 내면 독백의
형태와 달리 인물 간의 갈등의 전개로 형상화되는 구성적 힘을 지
니고 있다. 『시장과 전장』은 한국전쟁이라는 역사적 사건을 계기로
인물의 세계인식이 변화해 가는 과정을 형상화하고 있다. 지영이 발
견한 고귀한 생명의지나 기훈이 자각한 이념의 허위성은 피해의식
에만 매몰되었던 전쟁 인식의 한계성을 벗어나 보다 구체적이고 객
관적으로 전쟁을 조망한 적극적인 대응 자세였다.

5) 분단시대의 소설적 대응

현대 한국 소설사에서 중심적 연구과제인 전쟁 체험의 문학적 수
용에 관한 논의 속에서 그동안 상대적으로 소홀히 다루어 왔던
1960년대 전쟁의 현장을 다룬 장편소설들에 나타난 전쟁의 체험 양

상과 전쟁의 인식 방법을 세 작품을 중심으로 살펴보았다.

한국전쟁은 한국인의 삶 속에서 늘 악몽을 꾸게 하고 압박감을 주는 존재로 작용해 왔다. 1950년대 전후소설에 나타난 현실에 대한 회의, 반항, 절망과 허무가 전쟁의 직접적인 영향에서 벗어나지 못한 전쟁 체험의 중압감을 반영하고 있다면, 1970 - 80년대 분단소설은 민족의 삶에 대한 총체적인 인식을 위해 전쟁으로 첨예화된 분단 모순의 극복을 구현하고 있다. 이와 같은 한국전쟁의 소설적 대응 양상 속에서 1960년대의 장편소설들은 전쟁의 현장을 소설적 시공간의 현재로 설정하여 객관적인 거리를 확보하려고 했다. 1960년대라는 시간적 간극이 1950년대보다 좀 더 객관화할 수 있는 여유를 제공한 것일 수도 있으나, 전쟁의 현장을 장편 양식을 통해 형상화했다는 점은 당시의 작가들이 가지고 있는 전쟁에 대한 객관화 의지를 반영하고 있다.

강용준의 『밤으로의 긴 여로』에서는 전쟁의 원인에 대한 분명한 인식을 갖지 못한 인물들이 생존자로서 지니는 공동책임의식으로 인해 죄책감이라는 내면화된 상처를 갖고 있었다. 작가의 분신으로 여겨지는 '나'는 전쟁의 기억을 술회함으로써 내면화된 전쟁의 상처를 극복하고 있다. 수기의 형식을 지닌 이야기 전달 과정의 직접화 방식은 전장의 참혹함을 보다 구체적으로 제시하고 있는데, 전쟁에서 있었을 법한 이야기가 아닌 있을 수밖에 없었던 이 소설의 이야기는 전쟁으로부터 객관화된 거리를 획득했기 때문에 가능한 것이었다. 이 시기 소설 중에서 오유권의 『방앗골 혁명』은 전쟁이 야기한 민간인 대량학살의 원인을 전쟁 전의 시기로 거슬러 올라가 내재적인 대립관계에 초점을 맞추어 형상화하고 있었다. 이것은 전쟁에 대한 조망력을 작가가 가지고 있었던 것으로 이해할 수 있는 내용인데, 작가가 구성해 낸 내재적 대립관계가 개인적 원한으로만 한정되어 제시된 것이라든가 새로운 가족공동체를 이룩함으로써 전쟁 후유증을 치유하여 마을의 통합을 유도하는 내용 등은 구체적 역사 인식을 토대로 한 원인규명에 접근하지 못했기 때문에 나타난 한계 이다. 역사적인 사실에 대한 명확한 재인식보다 과거에 대한 용서와 화해를 중요시하는 이 소설의 심정주의적 태도는 1970-80년대 분단소설과 관련하여 논의될 수 있을 것이다. 박경리의 『시장과 전장』은 전쟁을 개인의 삶의 한 부분으로 수용하는 자세를 통해 전쟁의 피해의식을 벗어 버렸다. 이 소설에는 여타 전쟁 체험 소설에서 등장하는 무기력한 인물들과 달리 자신의 구체적 존재 조건을 감내하면서 강건하게 생을 유지하려는 강렬한 생명의지를 회복하는 인물이 등장한다. 또한 한국전쟁에 내재한 이념적 허위를 자각해 가는 인물을 통해 역사적 사건으로서의 전쟁에 대한 평가를 시도하고 있었다. 이 소설에서 수행되고 있는 이념의 검증은 『광장』의 이명준이 행한 관념적인 독백과 달리 계급적 이해에 기반을 둔 다양한 인물들의 발언이 갈등의 구성으로 전개되는 특징을 가지고 있다. 『시장과 전장』의 이념 검증은 이문열의 『영웅시대』에서 등장하는 이데올로기에 대한 비판적 인식과도 비교될 수 있다. 한국 소설에 나타난 한국전쟁에 대한 이념적 인식의 수준은 『광장』, 『시장과 전장』, 『영웅시대』를 통해 시대별로 종합해 점검해 볼 수 있을 것이다.

1960년 4·19 혁명을 통해 한국 사회는 새로운 역사를 창조해 나아갈 수 있는 가능성을 경험했다. 한국전쟁으로 인한 충격과 흥분 상태를 극복하면서 객관적인 거리를 확보하려는 소설적 대응은 한국소설사에서 『광장』을 시작으로 전개되었다. 전쟁의 피해의식이라는 감정적 대응에서 벗어나 전쟁의 조망이라는 이성적 판단의 시작을 본격적으로 전개한 1960년대 전쟁의 현장을 다룬 장편소설들은 분단시대의 소설적 대응으로서 그 가치가 인정되어야 할 것이다.

참고문헌

1. 기본 자료

강용준, 『밤으로의 긴 여로』(삼성출판사, 1972).
오유권, 『방앗골 혁명』(을유문화사, 1962).
박경리, 『시장과 전장』(나남출판사, 1999).

2. 논문 및 저서

권영민, 『한국현대문학사』(민음사, 1992).
김승환 · 신범순 편, 『분단문학비평』(청하, 1987).
김동환, 「한국 전후소설에 나타난 현실의 추상화방법 연구」, 『한국의
        전후문학』(태학사, 1991).
문학사와 비평연구회 편, 『1950년대 문학연구』(예하, 1991).
문학사와 비평연구회 편, 『1960년대 문학연구』(예하, 1993).
송하춘, 「1950년대 한국소설의 형성」, 『1950년대의 소설가들』(나남출
        판사, 1993).
유임하, 『분단현실과 서사적 상상력』(태학사, 1998).
임헌영, 『분단시대의 문학』(태학사, 1992).
정현기, 「소설의 역사적 증언과 문학적 진실의 문제」, 『한국문학의
        사회사적 의미』(문예출판사, 1986).
정희모, 『1950년대 한국문학과 서사성』(깊은샘, 1998).
조남현, 『한국현대소설의 해부』(문예출판사, 1993).
조남현, 『한국현대소설연구』(민음사, 1987).
천이두, 「呪縛으로부터의 脫出」, 『현대문학』(현대문학사, 1980.1).
최병우, 「전후 장편소설에 나타난 전쟁 수용 양상」, 『한국현대소설의
        미적 구조』(민지사, 1997).
한승옥, 『한국현대장편소설연구』(민음사, 1989).

3. 불안과 환멸의 이중주

─ 강석현의 소설

1) ≪가톨닉靑年≫과 강석현

이 글은 1930년대 한국 문학 연구사에서 이전 시기의 문학 경향을 극복하기 위해 조선 문단에 새로운 문학담론과 작품경향을 소개한 월간 잡지 ≪가톨닉靑年≫의 문학작품들을 본격적으로 논의하기 위해 한국 소설사에서 거론되지 않은 ≪가톨닉靑年≫에 게재된 소설 작품에 주목하고자 한다. ≪가톨닉靑年≫에 실린 소설 중 특히 1930년대 중반의 식민지적 상황을 간결한 문체와 날카로운 직관을 통해 묘파한 강석현의 작품을 우선 분석하여 그 의미를 고찰해 보도록 한다. 이 작업은 1930년대 중반 한국 소설의 경향을 재고해 볼 수 있는 기회를 제공해 줄 것이며 소설사 연구에서 거명되지 않았던 작가의 작품을 새롭게 발굴한다는 의미도 지닌다. 또한 이 글이 다룰 강석현의 소설은 김유정, 채만식의 소설과 1930년대 중반 허준, 최명익 등 단층파 작가들의 지식인 단편소설 경향과의 비교를 통해 1930년대 중반 소설사의 전개를 점검해 보는 데에 좋은 자료가 될 것이다. 이 연구는 ≪가톨닉靑年≫의 의의를 시사적(詩史的) 관점에 한정해서 논의하였던 기존의 문학사 연구에서 탈피하여 ≪가톨닉靑年≫이 1930년대 소설사 논의를 재고할 수 있는 창작 공간으로서 의미를 지니고 있음도 지적할 것이다.

《가톨닉靑年》에 여섯 편의 소설을 게재한 강석현에 대한 구체적인 정보는 현재까지 알려져 있지 않다. 그가 《가톨닉靑年》에 처음 게재했던 「秘密의 秘密」(《가톨닉靑年》 8호, 34년 1월)이라는 소설이 종교적인 주제를 다룬 번안소설적 형식을 취하고 있다는 점을 고려한다면 그가 천주교신자인 문학청년일 것으로 유추해 볼 수 있을 뿐이다. 「秘密의 秘密」 이후 강석현은 백설공주 이야기를 번안 각색한 「거울과 王后」(9호, 34년 2월)라는 소설을 발표하였으며, 강석현이 《가톨닉靑年》 27호(35년 8월)에 발표한 「金鑛病者」는 1930년대 소설 연구에서 간략하게 소개되어 있기도 하다. 1930년대 중반 당시 소설의 중요 모티프 중 하나인 '금 모티프'[1]와 관계하여 그의 소설이 소개된 것이 소설사에서 찾아볼 수 있는 강석현에 관한 내용의 전부이다. 그러나 이후 《가톨닉靑年》을 통해 발표하는 세 편의 소설-「李男爵과 그의 家族」(30-32, 35년 11월-36년 1월), 「누이書信」(36호, 36년 5월), 「朴一朵의 家庭」(40호, 36년 9월)은 식민지 조선에서 살아가는 인물 군상의 다채로운 삶의 모습과 그들을 바라보는 지식인의 불안한 시선을 간결하면서 사실적으로 그리고 있어서 주목된다. 이에 본론의 각 절에서는 위에서 언급한 네 작품을 소개, 분석하며 강석현 소설의 특징을 논구해 보도록 한다.

---

1) 류종렬, 『가족사 연대기소설연구』(국학자료원, 2002).
　황영규, 「일제말 금광 모티프 소설연구」(부산외국어대 석사학위논문, 1995).

2) 왜곡된 경제관념과 무능력한 인텔리의 삶
-「金鑛病者」와 「朴一朶의 家庭」

「金鑛病者」에서 소설의 제목과 같이 금광에 미친 인물은 소설의 주인공이자 서술자인 '나'의 아버지이다. 사리원 근교의 수교(水橋)라는 마을에서 살고 있는 '나'의 아버지는 몇 년 전부터 시굴권을 가진 금광광구를 손에 넣어 몇만 원을 한 번에 쥐어 보자는 꿈을 가지고 금광 찾기에 몰입하였다. 그러나 얼마 있는 재산마저 탕진하고 어렵게 따 낸 금광시굴권조차 사기를 당해 서울의 광무소 사람들에게 빼앗겨 버렸지만 여전히 금광 찾기에 빠져 있다. 각기병과 심장쇠약 등 온갖 병에 시달리면서도 팔십 노인은 사기당한 광구 옆에 새로운 광구를 얻어 시굴권을 따내 백 원의 계약금을 받고 서울 광무소 사람에게 삼천 원에 팔기로 계약하였다. 시굴권 만기일이 도래하는데도 계약이 성사되지 않자 조급해진 아버지가 서울에서 은행원으로 일하고 있는 아들인 '나'를 고향으로 불러들여 매매를 독촉하도록 하여 '나'가 매매계약을 다시 성사시키는 과정이 이 소설의 줄거리이다.

세상 사람들이 온통 허황된 금광에 빠져 있다는 것을 알고 있는 '나'는 팔십의 나이에 일확천금을 꿈꾸는 아버지를 보며 연민의 감정을 느낀다. 그러나 금광을 사이에 두고 벌이는 사람들의 헛된 기대와 그 기대를 이용한 사기, 그리고 사기당할 것을 불안해하는 '나'의 심리가 소설에서 간결하게 묘사된다. 금광으로 쉽게 큰돈을 벌 수 있으리라 믿는 금광꾼들과 달리 광구에서 금을 캐내는 일을 하는 이 서방은 아버지가 사기를 당한 광구에서도 금의 산출은 극히 적고, 이번에 팔기로 한 광구에서는 금이 있는지 구리가 있는지 분명하지 않다는 사실을 '나'에게 알려 준다. 그런데도 금광을 좇는 사람들은 금에 대한 맹목적인 기대를 가지고 거액을 들여 광구를 사고판다. 여기에 이번에 '나'가 상대하고 있는 서울 인흥광무소 사람들처럼 금에 대한 맹목적인 기대를 가진 금광꾼들의 심리를 이용해서 사기를 노리는 사람들이 문제를 보다 복잡하게 만든다. 아버지가 팔려고 하는 이번 광구에서는 금이 나올 확률이 매우 적을 것이라는 이 서방의 예측을 전해 들은 '나'는 이 광구를 매매할 경우 사기죄로 고발되지나 않을까 걱정하여 서울 인흥광무소 사람들에게 사실대로 말하였으나 그들은 '평수를 채우기 위해 사려는 것'이라며 매매를 진행시키자고 이야기한다. 밑지는 계약인 줄 알면서도 매매를 진행하겠다는 그들은 그러면서도 차일피일 미루며 매매를 진행하지 않는다. 이 계약이 제대로 이행될 것 같지 않고 사기당할 것 같다는 불안 속에 있는 '나'는 아버지의 재촉에 마지못해 계약을 다시 하고 아버지는 '나'가 가져온 계약서류를 보고 삼천 원이라는 큰 돈을 곧 가질 것처럼 기뻐하는 모습이 대조된다.

부친은 남어있는 서류를 달래서 한참보시드니 만족한 얼굴로 그것을 자기 머리밑에 느신다. "이만하면 몇일 후에는 三천원이 생겼구나 저번에도 말했지만 五천원만생기면 너한테 이제는 그리 아쉰소리 않애도 사러나가겠다"하신다.
"그렇게 되었으면 좋겠습니다"
"그렇게 되었으면이라니 물론아니냐"
"네 저는 내일쯤 경성으로 가겠습니다"
"그래도 좋다. 이쪽일은 이만하면 다 잘되였으니까 서울 가 있거라"
"오는 겨을쯤 또 오겠습니다"
"그래라 이번 겨을에 올때는 나도 꽤 부자가 되어 있을 것이다"
이렇게 좋와하시는 부친을 참아 치여다보지 못하겠다. 부친의병은 이몇 일간 많이 나신 것 같다. 그러나 또 인제 병이 더 하실른

지 모르겠다. 부친은 때때로 머리맡에 있는 수지같은 서류를 만족
한 얼골로 들쳐보신다(≪가톨닉靑年≫ 27호, 35년 8월, 83쪽.).

이 소설에서 주목할 것은 일확천금의 꿈에 부푼 아버지의 모습을
지켜보는 아들의 심정이다. 인용문에서 보듯 금광매매가 불안하기만
한 아들의 심경은 쓸쓸하게 묘사된다. 작중에서 '나'의 의심과 불안
심리는 광산매매업자와의 대화에서 자주 제시되며 '나'의 불안은 금
광에 미친 당시 사회의 세태에 대한 두려움을 반영하고 있다. 팔십
노인조차 일확천금의 기대를 버리지 못하는 돈에 대한 욕망과 그
욕망을 이용해 사기를 벌이는 사람들. 왜곡된 경제관념이 지배하는
조선 사회에서는 모두가 금광에 미친 병자들이라는 인식 때문에
'나'는 불안하기만 하다.

1930년대는 가히 '황금광시대'라 불릴 정도로 금광에 대한 열기
가 만연한 시대였다. 「金鑛病者」와 같은 금 모티프 소설은 1930년
대 중반을 전후하여 일제의 군수자금 확보를 위한 산금장려정책이
시행되던 시기의 소설들로 당시 만연한 황금 열기를 반영하면서 궁
핍한 식민지 현실을 잘 드러내고 있다.2) 주지하다시피 1930년대 금
광 열풍을 소재로 다룬 소설가는 김유정이다. 잠채꾼들의 유랑적 삶
과 탐욕의 비극을 다룬 「노다지」, 금 열기에 휩쓸린 한 농부의 꿈
과 좌절을 그린 「금따는 콩밭」, 광부들의 비참한 생활과 금에 대한
집착을 보여 주는 「금」, 금에 대한 환상과 절망을 가진 실업자를
묘사한 「연기」 등 김유정의 금 모티프 작품들은 1930년대 중후반
일제하 금 열풍을 해학적으로 묘사하고 있다. 이에 비해 강석현의
「金鑛病者」는 1930년대 중반 금광에 미친 인물을 바라보는 주인공
의 불안한 심리가 강조되고 있는 것이 특징이다. 강석현의 「金鑛病

---

2) 류종렬, 앞의 책, 265쪽.

者」는 금 열풍을 바라보는 한 지식인의 불안한 심리를 통해 금광
열풍의 허구를 사실적으로 그려 낸 소설로 의미가 있다고 하겠다.

금광열풍의 사회상을 목격하면서 불안한 심리 속에 살아가는 인
텔리의 모습이 「金鑛病者」에서 그려졌다면 「朴一菜의 家庭」에서
인텔리 주인공은 무능력한 존재로 등장한다. 朴一菜는 대학에서 경
제학을 전공한 인텔리이다. 그러나 그는 아버지에게 얹혀살며 아버
지가 제공하는 월 오십 원의 생활비로 근근이 삶을 유지해 간다.
그는 대학까지 졸업했지만 아버지가 직업 구하는 것을 허락하지 않
자 직업을 갖지 않았다. 朴一菜는 원래부터 저축만을 고집하며 경
제권을 쥐고 있는 아버지의 그늘 밑에서 벗어나지 못한 채 아버지
의 명령과 요구에 수동적으로 움직이면서 살아간다. 朴一菜의 수동
적인 삶은 아내의 폐병으로 원산에 요양을 가게 되어서도 계속된다.
아내가 출산 후 얻은 폐병을 치료하러 원산에 갔던 一菜의 가족은
아버지가 보내주는 팔십 원으로 생활을 꾸려 가지만 항상 돈이 부
족하여 친구에게 매달 오십 원씩 빚을 얻는다. 그런데 어느 날 부
친이 一菜에게 원산에 있더라도 경성에 와서 집안일을 돌볼 것을
요구하자 一菜는 가끔 경성에 일을 보러 가고, 원산 시내에 여고보
동창을 만나 여유를 즐기고 있던 一菜의 아내는 불시에 동정을 살
피러 원산을 방문한 부친에게 발각되어 꾀병치레를 한다고 비난받
으며 一菜의 가족은 서울로 돌아오게 된다. 서울에 와서도 부친의
구속으로 부자유함을 느끼는 一菜는 그러나 부친의 신용을 잃게 될
것을 더욱 두려워한다. 경성에 돌아와 원산에 있을 때 친구들에게
졌던 빚을 갚기 위해 애를 쓰지만 아버지의 그늘에서 벗어난 적이
없던 一菜는 또 다른 빚을 얻어 이전 빚을 갚는 악순환을 계속한
다. 이 악순환을 해결할 방법은 부친에게 사실대로 말하는 것밖에
없다는 것을 알면서도 一菜는 아버지의 신뢰를 잃게 되는 것을 두

려워하며 어떤 선택을 해야 할지 모르는 상황에서 친구를 맞이하는
장면으로 소설은 끝이 난다.

> 그러나 그몇달이라는日數가 빨리도 도러왔다. 그親友는 五十圓
> 을주었으면 좋겠다 하였다. 勿論父親에게드렸던 五十圓을 찾었다
> 하며 그것을내뵈었다.
> 一釆는 어떻게하면 좋을지 몰렀다. 이렇게 되면 오히려 자기父
> 親에게 모든 것을 告白하는것이 낫지 않을가 생각하였으나 역시
> 信用을 잃어서는않되겠다는 생각이 앞쓰고 말었다. 一釆는 자기
> 앞에 있는 그親友의存在도잊어버리고 그대로 먼 곳만 바라보고
> 있었다(≪가톨닉靑年≫ 40호, 36년 9월, 65쪽).

이 소설은 당시 정착되어 가는 자본주의 경제질서에서 경제적으
로 무능력한 인텔리의 삶의 모습을 묘사하고 있다. 채만식의 「레디
메이드 인생」에서 확인할 수 있듯이 인텔리의 경제적 무능력은 당
시 사회의 구조적인 문제이기도 하다. 이 소설에서 아버지의 존재는
인텔리를 무력하게 만드는 외부적 조건에 대한 은유로 이해할 수도
있다. 하지만 외부적 조건을 극복하려고 하지 않는 인텔리의 소극적
태도는 상황을 변화시키지 못하며 불안한 삶을 지속할 수밖에 없다.
강석현의 소설은 식민지 조선 사회에 뿌리내리게 된 자본주의의
왜곡된 현상들을 지식인의 시선을 통해 바라본다. 소설의 주인공들
은 자신들에게 닥친 문제를 대처하지 못한 채 불안한 미결정 상태
에 빠지거나 대상을 연민하는 데 그치고 만다. 지식인에게 세계는
불안할 뿐이고 그들에게는 그 불안을 극복할 힘과 의지조차 보이지
않는다는 점에서 강석현 소설의 페이소스는 더욱 강화된다.

3) 식민지 삶의 환멸과 여성의 운명
- 「李男爵과 그의 家族」과 「누이書信」

　「李男爵과 그의 家族」은 천박한 부호 李男爵의 생활상을 그리고 있는 작품이다. 소설의 주인공 李男爵은 55세의 부호이지만 삼십대 청년처럼 젊다. 그는 먹는 음식이나 거주하는 집, 여가생활 등에서 매우 호화롭게 살고 있다. '베르무트'라는 불란서 양주를 갈비전골 안주와 함께 매일 마시고 심심하면 인천 월미도에 '드라이브' 가고 낮에는 바둑, 밤에는 '마-작'을 하며, 사진 박기를 좋아한다. 식민지 조선에서 호화생활을 하고 있는 李男爵의 삶은 그가 거느린 다섯 명의 아들들이 벌이는 사건 때문에 혼란스럽게 되고, 소설은 아들들의 문제 때문에 고심하게 되는 남작의 생활상을 그리고 있다.

　일찍 아내를 여의고 아들들 뒷바라지를 하며 살아가고 있는 李男爵에게는 다섯 명의 아들이 있다. 첫째 아들은 침착하고 양심적이지만 소극적이어서 李男爵은 불만스럽다. 반면 방탕한 건달인 둘째는 매번 문제를 일으키는데 술집에서 사람을 때린 혐의로 감옥에 갔다 온 둘째는 우연치 않은 사고로 죽고 만다. 둘째가 일찍 결혼을 했다면 착실하게 살았을 것이라고 생각한 李男爵은 셋째 아들을 빨리 결혼시키지만 그는 매우 소비적인데다가 여색을 밝히는 인물이다. 셋째 아들은 배우양성소의 여자들과 스캔들이 나서 신문에 떠들썩하게 이름을 올리며 감옥에 가게 된다. 아직 어린 학생들인 넷째와 다섯째는 일본에서 중등학교에 다닌다.

　소설을 소개하는 작가의 말에서 강석현은 이 소설이 당시 실재인물을 모델로 썼다고 밝히고 있는데,[3] 식민지 조선 상류사회의 생활

---

3) 강석현, ≪가톨릭靑年≫ 32호(가톨릭靑年社, 36. 1), 71쪽.

모습을 묘사하고 있는 이 소설에는 당시에 유행하는 여러 문화현상
들을 흥미롭게 제시하고 있다. 영화제작소 사업을 미끼로 부호인 李
男爵에게 접근하는 최성도라는 인물을 통해 제시되는 화려한 영화
판의 세계라든가, 신문마다 떠들썩하게 소개하는 유명인사들의 연애
기사와 화려한 의상을 입고 벌이는 젊은 남녀의 연회 등은 식민지
조선 사회 상류층의 일상적인 삶인 듯 그려진다. 이 소설에서는 이
같은 당시 유행한 문화현상뿐만 아니라 돈의 가치를 좇는 풍조와
돈을 둘러싼 사기, 속임수, 누구도 신뢰할 수 없는 조선 사회의 세
태를 李男爵 가계와 최성도의 관계를 통해 제시한다. 결국 소설의
말미에서 배우학교의 배우지망생과 남작의 셋째 아들이 스캔들을
일으키고 이 문제로 셋째 아들과 최성도 간에 사이가 나빠져 영화
사 주식모집이 사기였음이 드러나고 만다. 그리고 李男爵에게 또
다른 불행이 닥쳐오는데 중등학교에 다니는 넷째 아들이 중국여행
을 떠났다가 상해에서 술을 너무 먹어 폐렴에 걸려 죽게 된다.

　식민지 조선의 어느 부호 집안의 자식들 이야기로 끝나고 말 것
같은 「李男爵과 그의 家族」은 자식들의 불행을 겪으면서 李男爵이
자신이 살고 있는 조선에 대한 환멸을 경험하게 된다는 데에 중요
한 의미가 담겨 있다. 李男爵은 왕실의 친족으로서 부와 명예에 있
어서 조선에 살고 있는 그 누구보다 최상위에 있으나 일본인 선생
들이 나누는 조선, 조선인에 대한 환상을 듣고, 일본 경찰이 조선인
인 자신과 아들에게 보이는 불친절한 태도를 보면서 조선인으로서
의 환멸을 자각한다.

　　선생들은 조선에 대한 여러 가지 질문을 하였다. 어떤 선생은 조
　선서 살고 싶다고 하였다. 본봉(本俸)외에 몇 활의 가봉이 있고 또
　물가도 그리 빗싸지도 아니하니 조선서 몇 해 살어 부자되고 싶다

는 것이였다. 선생의대부분이 동감인 것 같았다. 그들이 만선을 여
행하야 제일 구체적으로 뚜렷하게 얻은 개념은 부자되는 방법이었
다. 그것도 무슨 실업가나 공업가보다 가봉을 받는 전문학교나 대
학교 수밖에 그들은 용망이 없었다. (중략) 그들은 잘먹고 잘놀았
다. 아모 걱정없이 잘노는 그들이 남작은 부러웠다. 남작도 그장면
에 어울리게 하려고 애써 우서도보고 춤도 추어보았으나 어찌그런
지 흥이나지 않았다(≪가톨닉靑年≫ 32호 36년 1월, 98 - 99쪽).

　李男爵은 남작이라는 신분적 위치에도 불구하고 조선인 - 일본인
의 구별이 분명한 조선에서 식민지 조선인의 비애를 절감하고 있다.
아무리 경제적으로 부유한 사람이라고 하더라도, 높은 지위에 올라
있는 사람이라고 하더라도 피식민지 백성으로서 겪을 수밖에 없는
불행을 李男爵은 각인하게 된 것이다. 아들들의 불행을 겪고 피식
민지 백성으로서의 고통을 경험한 李男爵이 조선을 떠나 바다 건너
브라질로 떠나고 싶어 한다는 결말부분은 식민지 조선에 사는 모든
사림이 환멸의 감정을 지닐 수밖에 없는 현실 속에 있음을 확인하
게 된다.

　　"그리 떠나고도 싶지 않에. 가산정리를 해가지고 다른 데로 가
고 싶은 생각이 나네"
　　"어디로 가고 싶으십니까"
　　"여기도 좋고 또…… 브라질도 좋다데 그려"
　　"노동자가 가는데 말입니까"
　　"노동하러 가기는 가지만 가는 데는 노동자뿐만 아니지 좀 오
랜 일이지만 나아는 그전군수도 자기 가족二十여명을 데리고 브
라질 간 일이 있지"
　　"二十명이면 꽤 많습니다"
　　"그렇지만 내야 얼마되나. 동경에 있는 큰애는 그대로 있을 테

　　고 자식들하고 자네뿐이지. 사실 편하지 마 — 작을 못하겠나 술을
　　못먹겠나. 먹고 일하고…… 그이상 유쾌한 일이 없을 게야. 조선
　　사회처럼 더 귀치않은 사회가 어디 있나 또”(≪가톨닉靑年≫ 32
　　호 36년 1월, 100쪽)

　자기가 살고 있는 곳을 떠나 먼 곳으로 이주하고 싶다는 열망은 현재의 상황을 어떻게 해결해 볼 수 없다는 인식에 도달한 사람이 꿈꿀 수 있는 최후의 방법이라고 하겠으며 그만큼 식민지 조선 사회에 대한 환멸의 감정은 소설에서 강한 여운으로 드리워져 있다. 강석현은 李男爵이라는 조선의 상류층 인물을 묘사하면서 당시 상류사회에서 유행하는 문화현상들의 세태를 묘사하고 있을 뿐만 아니라 상류층조차 환멸스럽게 여기는 식민지 조선의 억압적 현실을 소설에서 그리고 있다.

　「李男爵과 그의 家族」이 식민지 현실에서 느끼는 환멸스러움을 상류층의 시선으로 묘파하고 있다면 「누이書信」에서 강석현은 결혼한 여성이 급변하는 조선 사회에서 경험하는 삶에 대한 환멸의 정서를 보여 준다. 「누이書信」은 소설의 서술자인 ‘나’의 둘째 누이가 남편에 대한 불만과 넋두리를 큰누이에게 보낸 편지 글을 소개하는 형식으로 이루어진 소설이다. 누이의 편지가 서술자인 ‘나’의 논평과 함께 교대로 제시되는 「누이書信」은 연애시절과는 전혀 다른 남편의 모습을 보면서 삶의 환멸을 느끼고 있는 둘째 누이가 주인공이다. “의사가 잘 통하고 또 그리 예외를 채리지 않아도 이쪽을 이해하여 주는 사람”(80쪽)과 결혼하기를 원했던 둘째 누이는 편벽하고 보수적인 인물을 남편으로 만난다. 그는 처가의 가난을 노골적으로 지적하고 아내에게 용돈을 주지 않으면서 반찬투정이 심할 뿐만 아니라 골동품 수집과 마작에 빠져 있다. 이 같은 남편에 대한 불

만과 실망 때문에 삶의 환멸을 느끼고 있는 누이가 그나마 삶을 견디며 살아가는 이유는 아이를 임신했기 때문이었다. 임신한 아이를 출산할 때까지 환멸스러운 삶을 참고 견디겠노라고 쓰고 있는 누이의 편지는 삶의 새로운 의욕을 다짐하고 있는 듯이 보였다. 그러나 누이는 이 편지를 쓴 지 6개월 후 출산을 하다가 아이와 같이 죽고 만다.

삶의 환멸을 절감하면서도 그 정서를 극복하려는 인물의 의지가 힘없이 좌절되고 마는 이야기를 간단한 편지 글 형식을 통해 묘사하고 있는 강석현의 「누이書信」은 결혼한 여성들에 대한 연민의 감정을 내포하고 있다. 그리고 이 소설이 흥미로운 점은 누이의 남편에 대한 묘사를 통해 당시 1930년대 도시 소시민의 전형적인 모습을 그려 내고 있기 때문이다.

> 사실 누이의 하스는 지식욕도 없고 사색도 없다. 의욕(意慾)의 방향조차 잊어버린 소시민(小市民)이다. 회사에서 피곤해오면 목욕을 하고 반주로 몸을 쉬고 라디오를 드르며 자는 그것이 제일 안락한 생활로 알았다. 그이상 '생활' 혹은 '자의식(自意識)', '인생' ─ 이런 귀치않은 문제는 생각하려고도 않하였다. 생각하는 것을 저버린 사람의 한 사람이다. 월급이나 지위가 올러가는 것만을 생각하는 외에 수예나 그림이나 소설에는 아모 흥미가 없었다. 잡지나 서적의 필요도 없었다. 무슨'위험'을 막연하게 생각은 하고 있넌지 모르나 그런 생각 없이 그날그날을 지낼만한 사람이었다(≪가톨닉靑年≫ 36호, 36년 5월, 84쪽.).

둘째 누이의 남편을 소개하고 있는 위 인용문은 편벽하고 속 좁고 돈만 밝히며 비사교적인 도시 소시민의 전형을 압축적으로 제시하고 있다. 원래 남편은 '시골양반의 집으로 모든 것에 예절이 엄격하였다. 의리도 깊었다. 그래도 지식적 요소가 적고 시야(視野)가 좁고 도회생활을 전연 모르는 농가'(81쪽)에서 자랐다. 그런 남편이 자본주의적 삶의 질서에 노출되자 삶은 변해 버리고 만 것이다. 누이 남편의 삶의 변화는 그만의 변화만이 아니고 결혼해서 같이 사는 누이의 삶도 불행하게 만들었고 누이와 아이의 죽음 때문에 남편의 삶도 불행에 빠진 것이다.

이처럼 강석현의 소설에 등장하는 1930년대 도시에 거주하는 인간들의 삶은 새롭게 도래한 자본주의적 삶의 질서에서 갈피를 잡지 못한 채 불행에 빠져 있는 것으로 묘사되거나 혹은 그 같은 인물들을 목격하며 식민지 조선에 대한 환멸의 정서에 깊이 침윤되어 있는 인물로 등장한다.

4) 1930년대 지식인 소설로서의 가치

이 글은 1930년대 한국 문학 연구사에서 1920년대 문학 경향을 극복하기 위해 조선 문단에 새로운 문학담론과 작품경향을 소개한 월간 잡지 ≪가톨닉靑年≫의 문학작품을 연구 대상으로 하였다. 그 중에서 기존의 연구사에서 거론되지 않았던 ≪가톨닉靑年≫에 게재된 소설 작품에 주목했다. 특히 1930년대 중반의 식민지적 상황을 간결한 문체와 날카로운 직관을 통해 묘파한 강석현의 소설들을 분석, 그 소설사적 의미를 논의하는 데 집중했다.

강석현은 「金鑛病者」(≪가톨닉靑年≫ 27호, 35년 8월호)에서 1930년대 금광열풍을 소재로 하여 당시 사람들이 가지고 있던 일확천금의 왜곡된 경제관념을 묘사하였다. 김유정의 금 모티프 작품들과 비교될 수 있는 이 작품에서 강석현은 금광에 미친 인물을 바라보는 주인공의 불안한 심리를 강조하여 묘사하고 있다.「朴一采의 家庭」(≪가톨닉靑年≫ 40호, 36년 9월호)은 1930년대의 무능력한 인텔리를 주인공으로 한 소설이다. 당시 인텔리의 경제적 무능력은 사회의 구조적인 문제이기도 하였지만, 외부적 조건을 극복하려고 하지 않는 인텔리의 소극적 태도가 불안한 삶을 지속시키고 있음을 이 소설은 보여 준다.「李男爵과 그의 家族」(≪가톨닉靑年≫ 30 - 32호, 35년 11월 - 36년 1월호)에서 강석현은 1930년대 조선 상류 사회의 유행 문화현상의 세태를 묘사하면서도 상류층조차 환멸스러운 식민지 조선의 억압적 현실을 소설화하였다. 그리고「누이書信」(≪가톨닉靑年≫ 36호, 36년 5월호)에서는 결혼한 여성이 급변하는 조선 사회에서 경험하는 삶의 환멸의 정서를 보여 주고 있다.

강석현의 소설에 등장하는 인물들의 삶은 1930년대 중반 도시에 거주하면서 새롭게 도래한 자본주의적 삶의 질서에서 갈피를 잡지 못한 채 불행에 빠져 있는 것으로 묘사되거나 이 상황에 빠진 인물들을 목격하면서 식민지 조선에 대한 환멸의 정서에 깊이 침윤되어 있는 것으로 묘사된다. 강석현의 소설은 1930년대 중반의 식민지 조선에서 살아가는 지식인에게 세계는 불안할 뿐이고 그들에게는 그 불안을 극복할 힘과 의지조차 보이지 않는다는 점을 묘사함으로써 강한 페이소스를 보여 준다. 그러나 과도한 감상이나 연민의 정서를 풍기기보다는 지식인 인물 혹은 지식인 화자의 절제된 감정과 시선 때문에 그의 소설은 자본주의화 되어 가는 식민지의 환멸적 현실이 보다 냉정하게 환기된다. 이 같은 특성은 1930년대 중반에 활발하게 발표된 이른바 지식인 소설들과 비교될 수 있을 것이다.

시사적 의미에서 국한해 논의되어 왔던 ≪가톨닉靑年≫의 1930년대 소설사적 의미는 본 글에서 다룬 강석현의 소설뿐만 아니라 번역소설, 종교소설, 종교극 등 다양하게 발표된 서사 작품들의 문

학사적 의미를 검토함으로써 재구성되어야 할 것이다. 이후 본 연구
는 1930년대 중반에 발표된 허준, 최명익 등 단층파 작가들의 지식
인 소설 경향과의 비교를 통해 1930년대 중반 지식인 단편소설의
양상을 파악하는 연구로 전환될 수 있을 것이며 이를 통해 ≪가톨
닉靑年≫이 1930년대 소설사 논의를 재고하는 데 의미 있는 창작
공간이었음을 입증할 수 있기를 기대한다.

참고문헌

1. 기본 자료

강석현, 「秘密의 秘密」, ≪가톨닉靑年≫ 8호(가톨닉靑年社, 34년 1
　　월).
강석현, 「거울과 王后」, ≪가톨닉靑年≫ 9호(가톨닉靑年社, 34년 2
　　월).
강석현, 「金鑛病者」, ≪가톨닉靑年≫ 27호(가톨닉靑年社, 35년 8월).
강석현, 「李男爵과 그의 家族」, ≪가톨닉靑年≫ 30-32호(가톨닉靑
　　年社, 35년 11월-36년 1월).
강석현, 「누이書信」, ≪가톨닉靑年≫ 36호(가톨닉靑年社, 36년 5월).
강석현, 「朴一采의 家庭」, ≪가톨닉靑年≫ 40호(가톨닉靑年社, 36년
　　9월).

2. 논문 및 저서

김윤식, 『한국근대문학사상사』(한길사, 1984).
김윤식, 『한국근대작가론고』(일지사, 1974).

김윤식 · 정호웅, 『한국소설사』(문학동네, 2000).

류종렬, 「가족사 연대기소설연구」(국학자료원, 2002).

박헌호, 「구인회를 어떻게 볼 것인가」, 『상허학보』 3집(1996).

서준섭, 「한국모더니즘 문학연구」(일지사 1991).

임 화, 「카톨릭문학 비판」(≪조선일보≫ 1933년 8월 11일 – 18일).

장은희, 「1930년대 가톨릭 청년 지의 시사적 연구」(건국대 석사학위
　　　　논문, 1999).

황영규, 「일제말 금광 모티프 소설연구」(부산외국어대 석사학위논문,
　　　　1995).

4. 공간의 상징과 설화의 세계
- 황순원의 「소나기」와 김동리의 「역마」

1) 서정소설과 공간

황순원과 김동리는 한국 현대소설을 대표하는 작가로서, 그들의 소설은 한국 소설의 문학적 가치 양식의 기반을 이루고 있다고 해도 지나친 말은 아니다. 두 작가의 작품들은 다양한 소설 세계를 그리고 있으며 이질적인 요소들과 풍부한 변화의 기복을 지니고 있다. 황순원과 김동리 소설에 관한 그동안의 연구가 개별 작품에 대한 연구에서부터 시작하여 주제론을 바탕으로 한 작가의 문학적 특질 연구, 문학사적 평가 등으로 유형화되어 지속적으로 전개되고 있는 것도 두 작가의 소설세계가 지닌 폭과 깊이를 반영한 것이라 할 수 있을 것이다.

한편 황순원과 김동리는 한국 단편소설의 예술성과 독자성을 논의하는 자리에서 항상 같은 부류로 언급되어 왔다. 한국의 순수주의를 해방 이후에 더욱 공고히 구축하며 한적(恨的), 인정적(人情的)인 문학을 한국 단편소설의 주류로 형성시킨 작가들로 그들을 평가[1]하는 것과 한국 현대소설사에서 서정적인 단편소설의 중심을 이루어 왔다고 진단[2]하는 것에서 볼 수 있듯이 황순원과 김동리는 단편

---

1) 천이두, 「한과 인정」, 『한국현대소설론』(형성출판사, 1983), 129쪽.
2) 김인환, 「한국 현대소설의 계보」, 『기억의 계단』(민음사, 2001), 81쪽.

소설의 순수주의, 서정주의를 확고히 한 작가로 함께 논의되고 있다. 황순원과 김동리의 단편소설에 대한 서정성의 논의는 현실적 공간에서 벌어지는 삶의 갈등적 요소가 존재하지 않는 이들의 단편소설 속에 나타난 주제의식과 심미성에 주목하고 있기 때문이다.3)

그러나 황순원과 김동리를 순수주의, 서정주의라는 공통된 경향의 작가로 분류하는 기존의 논의 속에서 황순원과 김동리의 변별적인 특징을 더욱 구체적으로 밝히고 있는 연구는 매우 적다. 그것은 황순원과 김동리의 소설 세계에 대한 종합적이고 폭넓은 연구 성과가 제출되지 않았기 때문일 수도 있으나 생존 작가에 대한 본격적인 연구를 유보하는 연구풍토에서 기인한 것일 수도 있을 것이다. 이 글은 순수주의 혹은 서정주의라는 공통된 경향으로 논의되는 황순원, 김동리의 작품세계를 상대적인 비교를 통하여 작가의 세계관과 표현기법의 특징을 뚜렷하게 인식할 수 있는 방법을 귀납해 보려고 하며, 거시적으로는 황순원과 김동리의 작품을 통해 한국 서정소설의 특질을 규명할 수 있는 계기를 마련하는 것을 목적으로 한다.

이와 같은 연구 목적을 위해 이 글은 황순원과 김동리의 단편소설에 나타난 공간 양상에 주목하고자 한다. 소설에서의 공간은 '인물이 서 있는 장소와 배경으로서의 의미론적 측면에서부터 소설의 구조적 특성, 서술방식의 특성, 나아가 하나의 세계가 구축되어 독자에게 전달되는 과정을 포괄하는 개념'4)이 된다고 할 수 있다. 소설에서의 사건의 전개란 한 공간에서 다음 공간에로의 이동이란 말로 표현할 수 있다. 소설에서의 사건 전개는 공간과 공간의 선형적 또는 입체적 이동인 것이다. 그런 점에서 소설의 공간은 소설의 모

---

3) 송하섭, 『한국 현대소설의 서정성 연구』(단대출판부, 1989). ─송하섭은 이 두 작가 외에 이효석, 김유정, 오영수 등을 '서정성'이라는 개념으로 포괄하여 연구하였다.
4) 황도경, 「이상의 소설공간」, 『한국현대소설론』(학연사, 1993), 300쪽.

든 요소를 포괄하는 핵심이다. 공간은 소설 구조의 틀 속에서 시간은 물론, 인물의 행위나 제반 환경까지를 포괄하기 때문에 작가가 공간을 설정한다는 것은 소설의 전모를 구성한다는 것이나 마찬가지 결과가 된다.5) 또한 소설의 공간 설정은 필연적으로 그런 공간을 필요로 하는 작가의식의 산물이다. 작가가 그 소설에서 추구하는 이념과 가치관이 공간을 설정하는 과정에서 표출되는 것이다. 그러므로 소설의 공간을 연구하는 것은 소설의 미적 구조를 밝히고 작가가 소설에서 추구하는 가치관을 탐색하는 데 유용하다고 할 수 있다.

이 글은 황순원과 김동리의 단편소설 중에서 인물의 행위와 공간의 상관성이 뚜렷하게 전개되며, 탈사회적인 소설 공간6)에서 인물 간의 사랑의 과정을 형상화한 「소나기」와 「驛馬」의 공간 구성과 그 의미를 분석함으로써 황순원과 김동리의 소설에 대한 비교를 수행하고자 한다.

2) 경계적 공간의 전경화와 공간의 감각적 재현

「소나기」는 순차적인 시간 순서에 따라 인물들의 만남 - 이별이

---

5) 홍성암, 「소설의 공간 설정과 작가 의식」, 『현대소설연구』 5호(현대소설학회, 1996), 63쪽.

6) 한국 현대소설은 객관적 현실을 충실하게 묘사하는 리얼리즘이 주류를 형성해 왔다. 여기서의 객관적 현실은 현대의 삶의 공간을 이르는 말로 경험적 현실 공간을 의미한다. 이광수의 『무정』을 시작으로 하는 한국 현대소설에서 인물, 시간, 장소는 당시대적 현재와 일치하는 사실 공간이다. 즉 소설의 주인공이 우리 자신이며 우리 자신이 우주의 중심이라는 각성과 자각의 결과이기도 하다. - 홍성암, 앞의 글, 참조.
　　이러한 현대소설의 공간 설정을 염두에 둘 때, 황순원과 김동리의 서정적인 단편소설들의 공간이 지니는 의미를 밝히는 것은 한국 서정소설의 특질을 규명하는 토대가 될 수 있을 것으로 기대한다.

'개울가'에서 전개된다. 인물의 만남과 이별이 일어나는 '개울가'는 소년과 소녀의 집으로 가는 갈림길에 위치하고 있다. 하굣길에 개울가에서 시골 소년과 서울 소녀는 서로에 대한 기대와 설렘을 가지며 만남을 반복한다. 만남의 과정이 진행되는 개울가에서 인물들은 서로를 탐색하며 접근을 시도한다. 주인공들이 '개울가'의 주변 사물들에 관심을 나타내거나 새로운 인식을 갖게 되는 것은 상대방에 대한 호기심 때문이다. 즉 '고기새끼라도 지나가는 듯' 물속을 들여다보며 물을 움켜 내는 동작을 반복하거나 조약돌을 집어던지고, 비단조개의 이름을 묻는 소녀의 행동은 서울에서 이주해 온 서울내기의 적극적인 감정 표현이면서 소년에게 좀 더 다가가기 위한 방법이다. 소년의 경우 일상적인 장소였던 개울가가 소녀의 등장으로 아름답고 소중한 장소로 바뀌게 된다. 소년이 하찮게 여겨왔던 '갈꽃'과 '조약돌'이 소녀가 등장하자 매혹적인 사물로 변하고 물에 비친 자신의 얼굴을 응시하며 싫어하는 감정을 갖게 되는 것도 소녀를 의식하고 있기 때문이다. 이와 같이 인물들이 서로를 의식하며 탐색과 접근이 이루어지는 '개울가'는 그들의 구체적인 생활환경 ─ 집 ─ 에서 벗어나 모험의 공간인 '저 산 너머'로 가기 위한 경계적 공간이었다.

소년과 소녀에게 '저 산 너머'는 그들의 현실적인 문제들을 벗어나게 해 주는 공간이다. 마을에서 먼 곳으로 제시되는 '저 산 너머'를 소녀가 가 보고 싶어 하는 이유는 소녀의 현재적 심리와 관계가 있다. 사업에 실패한 아버지를 따라 낙향한 소녀에게 윤 초시네 집은 평온한 곳이 아니다. '저 산 너머'는 소녀가 자라 왔던 서울이 아닌 낯선 시골, 화목하지 못한 집안 분위기로부터 벗어나고 싶은 욕망과 경험해 보지 못한 자연에 대한 호기심을 반영한 공간이다. 물론 소녀의 이 욕망과 호기심은 소년의 존재로 가능한 것이다. 소녀의 심리상태는 이성에 관심을 갖게 되는 사춘기적 호기심뿐만 아니라 가정형편에서 비롯된 외로움도 포함하고 있다. 그러니까 이성 친구와의 여행을 통해 외로움을 잊고자 하는 의지가 '저 산 너머'로 소녀를 이끄는 것이다. 한편 소녀의 경우와 달리 소년에게 '저 산 너머'는 소녀에 대한 애정을 강화시키는 곳이다. 개울가에서 물에 비친 자신의 얼굴을 싫어했던 것에서 볼 수 있듯이 소녀를 의식하는 소년은 '저 산 너머'를 향해 가면서 해야 되는 집안일과 소녀에 대한 사랑의 감정에서 갈등한다.

> 참 오늘은 일찍 집으로 돌아가 텃논의 참새를 봐야 할 걸 하는 생각이 든다.……(중략)……저만치 허수아비가 또 서 있다. 소녀가 그리고 달려간다. 그 뒤를 소년도 달렸다. 오늘 같은 날은 일찌감치 집으로 돌아가 집안일을 도와야 한다는 생각을 잊어버리기라도 하려는 듯이.……(중략)……쪽빛으로 한껏 갠 가을하늘이 소년의 눈앞에서 맴을 돈다. 어지럽다. 저놈의 독수리, 저놈의 독수리, 저놈의 독수리가 맴을 돌고 있기 때문이다.[7]

현실적인 의무조차 제어할 수 없는 사랑의 감정을 '어지러움'으로 표현하고 있는 이 인용문은 소녀에 대한 소년의 심리적인 의식이 사랑으로 변형되어 있음을 나타낸다. 소녀의 외로움을 잊게 하고 소녀에 대한 소년의 사랑이 강화되는 '저 산 너머'는 현실적인 고통과 의무가 자리하고 있는 주인공들의 집과는 대비되는 곳이며, 이곳은 '개울가'라는 경계적 공간을 통해 도달할 수 있는 욕망 실현의 공간이다. 그러나 인물들은 '저 산 너머'에 도달하지 못한 채 최초 만남이 이루어졌던 개울가로 되돌아 올 수밖에 없었으며 저 산 너머로의 여행 후에 생긴 병 때문에 소녀와 소년은 영원한 이별을 하지 않을 수 없게 된다. 소년과 소녀의 만남이 이루어지는 곳은 개울가

---

7) 황순원, 『학 / 잃어버린 사람들』(문학과지성사, 1991), 14쪽. 이하 본문 인용 쪽수만 표시.

뿐이다. 소녀가 병에 걸린 것을 알았던 소년이 학교에서도 소녀를 찾았으나 만나지 못했다. 그들은 오로지 개울가에서만 만나고 이야기를 나눌 수 있다. 아무에게도 알리지 않은 이성을 만날 수 있는 곳이 개울가이기 때문에 개울가는 그들의 비밀스러운 공간이 된다. 그곳은 해야 할 집안일도 없고, 불화의 가정 분위기도 느낄 수 없다. 이성에 대한 기대와 설렘만이 가득할 뿐이다. 그렇기 때문에 개울가는 일상적 삶의 공간이 아니며 이성에 대한 최초의 경험 – 성숙으로 주인공들을 이끄는 공간이다. 개울가는 소년과 소녀의 삶에서 성장의 울타리가 집에서 보다 넓은 세계로 확대되어 나가는 경계적 공간으로서 '저 산 너머'로 가는 길과 함께 이 소설의 중심적 공간이다.

한편 인물들이 처음 만났던 개울을 출발점으로 그들이 목표로 하는 '저 산 너머'로 가는 길은 줄곧 위를 향하고 있다. 개울을 떠나 논 샛길로, 논이 끝난 곳에서 도랑을 건너 산 밑으로, 그리고 산의 초입에서 산마루에 올랐을 때까지 인물들이 지나가는 장소의 위치는 점점 높아진다. 상승적인 이동과 함께 소녀의 호기심은 더욱 커져 가며 흥분된 상태를 유지한다. "아 재밌다!", "야아!"와 같은 감탄적인 표현들은 소녀의 발랄한 성격을 드러내는 기표이기도 하지만 흥미로운 새로운 경험에 고조된 소녀의 심리상태를 단적으로 나타낸다. 또한 산에 가까이 다가갈수록 소녀의 호기심이 더욱 증대되고 있음은 소년에게 자연물에 대한 물음이 잦아지고 있는 것에서도 드러난다.

저게 뭐니?(14쪽)
여기 차미 맛있니?(14쪽)
근데 이 양산같이 생긴 노란 꽃이 머지?(15쪽)
저건 또 무슨 꽃이지?(15쪽)

이러한 질문과 감탄의 표현들은 소녀의 강렬한 기대가 충족되면서 이어지는 자신의 흥분된 반응을 나타내는 것이다. 산마루에 올라갔을 때 소녀는 소년이 꺾어 온 들꽃들을 어느 것 하나 버리지 못하게 하고 등꽃을 닮은 칡꽃을 꺾으려 비탈진 곳으로 가기도 하는 행동을 보이기도 한다. 소녀의 호기심과 성취가 이루어지는 모습은 산마루를 기점으로 하여 급변하게 된다. 산마루에서 생긴 소녀의 무릎의 상처와 인물들이 만난 소나기는 유년 시절의 즐거움이 일시적인 것일 뿐임을 나타내는 좌절과 고난의 상징이다. 호기심이 이끄는 새로운 경험에는 좌절과 고난이 도사리고 있다는 삶의 원칙 앞에 소녀는 나약한 존재가 되고 만다. 산 밑에 도달하기 전에 도랑을 먼저 건너뛰던 소녀는 산에서 내려와서 같은 도랑을 건너게 되었을 때는 소년의 등에 업혀 건너온다. 또한 산을 오를 때 미각적인 달콤함을 자극하던 산 밑의 원두막은 소나기를 만나 산을 내려올 때는 비를 피할 수 없을 정도로 '기둥이 기울고 지붕도 갈래갈래 찢어져' 있는 것으로 묘사된다. 그리고 산의 초입에서 소년이 꺾어 준 들꽃을 하나도 버리지 못하게 하였던 것과 달리 산을 내려와 소나기를 피하면서 소녀가 일그러진 꽃송이를 발밑에 버리는 행위는 순수한 유년의 인물이 완강한 삶의 고난에 좌절된 것을 상징한다. 이처럼 상승과 하강의 공간 이동에 대응하여 소녀의 행동이 그 호기심의 흥분 상태에서 심리적인 좌절로 변화하는 구성을 이 소설은 기본 골격으로 하고 있다.

소녀의 호기심에 이끌려 산 위까지 오게 된 소년의 심리적 변화는 소녀와는 다른 양상을 보인다. 만남의 단계에서부터 소녀의 적극적인 성격과는 대조적으로 소극적인 태도를 드러내던 소년은 '저 산 너머' 여행을 제안한 소녀에게 이끌려 길을 떠나게 되지만 소년은 집안일을 돌봐야 한다는 현실적인 의무와 소녀에 대한 사랑의 감정 앞에서 갈등한다. 논 샛길에서 최고조에 달했던 소년의 심리적인 갈등은 산에 진입하기 시작하면서 사라지고 산마루를 정점으로 하여 사랑하는 소녀를 보호하는 청년의 이미지로 변화한다. 산을 내려올 때 소녀를 업고 도랑을 건너는 장면은 소녀의 심리적 좌절과 대비적으로 소년의 성장한 모습을 단적으로 보여 준다.

「소나기」에 나타난 인물들의 공간 이동 양상은 개울가를 시작으로 하여 계속 상승해 가다가 산마루를 정점으로 상승해 가던 길을 그대로 반복하여 하강한다. 공간 양상에 대응하여 한 인물은 심리적인 성취감에서 좌절을 경험하고 또 다른 인물은 현실적 의무감에서 벗어나 사랑을 발견하는 상태에 이른다. 인물들은 '저 산 너머'라는 욕망 실현의 공간에는 도달하지 못하였지만 여행길에 삶의 고난으로 상징되는 상처와 소나기를 경험하면서, 동반했던 이성에 대한 사랑을 발견했다. 유년의 호기심에서 시작했던 인물 간의 관심이 소설 속에서 이상적 공간을 찾아 떠나가는 여행의 과정을 통해 첫사랑의 성숙한 경험으로 내면화되었음을 알 수 있는 것은 소녀가 죽으면서 '흙물'이 묻은 옷 그대로 묻어 달라는 유언을 남기고 죽은 결말에서이다.

한편 이 소설에서 인물 간의 만남과 여행이 진행되는 개울가와 저 산 너머로 가는 길은 오로지 주인공들만의 공간이다. 개울가를 지나가는 사람, '나룻이 긴 농부'가 등장하기도 하지만 누구도 그들의 행동을 간섭하지 않는다. 주인공들 이외에 그들과 현실적인 이해관계에 있는 가족, 친구 등이 개울가와 저 산 너머로 가는 길에서 등장하지 않으며 간섭하지 않음으로써 이 공간에서 전개되는 인물 간의 친밀도는 고조되며, 상대에 대한 관심을 행동으로 표현하는 것이 보다 자유롭게 된다. 또한 어려움에 봉착하게 될 때 그것을 해결하는 과정은 주인공들만의 힘으로 이루어지며 그 결과 그들의 애정관계는 보다 공고하게 된다. 이처럼 인물들이 현실적 이해관계로부터 자유롭고 그들의 호기심을 충족시켜 주는 경계적인 공간은 주인공들만의 고립된 공간이며 이 공간이 소설 속에서 전경화되어 있기 때문에 소설의 서정적 측면이 강화되고 있는 것이다.

한편 「소나기」의 서술자는 소년의 감각을 통해 공간을 인식한다. 소년은 초점화된 인물로서 공간 내의 사물들을 지각하며 그 지각을 통해서만 서술자는 소설을 이끌어 간다.

저쪽 갈밭머리에 갈꽃이 한 움큼 움직였다. 소녀가 갈꽃을 안고 있었다. 그리고 이제는 천천한 걸음이다. 유난히 맑은 가을 햇살이 소녀의 갈꽃머리에서 반짝거렸다. 소녀 아닌 갈꽃이 들길을 걸어가는 것만 같았다(12쪽).

소년의 시선을 그대로 서술할 뿐인 「소나기」의 서술방식은 대상에 대한 세부묘사를 하기보다는 즉각적인 인상 포착을 통해 감각적인 리듬감을 갖고 있다. 인용문에서처럼 주체의 대상에 대한 표현은 시각에 의지한 감각적인 인상 표현을 대상이 위치한 공간과 함께 이미지화하는 것이 특징이다. 그리고 인물의 심리변화도 산의 이미지를 토대로 하여 대조적으로 형상화하고 있다. 인물이 위치한 공간 속 자연물의 이미지를 인물 심리의 표현에 활용하고 있는 것이다. 이 소설의 전체적인 공간이 가지고 있는 분위기는 허수아비의 움직임, 갈꽃, 가을햇살, 보랏빛 등에서 알 수 있듯이 죽음과 조락(凋落)의 이미지들로 구성되어 있다. 가을의 공간이 풍요의 의미를 갖기보다 조락(凋落)의 공간으로 의미화되고 있는 것과는 대조적으로 소년과 소녀의 사랑은 알이 굵은 대추와 호두 등의 풍요로운 이미지로 제시된다. 이것은 '비단조개'의 아름다운 무늬처럼 사랑의 아름다움과 풍요로움을 나타내고 있는 것이지만 그들이 위치하고 있는 전체 공간과는 대조적이다.

작중인물의 공간적 위치에 따라 공간적 관점을 선택하고 있는 이 소설의 서술방법 속에는 인물들이 지각하는 세계 이외에 대한 고려는 전혀 없다. 인물들의 세계가 서술자의 세계인 것이다. 인물들의 세계에 밀착, 집중함으로써 이들이 경험하는 세계 인식의 감각적 재현을 목적으로 하고 있을 뿐이다. 그러므로 공간이동의 과정에서 경험하게 되는 인물들의 즐거움, 시련은 더욱 직접적으로 전달되며 그것은 작중인물들이 경험한 삶의 과정 – 기쁨, 고난, 성숙이라는 성장의 순리가 개별적이며 특수한 인간의 경험이 아니라 보편적인 인간성의 본질임을 인식하게 한다. 그렇기 때문에 소녀의 죽음과 소년의 성숙이 정서적인 아픔으로 독자에게 전해지고 있는 것이다.

3) 설화적 공간의 상징성과 대립적 구성

「驛馬」는 인물 간의 만남이 일어난 해의 여름부터 이듬해 여름까지의 시간적 범위 안에서 서사가 진행되는 작품이다. 그러나 남녀 주인공의 만남과 이별이라는 중심적인 사건 전개 과정은 만남이 시작된 여름 한 달여 동안에 집중되어 있다. 그들의 만남은 화개장터의 옥화네 주막에서였고 거기서 그들은 이별한다. 이 작품의 중심적인 공간은 '옥화네 주막'이다.

주막은 목적지를 향해 길을 떠나는 여행자들의 경유지이다. 주막은 여행자에게 식사와 휴식을 제공하는 안식처이기는 하지만 안주의 공간은 아니다. 주막에는 많은 사람들이 빈번히 출입하고 그들은 모두 각자의 길을 떠나게 마련이다. 그러므로 「驛馬」에서 주막의 주인인 옥화의 아들 성기와 주막에 왔던 체장수의 딸 계연이 이별하는 것은 주막이라는 공간의 속성상 필연적인 결말로 이해할 수있다. 이와 같은 주막의 속성은 주인공인 성기와 계연의 관계에서구체화되어 나타나고 있기는 하지만 파노라마적으로 제시되는 옥화와 성기 아버지인 중서방의 관계, 옥화의 어머니인 성기의 할머니와남사당이었던 체장수와의 관계에서도 드러난다. 옥화와 성기 할머니의 경우 하룻밤의 인연으로 생명을 잉태하였고 남자들은 모두 주막을 떠나 자신들의 삶의 공간으로 되돌아갔다. 그런데 옥화와 성기할머니가 관계를 맺은 남자들이 떠돌이 신분이었다는 점에서 성기의 인생행로는 미리 규정되어 있다는 전제가 주인공의 삶을 지배하고 있다. 할아버지와 아버지의 방랑기가 그들과 혈연적인 관계로 이어진 성기에게 계승되었다는 것은 그의 사주에 시천역이 들었다는말로 사실화된다. 그리하여 자기의 집이면서도 성기는 화개장이 서는 날만 쌍계사에서 내려와 책전을 보고 머물다 절로 되돌아가는생활을 한다. 이처럼 옥화네 주막은 성기에게 거주의 공간으로서보다는 장날을 보러 오는 장꾼으로서 머물렀다 돌아가는 장소로 의미를 지닌다.

한편 계연의 경우는 성기와 양상이 다르다. 성기가 자신의 집이면서도 그곳에 안주하여 살지 못하는 것과 달리 계연은 구례집을떠나 하동을 거쳐 진주 쪽으로 나가려는 체장수의 부탁으로 아예눌러 살 것처럼 옥화네 주막에 거주한다. 늙고 가난한 체장수의 부탁과 성기와의 혼인을 염두에 둔 옥화의 속마음이 계연을 주막에묶어 두고 있는 것이다.

주객의 입장이 뒤바뀐 성기와 계연의 만남이 이루어지고 그들의사랑이 진행되는 공간인 주막은 그러나 누구나 만나고 헤어지는 인연의 원리를 현현(顯現)하고 있다. 성기와 계연의 애정이 심화되었지만 그들의 사랑이 이루어질 수 없게 되는 것도, 물론 근친 간이라는 혈연적 관계가 존재하기도 하지만, 주막의 공간이 지닌 인연의 원리가 인간적인 의지를 지배하고 있기 때문이다. 36년 전에 왔다가 다시 돌아왔던 체장수의 삶에서 드러나는 것처럼 헤어지면 다시 만나고 만나면 다시 헤어지는 가능성을 가지고 있는 것이 주막의 속성이다. 이와 같은 주막의 속성은 인간의 삶의 운명과 유사한 데가 있다.

> "여수쪽으로 가시게 되면 영영 못 보겠구만요." 옥화도 영감을 따라 일어서며 이렇게 말했다. "사람 일을 누가 알간듸, 인연있음 또 볼 터이지."8)

만남과 헤어짐의 반복 – '인연'이라는 인간의 운명을 화개장터의 옥화네 주막은 상징적으로 보여 준다. 인간의 운명은 극복되는 것이 아니라 존재하는 것일 뿐이다. 만남과 헤어짐의 반복이 인간의 운명이라는 것을 제시하고 있는 옥화네 주막은 더욱 확장된 공간적 범위인 '화개장터'의 공간적 의미를 포함함으로써 서사적 구체성의 힘을 부여받는다.

옥화네 주막이 자리 잡고 있는 화개장터는 현실적인 공간이다. 화개장터는 하동, 구례, 쌍계사의 세 갈래 길이 접하는 곳으로 '장날이면 지리산 화전민들의 더덕 도라지 두릅 고사리들이 화갯골에서 내려오고 전라도 황화장수들의 실바늘 면경 가위 허리끈 주머니끈 족집게 골백분 들이 또한 구례 길에서 넘어오고, 하동 길에서는 섬진강 하류의 해물장수들이 김 미역 청각 명태 자반조기 자반고등어 들을 올려오곤 하여 산협치고는 꽤는 성한 장이 서는 곳'이다.

---

8) 김동리, 『역마 / 밀다원 시대』(민음사, 1995), 119쪽. 이하 본문 인용 시 쪽수만 표시.

그러나 화개장터는 많은 사람들의 경유지로서 인물들 간의 인연을 맺게 하는 공간으로서만 기능한다. '주막마다 유달리 맑고 시원한 막걸리와 펄펄 살아 뛰는 물고기의 회'가 있고 '춘향전 육자배기'가 있고 남사당 굿이 있는 화개장터는 삶의 공간으로서 인물 간의 사건을 전개시켜 나가는 공간이 아니라 운명적인 만남과 헤어짐이 벌어졌던 설화적 공간이다. 체장수가 36년 전에 지나쳤다가 다시 경유하는 화개장터는 옥화네 주막의 인연을 생성시키기 위한, 인간의 방랑기를 조장하는 공간인 것이다. 그러므로 화개장터는 옥화네 주막의 속성과 호응하면서 사건 전개의 이면에 자리하고 있는 운명적 힘을 지니고 있다.

설화적 공간이 지닌 운명의 힘은 인물들이 공간의 규정력에 아무런 저항 없이 자신을 내맡기고 있다는 점에서 분명하게 드러난다. 성기는 자신의 운명을 따르는 것에 희열을 느끼고, 계연은 옥화네 주막에 자기를 떼어 놓고 간 아버지에 대해 불만이 없다. 화개장터와 그 안의 옥화네 주막이라는 설화적 공간이 상징하는 역마살의 운명이 작중 인물들의 삶을 규정하고 있는 것이다.

화개장터 안에 있는 옥화네 주막의 옥화와 그의 어머니인 성기 할머니는 성기를 화개장터에 안주시키려 한다. 시천역을 타고난 성기가 그의 할아버지와 아버지처럼 떠돌이 인생을 살게 될까 두려워하며 성기에게 부여된 운명을 바꿔 보려고 애씀으로써 성기의 안주를 도모한다. 그렇기 때문에 성기를 어렸을 때부터 옥화네 주막과 가까운 쌍계사로 보내 운명을 바꿔 보려고 노력했던 것이고 주막에 왔던 계연을 성기와 맺게 하려고 한 것이다. 옥화네 주막이라는 소설의 중심적 공간 안에 성기를 묶어 두려는 옥화의 노력은 성기가 주막을 떠나려고 하는 의지를 보이지 않는데도 집요하게 나타난다. 그것은 성기에게 미리 예정되어 있는 운명을 옥화가 두려워하고 있기 때문이다. 화개장터가 지니고 있는 풍수지리적 의미의 방랑기와 성기의 아버지 할아버지의 역마살이 성기에게도 그대로 계승될 것이라는 옥화의 믿음이 그녀를 불안하게 만든다.

이 소설은 성기가 주인공임에도 불구하고 성기가 자신의 운명을 거스르며 자기의 의지를 어떻게 관철시켜 나가는가를 찾아볼 수 없다. 도리어 주인공의 주변 인물인 옥화의 희망과 그녀가 두려워하는 아들의 운명이 어떻게 대립되며 전개되는가가 중요한 문제이다. 그리고 이 문제는 옥화네 주막을 중심으로 '성기를 안주시킬 수 있는가' 아니면 '성기가 운명대로 방랑하게 되는가'라는 구체적인 사건 양상에서 해답을 마련할 수 있다. 결국 이 소설은 옥화네 주막이라는 공간을 중심점으로 하여 '주인공이 중심에서 가까워지는가' 혹은 '중심에서 멀어지는가'라는 사건 전개의 대립적 구성을 취하고 있다. 성기가 안주하길 바라는 옥화의 희망은 계연을 통해 현실화되는 듯 보였지만 계연이 옥화의 배다른 동생, 성기의 이모라는 사실이 '왼쪽 귓바퀴의 사마귀'를 발견함으로써 밝혀질 때 옥화는 거대한 운명의 힘을 거역할 수 없음을 절감한다. '인륜'을 저버릴 수 없는 옥화가 계연을 주막에서 떠나보내는 것은 성기의 운명 – 역마살 – 을 바꿀 수 없게 된 것이며 주인공 성기와 계연은 모두 옥화네 주막이라는 소설의 중심적 공간 밖으로 나가게 된다.

한편 운명의 힘에 좌우되는 소설의 공간적 중심점인 옥화네 주막과는 무관한 산속의 공간에서 주인공들은 원초적인 생명 본능을 경험한다.

> 햇살이 따갑고, 땀이 흐르고, 목이 마를수록 성기들은 자꾸 넌출 속으로만 들짐승처럼 파묻히었다. 나무딸기, 덤불딸기, 산복숭아, 아가위, 오디, 손에 닿는 대로 따서 연방 입에 가져가지만 입

에 넣으면 눈 녹듯 녹아질 뿐 들척지근한 침을 삼키면 그만이었
다. 간혹 이에 걸린다는 것이 아직 익지 않은 산복숭아, 아가위
따위인데, 딸기 녹은 침물로는 그 쓰고 떫은 것마저 사양없이 씹
어 넘겨졌다. 처음엔 입술이 먼저 거멓게 열매 물이 들었고, 나중
엔 온 볼에까지 묻었다. 먹을수록 목이 마른 딸기를 계연은 그 새
파란 산복숭아서껀, 둥그런 칡잎으로 하나 가득 따서 성기에게 주
었다. 성기는 두 손바닥 위에다 그것을 받아서는 고개를 수그려
물을 먹듯 입을 대어 먹었다. 먹고 난 칡잎은 아무렇게나 넌출위
로 던져버린 채 칡넌출이 담뿍 감겨 있는 다래 덩굴 위에 비스듬
히 등을 대고 누웠다(12쪽).

풍요로운 산열매를 따먹는 인물들의 행동이 동물적인 것으로 비
유되어 묘사되고 있는 위 인용문에서처럼 산속에서 성기와 계연은
자연과 동화하며 사랑을 나눈다. 사랑의 가장 본능적인 표현이며 순
수한 표상으로 묘사되고 있는 인물들의 산속 정경은 지극히 자연스
러운 사랑의 논리이다. 주인공들의 애정표현이 가능한 이유는 주인
공들 이외의 인물들이 산속에 존재하지 않기 때문이다. 산에서 자란
성기조차 몇 번이나 길을 잃고 헤매는, 칠불암까지 가는 산길은 '사
람이 잘 다니지 않는 길'이다. 이곳에서는 인간사회의 원리가 구현
되지 않으며 자연의 풍요로움만이 가득한 곳이다. 그곳에서 성기와
계연은 자연과 동화되는 충만한 경험을 하게 된다. 주인공들만이 존
재하는 자연의 공간, 사람들이 없는, 사회와 단절되고 고립된 산속
에는 인간사회의 인륜적 원리의 규정력이 미치지 않는다. 성기와 계
연은 인간적인 인연과 운명으로부터 자유로운 공간에서 서로를 탐
닉하는 즐거움을 맛보지만 이들의 사랑과 희열은 서술자에 의해 동
물적인 것으로 묘사되었듯이 인간사회에서는 허락되지 않다. 결국
성기와 계연의 사랑은 인륜의 운명이 미치지 못하는 고립된 공간에

서만 가능한 것이며 그들의 사랑의 비극성은 고조된다. 이처럼 「역마」에서는 주인공들 간의 사랑의 성취가 불가능해지면서 운명의 절대성은 보다 강화되고 있다.

화개장터의 옥화네 주막에서 펼쳐지는 인물의 운명에 초점을 맞추고 있기 때문에 이 소설은 인물 행위의 인과적 논리에 의해 전개되는 것이 아니라 서술자의 임의대로 사건이 배치된다. 그렇기 때문에 서술자는 장면 속의 중심인물들과 관련된 부수적 인물 - 성기의 할머니, 체장수, 옥화 등의 인생 내력을 파노라마적 관점으로 조망할 수 있는 것이다. 즉 「역마」에서 인물의 공간과 서술자의 공간은 분리되어 있다.9)

> 이러한 어머니도 차라리, 열 살 때부터 절에 보내어 중질을 시켰으니, 인제 역마살도 거진 다 풀려갈 것이라고 은근히 마음을 느꾸시는 편이던 할머니는, 그러나 갑자기 세상을 떠나버렸다. 당시주라면 다시는 더 사족을 못쓰던 할머니는, 성기가 세 살 났을 때 보인 그의 사주에 시천역(時天驛)이 들었다 하여 한때는 얼마나 낙담을 했던 것인지 모른다(105쪽).

> 그러나 서른여섯 해 전에 꼭 하룻밤 놀다 갔다는 젊은 남사당의 진양조 가락에 반하여 옥화를 배게 된 할머니나, 구름같이 떠돌아 다니는 중과 인연을 맺어 성기를 가지게 된 옥화나 다 같이 '화개장터' 주막에 태어났던 그녀들로서는 별로 누구를 원망할

---

9) 김동리 소설에 나타난 공간의 낭만적 특성과 관련하여 송하춘은 다음과 같이 지적하고 있다.
"그의 소설은 대부분 서술자의 공간과 작중인물의 공간이 분리되어 있다. 서술자의 시간이 따로 필요하다.……(중략)……시간이 사건의 인과관계에 관련되어 있지 않고 다만 서술자의 임의대로 설정될 뿐이다. 보름이건, 한 달이건 사건의 변화와는 무관하다. 처음부터 서술자 공간이 마련되었으므로 다시 서술자가 그 공간을 마무리하는 것뿐이다. 그것은 이야기 공간으로부터 서술자 공간으로 넘어오는 하나의 방법에 불과하다. 설화 공간이 뚜렷하면 할수록 그의 소설은 현실적인 삶과 멀어져 갈 뿐이다." - 송하춘, 『탐구로서의 소설독법』(고려대 출판부, 1996), 211 - 212쪽.

턱도 없는 어미 딸이었다(106쪽).

소설 속에서 진행되고 있는 현재적 사건의 변화와는 관련 없는
이러한 서술자의 진술들은 소설 곳곳에 산재해 있다. 여기에서 서
술자는 인물들을 높은 곳에서 내려다보고 있는 위치에 있으며 작
중인물들의 공간과는 차원이 다른 곳에 존재한다. 인물의 내력과
과거 사건의 요약적 제시는 인물의 성격을 형성하고 사건을 진행
시키는 데 영향력을 갖지 못한다. 「역마」의 서술자가 인물들의 삶
의 공간에 밀착되어 있지 않기 때문에 인간 삶의 디테일이 복원되
지 못하며 소설 속 인물들의 세계 밖에서 규정된 거대한 힘의 영
향력만이 소설 전반을 지배할 수 있는 것이다.
  인물-서술자의 공간의 분리는 서술자가 인물들의 경험세계 이
외의 세계를 주제화하려는 의도로 이해된다. 즉 서술자는 인물의
구체적인 경험의 뒤에 숨겨진, 인물의 삶을 움직이는 운명적인 힘
에 초점을 맞춤으로써 인간에게는 추상적인 생의 원리가 존재한다
는 것을 확인시키고자 한다. 인물이 주체적인 의지보다 자신을 움
직이는 운명적인 힘을 확인하고 그것에 순응할 수밖에 없는 것이
인간 삶의 원리라는 것을 이 소설은 주제로 하고 있는 것이다.

4) 「소나기」와 「역마」의 서정성

「소나기」에 나오는 공간은 인간이 성숙하는 과정에서 겪게 되는
일반적인 자연법칙이 지배하는 공간이다. 인물들은 '개울가', '저
산 너머'로 가는 길에서 심리적인 변화와 좌절, 성숙을 경험한다.
그러나 소녀의 죽음과 그 죽음에 함축된 '사랑의 완결'은 자연법칙

이 미치지 못하는 인간의 고귀한 가치를 실현하는 것을 의미한다. 결국 이러한 공간 설정에서 부각되는 것은 인간의 의지이며 그 의지야말로 일반적이고 보편적인 공간 속에서 인간을 인간답게 만드는 '인간성'의 본질이다. 이것은 서술자가 작중 인물의 감각을 통해 공간을 인식함으로써 더욱 분명해진다. 빛깔, 냄새 등으로 이미 지화되어 인식되는 공간 자체는 인물들이 경험하는 것의 전부이며 이 감각적 재현 이외의 세계를 서술자는 고려하지 않고 있다. 감각적인 인상으로 표현된 세계는 이성적인 당위 이전의 '순수'의 본모습이며 그것은 다른 무엇으로 환원될 수 없는 인간성의 본질을 구현하는 것이다.

한편 「역마」의 공간은 인물의 행동을 규정하는 운명적인 힘을 상징하고 있다. 자연 속에서 발생할 수 있는 인물의 원초적인 감정이 실현될 수 없는 것은 공간에 내재한 운명의 원리에서 인물이 벗어날 수 없기 때문이다. 운명 앞에서 인간의 의지는 순응 이외의 다른 출구를 찾을 수 없다. 결국 인간의 본성은 자신에게 주어진 운명에 의탁하는 것이 된다. 이와 같은 인생의 본실을 보여 주기 위해 서술자는 인물들의 감각적 경험 이외의 세계를 파노라마적으로 제시한다. 공간의 운명적인 힘을 합리화하기 위해 여러 인물들의 인생 내력을 조망하는 서술자는 인물의 구체적 경험 뒤에 숨겨진 추상적인 생의 원리를 소설에서 형상화한 것이다.

탈사회적 공간을 설정하면서 개인적이며 우연적인 사건의 진행을 보편적이고 운명적인 삶의 모습으로 전환시키고 있는 「소나기」와 「역마」의 서정적 특성은 다음과 같다. 「소나기」의 경우는 주인공들이 주변 인물들로부터 고립된 경계적인 공간인 개울가와 저 산 너머로 가는 길을 전경화하여 감각적인 세계를 재현하면서 인물의 내면화된 성장을 형상화하였다. 「역마」의 경우는 서술자가 규정한 설화적 공간 안에서 인물들의 경험적인 세계만으로 설명되지 않는 인연과 운명이 인간 삶의 원리임을 나타내고 있다.

참고문헌

1. 기본 자료

황순원, 『학 / 잃어버린 사람들』(문학과지성사, 1991).
김동리, 『역마 / 밀다원 시대』(민음사, 1995).

2. 논문 및 저서

김인환, 「한국 현대소설의 계보」, 『기억의 계단』(민음사, 2001).
송하섭, 『한국 현대소설의 서정성 연구』(단국대 출판부, 1989).
송하춘, 『탐구로서의 소설독법』(고려대 출판부, 1996).
천이두, 「한과 인정」, 『한국현대소설론』(형성출판사, 1983).
홍성암, 「소설의 공간 설정과 작가 의식」, 『현대소설연구』 5호(현대
        소설학회, 1996).
황도경, 「이상의 소설공간」, 『한국 현대소설론』(학연사, 1993).

III

소설의 영화화와 맥락의 발견

1. '읽을거리'와 '볼거리'의 차이
– 소설 『단종애사』의 영화적 변용

1) 역사물의 대중문화적 의미

한국 근대문학사에서 본격적인 근대소설의 양식으로 쓰인 역사소설은 1920년대 말부터 시작된다. 심정적 조선주의의 견인에 따라 1920년대 중반 이후 고조되었던 역사에 대한 탐구 열기가 고조되었고, 구활자본 소설의 유행과 일본 강담이나 시대물의 영향을 받아[1] 역사소설은 1930년대에 대거 창작 발표된다. 이광수, 김동인, 박종화, 현진건, 윤백남, 홍명희 등이 이 시기에 다양한 역사소설을 발표하였는데 여기에는 판매부수의 증가를 고심하고 있던 당시 신문의 상업적 전략이 맞물려 있었다. 근대 역사소설의 유행 과정에서 알 수 있듯이 역사소설은 당시의 사회문화적 관심과 산입적 요구에 부응하며 대중들의 지속적인 사랑을 받았다.[2]

한국 근대문학 연구사에서 역사소설의 연구는 크게 역사소설의 원론적 논의의 고찰과 역사소설의 유형론으로 분류할 수 있다. 초기에 연구자들은 루카치의 『역사소설론』을 원용하여 한국의 역사소설

---

1) 김윤식·정호웅, 「역사소설의 시대」, 『한국소설사』(문학동네, 2000), 218쪽.
2) 해방 이후에도 역사소설은 대중 독자들의 많은 사랑을 받으며 지속적으로 발표되었는데 유주현의 『조선총독부』, 황석영의 『장길산』, 박경리의 『토지』에 이어 『소설 동의보감』, 『소설 목민심서』, 『영원한 제국』 등이 베스트셀러 목록에 포함되었다. – 이임자, 『한국출판과 베스트셀러 1883–1996』(경인문화사, 1998), 343–381쪽.

을 낭만주의적 역사소설과 사실주의적 역사소설로 구분하였다.3) '현재의 전사'로서의 역사를 묘사하기 위해서는 작가의 '역사의식'이 중요하다는 점을 주장한 이들은 1930년대 역사소설이 대부분 통속적인 경향을 보이는 낭만주의적 역사소설이라고 규정하였다. 한편 한국 근대소설사에서 역사소설의 등장이 현저했던 시기를 크게 네 단계로 구분하여 역사소설의 생성 요인을 밝힌 연구자들은 역사소설의 유형화를 시도하였다.4) 근대 역사소설을 이념형, 의식형, 중간형, 야담형 역사소설로 구분5)하거나 가족사·연대기형, 민중운동적 유형, 실록대하형 유형으로 나누는 연구6)가 제출되었다. 역사소설에서 역사가 실연되는 주요 기능론의 측면에 따라 이념적, 정보적, 배경적 역사소설로 유형화한 경우7)도 있으며 1980년대 이후 발표된 대체 역사소설 등을 포섭하고자 기록적 / 가장적 / 창안적 / 환상적 역사소설로 유형화한 연구8)가 최근에 제출되었다.

이상과 같은 역사소설의 연구사에서 간과되고 있는 부분 중 하나는 역사소설의 '대중성'이다. 그간의 연구사에서 역사소설은 '산문정신의 약화' 때문에 역사적 사실의 사사화(私事化), 낭만화에 기울었

---

3) 반성환, 「루카치의 역사소설이론과 우리의 역사소설」, 『외국문학』 3호(열음사, 1985).
   백낙청, 「역사소설과 역사의식」, 『창작과비평』 5호(창작과비평사, 1967).
   강영주, 『한국 역사소설의 재인식』(창작과비평사, 1991) 등이 대표적이다.
4) 김윤식, 「우리 역사소설의 4가지 유형」, 『소설문학』 11권 6호(소설문학사, 1985).
   이재선, 「역사적 경험의 미적 형태」, 『현대 한국소설사』(민음사, 1991).
   공임순, 『우리 역사소설은 이론과 논쟁이 필요하다』(책세상, 2000)가 대표적이다.
5) 김윤식, 앞의 글.
6) 홍성암, 『한국 역사소설』(민족문화사, 1989) 41쪽.
7) 이재선, 앞의 글.
8) 공임순의 경우. 공임순은 조셉 터너Joseph W. Turner, 해리 쇼우Harry E. Shaw, 웨슬링Elisabeth Wesseling 등 서양의 역사소설론과 중국인 학자 루Sheldon Hsiao-peng Lu가 주장한 동양의 소설론을 접목하여 한국의 역사소설을 '기록적 / 가장적 / 창안적 / 환상적 역사소설'로 유형화한 점이 특징적이다. 그는 1980년대 이후 발표된 대체 역사소설 등에 주목하여 리얼리티의 관습을 이탈하는 환상적인 소설들도 역사소설의 범주에 포함시킴으로써 역사소설의 논의를 확대하였다.

으며 과거와 현재의 무매개적 동일시에 함몰되어 역사적 진실성이 확보되지 못했다9)고 비판되었다. 작가의 '역사의식'을 강조하는 리얼리즘적 관점이 지배적이었던 연구 경향 아래에서 역사소설은 본격소설 대 대중소설의 가치규범적 이분법에 의해 저급한 소설로 무시되어 왔던 것이 사실이다. 하지만 역사소설은 그 성격이 '흥미 본위'였거나 '이념적 우회로'였거나 간에 대중들의 폭넓은 사랑을 받으며 1930년대에 출판시장을 이끌었다.10) 또한 역사소설은 소설로서뿐만 아니라 그 소설을 원본으로 하여 사극영화나 역사드라마로 각색되어 지속적이고 광범위하게 대중들의 사랑을 받아 왔다. 여기에는 역사물이 각 매체의 산업적 요구와 호응한 점도 큰 요인으로 작용하고 있는데, 현재까지도 계속되고 있는 이 같은 현상은 역사소설과 역사극 등이 대중들의 기대지평과 호응하며 매체의 산업적 요구를 충족시키는 대중서사11)임을 말해 주고 있다.

그간 대중서사로서의 역사소설에 대한 논의가 없었던 것은 아니나12) 대개의 경우가 과거 연구사에서 비판적으로 논의한 통속성의 대중 흥미적 요소를 나열하는 차원에 그치고 있다. 이 같은 방식은 리얼리즘적 관점에 입각한 연구사의 흐름에 대한 반발적인 수준에 머물러 역사소설의 대중성을 규명하는 데에는 미흡하다고 여겨진다. 대중서사로서의 역사소설의 의미를 규명하기 위해서는 텍스트 내적인 흥미요소뿐만 아니라 좀 더 다각적이고 다층적인 방법의 모색이 필요하다.

이에 이 글에서는 역사소설－사극영화의 비교를 통해 한국 역사서사물에 내재한 대중서사적 특징을 탐색하고자 한다. 이를 위해 이

---

9) 김윤식·정호웅, 앞의 글, 218쪽.

10) 천정환, 『근대의 책읽기』(푸른 역사, 2003), 304쪽.

11) 박유희, 「대중서사장르 연구 시론」, 『우리어문연구』 26집(우리어문학회, 2006), 265쪽.

12) 대중서사학회 저, 『역사소설이란 무엇인가』(예림기획, 2003).

광수의 본격적인 장편 역사소설로 알려진『단종애사』13)와 이 소설을 원본으로 하여 제작된 두 편의 동명 영화를 연구 대상으로 선정하였다. 주지하다시피 이광수의『단종애사』(1929)는 1930년대 역사소설의 유행을 주도한 작품으로서 당시 많은 독자를 확보한 베스트셀러였으며, 이 소설을 각색해 만든 전창근 감독의 영화 <단종애사>(1956)는 당시 삼천만 환을 들여 만든 대표적인 궁중사극으로 흥행에 성공한 작품14)이다. 그리고 사극의 전성기라 불리는 1960년대에 제작된 이규웅 감독의 <단종애사>(1963)도 궁중사극의 제작 붐을 타고 흥행한 작품이다. 본 글에서는 역사소설의 연구사에서 대표적인 통속성이라고 비판받아 온 '인물의 선악대립 구도'라는 서사 관습15)에 초점을 맞춰 역사서사물이 특정한 시대의 문화·역사적 환경을 적극 반영하면서 대중의 기대지평과 매체의 산업적 요구에 호응하며 형성한 대중성의 획득 방식을 고찰한다.

역사소설-사극영화(혹은 TV드라마)의 상호 교섭 관계는 현재의 문화 상황에서 매우 흔히 볼 수 있는 현상이다. 원본을 중심으로 확산되는 다매체로의 변환 과정에 대한 관심이 증대하고 있는 현재의 문화적 상황을 고려한다면 이 같은 방법은 역사소설만을 위한 연구방법이라기보다는 대중문화의 한 영역을 차지하고 있는 역사물의 대중문화적 의미를 점검해볼 수 있는 기회가 될 것이다. 또한 대중서사로서의 역사소설을 다른 매체로 변환된 역사물과 함께 문학사적 유형 분류의 참고 틀 안에서 논의하는 것은 문학의 확장과 방법론의 혁신을 함께 이룰 수 있는 기회를 제공할 수 있을 것이다.

---

13) 강영주, 앞의 책, 51쪽.
14) 정종화,『한국영화사2』(열화당, 1997), 11쪽.
15) 서사 관습(convention)이란 작가나 관객에게 이미 알려진 요소로서 인기 있는 플롯, 정형화된 주인공, 기존의 사고, 공유된 메타포, 그리고 다른 언어학적 장치가 여기에 속한다. - 강한섭,「멜로드라마의 컨벤션 연구」(서강대 석사학위논문, 1984), 5쪽.

2) 역사의 대중화와 관념적 민족의식의 형성

이광수의 『단종애사』가 발표되던 1928년을 전후로 하여 《동아일보》를 비롯한 국내 신문사에서는 역사담물(歷史譚物)이 대중 독자들의 큰 인기를 얻고 있었다. 이 시기엔 민족주의 담론이 역사를 유용한 통로로 삼아 전개되면서 역사에 관한 대중의 관심이 증폭되고 있었고 민족지를 표방한 신문들은 이와 같은 대중적 호응을 지면 안에 적극 끌어들였다. 정사적(正史的) 역사물이 당시 신문의 문예란에 주요한 기사 항목으로 등장하게 된 것이 이때였으며 역사물은 신문사의 창간 이념을 선전하는 모토 이상의 상업성을 인정받았다.16) 급기야 신문사들은 문예란의 역사담물뿐만 아니라 신문지면에 역사소설란을 고정 배치하여 본격적인 역사소설의 유행을 불러오게 되었는데 이광수의 『단종애사』는 그 첫자리를 차지하였다.

이광수의 『단종애사』가 동아일보에 연재될 당시 "누계 수천 통의 부서가 들이오니 만치 독자 군의 인기가 굉장하였"17)다는 김동인의 주장은 이 작품의 대중적 인기를 확인해 준다. 특히 동아일보에 세재되었던 『단종애사』 독후감은 당시 『단종애사』가 신분과 계층, 지역을 막론하고 전국에서 많은 독자를 거느리고 있었음을 확인할 수 있다.18) 독후감의 내용을 분석해 보면 당시 독자들이 『단종애사』

---

16) 김병길, 「한국근대 신문연재 역사소설의 기원과 계보」(연세대 박사학위논문, 2006), 70쪽.
17) 김동인, 「춘원연구」, 『김동인전집』 16(조선일보사, 1988), 100쪽.
18) 필자가 조사한 바에 따르면 《동아일보》에는 1929년 11월 12일부터 1930년 1월 12일까지 약 두 달간 42명의 독자가 보낸 독후감이 게재되었다. "端宗哀史 讀後感"이란 제명 아래 "長短은隨意로 할 수 잇스나 아모조록葉書一枚에 쓰실정도가 조켓습니다."라는 투고요령을 부연하였다. 독자가 보내온 독후감은 독자의 거주지역과 이름, 본문, 투고 날짜로 구성되어 있는데, 거주지역과 이름, 본문의 형식이 매우 다양하다. 京城은 물론 龍仁郡, 發安, 仁川의 경기권, 大邱, 安東, 河東의 경상권, 論山, 洪城, 全州, 南原, 金提 등 충청·호남권, 平壤, 咸興, 鎭南浦 등 관서·관북 등 전국 대부분 지역의 사람들이 투고하였다. 또한 李六天, 金載埈 같은 실명 외에

에 열광했던 이유는 크게 두 가지로 분류할 수 있다. 첫째는 민족 역사에 대한 자각의 기회를 제공했기 때문이며 둘째는 당시 사회에 대한 울분을 토로하는 매개가 되었기 때문이었다.

이 같은 독자들의 반응은 『단종애사』가 지니고 있는 낯익은 서사 관습 때문에 가능했다. 이광수의 『단종애사』는 단종의 출생부터 죽음까지를 다룬 일대기 형식으로 이루어져 있다. 역사적 인물의 일대기 형식은 애국계몽기의 전기소설류와 1910년대 이후 유행한 구활자본 고소설에서 익숙하게 다루어진 양식이었다. 특히 『단종애사』가 신문에 연재되던 1928－9년 이전까지 대중 독자들의 주요 독서물이 구활자본 고소설이었다는 점을 염두에 둔다면19) 『단종애사』는 그 얼개에서부터 당시 독자들에게 친숙하게 여겨졌으리라는 점을 쉽게 추론해 볼 수 있다. 또한 어린 단종과 야망가 수양 진영 간의 선명한 대립구도는 선악구분에 익숙한 당시 독자에게 친숙하였다.

『단종애사』의 인물 대립구도는 윤리적 이분법으로 형성되었다. 여기에는 왕조의 적통성 / 비적통성과 조카 / 삼촌의 인척간 대립의 구도가 중첩되어 있다. 그런데 소설 속에서는 선한 단종보다는 악한 수양이 더 자주 등장할 뿐 아니라 수양은 매우 활동적인 야망가로 묘사된다. 연재 당시에 수양의 활약과 정인지, 한명회 등 수양 추종

도 一讀者나 烏山生, 쇠박휘와 같은 가명으로 투고한 이들은 짧은 단형의 국문 감상문뿐만 아니라 시조, 한시, 한문평 등의 형식으로 『단종애사』에 대한 독후감을 써서 보냈다. 『단종애사』의 연재가 끝나는 1929년 12월 11일 이후 독후감 중에서는 특이한 일이 벌어지기도 한다. KSM이라는 필명의 독자가 쓴 1929년 12월 28일자 독후감에 대한 반박의견 형식의 글이 1930년 1월 11일에 게재되었던 것이다. 이 같은 독후감의 연속 게재는 동아일보의 대사회적 인지도를 높이며 구독자 수를 증가하는 상업적 전략이었으며, 이광수의 『단종애사』의 대중적 인기가 어느 정도인가를 확인해 볼 수 있는 실증적인 증거이다.
19) 천정환, 『근대의 책읽기』(푸른 역사, 2003), 324－334쪽; 유선영, 「한국 대중문화의 근대적 구성과정에 대한 연구」(고려대 박사학위논문, 1992), 289－290쪽. 참고.

세력이 펼치는 악행의 활약상은 잔혹하게 처형되는 사육신과 대비되며 소설의 주된 흥미 요소였던 것 같다. 당시 독후감에서는 '간신'에 대한 분노가 빠지지 않고 언급되고 있다. 물론 독후감에서 사육신의 '충의'가 결론적으로 부각되지만 소설적 세계인 허구적 공간에서 독자의 관심을 끈 것은 악인들의 활약상이었다. 소설 세계 안에서 악인들의 적극적인 행동은 대중 독자들에게 금지되어 온 영역, 충(忠), 의(義)의 세계를 벗어난 반윤리의 세계를 조심스럽게 답사할 수 있는 기회를 제공한다.[20] 대중 독자들은 소설에서 욕망을 실현하느라 전통적인 도덕관념을 교란하는 수양과 그 일파의 반역을 통해 도덕적 갈등을 최소화하면서 최대한의 호기심을 충족시키는 기회를 갖게 되는 것이다. 그리고 소설 세계 밖에서는 '충의'의 고귀함과 그 대의명분이 곧 민족성임을 자각하게 되었던 것이다.

이처럼 고소설 서사 관습에서 기원하는 선악의 대립구도에서 악인의 적극적 활력을 서사 전개의 주요 동력으로 활용하고 있는 『단종애사』에서는 관념적이며 소극적인 '선인'의 역할을 보완하기 위해 서술자의 역할이 중시된다. 『단종애사』의 서술자는 옹호해야 할 선인에 속하는 인물 군에 대해서는 예의와 격식에 맞는 어투와 표현으로 초점화하지만 수양대군을 비롯한 악인형 인물들은 비속어를 활용하여 잔인한 심성을 묘사하며 서술자의 가치판단을 드러낸다. 그리고 한명회, 정인지, 신숙주 같은 인물의 경우 속마음의 음모와 계략을 자주 제시하여 표리부동한 간신의 전형적인 모습을 만들고 있다. 이 같은 서술자의 가치판단적인 인물 초점화 서술에서 더 나아가 서술자는 독자들에게 사건에 관한 교훈적인 내용을 직접

---

20) Cawelti는 "주로 악역을 맡은 인물들의 대리행위를 통해 독자들은 문화적 갈등을 최소한으로 줄이면서 최대한의 호기심을 충족시킨다."고 말했다. -J.G. Cawelti, 「도식성과 현실도피의 문화」, 박성봉 편역, 『대중예술의 이론들』(동연, 1994). 107쪽.

적인 언술로 전달하기까지 한다. 1930년대까지 출판되어 많은 판매 부수를 기록했던 구활자본 고소설에 익숙했던 독자들에게 소설이 주는 교훈적 의의를 내세우거나 독자에게 당부하고 권면하는 편집자적 논평은 구술문화적 전통으로서 당시의 서사 관습으로 통용되고 있었다.[21] 그러니까 『단종애사』의 전지적 서술자는 자신의 가치판단을 반영한 인물묘사를 통해 독자들에게 그것을 전달하면서 선악의 구도를 확정했으며 여기에서 더 나아가 편집자적 논평으로 강사적(講史的) 요소를 실현했던 것이다.

또한 『단종애사』가 독자의 지적 호기심과 재미를 동시에 만족시켰던 이유 중 하나는 서사 전개 과정에 등장하는 장식적인 글들이 자주 인용된다는 점이다. 왕의 교지나 인용되는 장문의 편지, 경서의 문구, 시조 따위 등은 신기성과 낯설게 하기의 효과[22]를 가지면서 대중들의 호기심을 충족시키는 역할을 담당한다. 이것은 당시에 유행했던 복고적(復古的) 고완(古翫) 취미(趣味)와도 호응하면서 사라져 버린 전통을 쉽게 재현하는 방법이기도 했다. 즉 삽입된 글은 유교적 신분질서에 기반을 둔 권위의 재현과 그 권위에 대한 동경을 자극하면서 당시 대중의 지적 흥미를 충족시켰던 것이다. 여기에 『단종애사』에 등장하는 궁중 여인들의 쟁총 사건[23]은 소설의 흥미를 강화, 독자 흡인력을 유지했다. 『단종애사』에 나타난 이 같은 지적 호기심을 자극하는 요소와 재미의 조화는 당시 유행하던 역사담

---

21) 김현주, 『구술성과 한국서사 전통』(월인, 2003), 156쪽.
22) 김윤식 · 정호웅, 앞의 책, 231쪽.
23) 권력을 둘러싼 궁중 여인의 암투는 공적인 역사 이면에 숨겨진 사실에 대한 상상적인 허구 중에서 대중들의 호기심을 가장 자극하는 것으로 이후 역사소설들에서 필수적으로 묘사되거나 전면적으로 다루어진다. 이광수의 『단종애사』는 한국 역사소설의 전개 과정에서 이후 역사소설들에 끼친 영향력은 매우 컸다. 역사상 유명 인물의 전기 형식을 소설의 얼개로 활용하는 방식과 특히 궁중 내부에서 벌어지는 복잡한 음모와 갈등에 관한 궁중비화적인 사건 묘사 등은 이후 역사소설의 전형적인 요소가 된다. - 강영주, 앞의 책, 52쪽 참고.

물이나 구활자본 고소설에서는 실현될 수 없는 구성적 특징이었던 것이다. 『단종애사』의 이 같은 구성적 면모는 당시 독자들에게 역사적 '교훈'과 이야기의 '재미'를 동시에 제공하였다. 독자들은 이전 시대까지 한문에 능한 지식인들만의 전유물이었던 조선의 역사를 재미있게 배울 수 있었던 것이다. 그들은 사육신의 '충의(忠義)'를 통해 민족성을 확인하였으며 당시의 민족적 상황을 환기하며 전통적인 충(忠), 의(義) 관념의 고귀함을 각인했다.

그러나 『단종애사』가 구현하고 있는 충(忠), 의(義)라는 전통적 대의명분은 사라져 버릴 위기에 처해 있는 민족적 전통을 회복하기 위해서 필연적으로 고수되어야 할 것이 아니라 외세의 억압과 말살 정책에서 어떻게라도 살려야 할 민족적인 요소 중에 편의적으로 선택된 관념이었다. 이것은 당시의 민족주의 운동이 처해 있던 절실한 상황을 반영하고 있었다. 일제의 억압정책이 날로 심화되어 가는 1920년대 말 상황에서 민족성의 자각과 보존은 시급한 문제였다. 저항과 투쟁이 불가능한 상황에서 선택할 수 있는 여지는 많지 않았으며 삼엄한 감시와 검열 아래에서 자유롭게 제시될 수 있는 민족성이 필요했다.24) 현실에서 패배한 인물을 전래적인 대의명분으로 보상하는 방식은 당시 민족주의 진영의 복고적 고완(古翫) 취미(趣味)와 호응하는 것이었다. 또한 대립과 대결을 피하고 관념적 대의명분을

---

24) 당시 신문들은 구독자 수의 증대를 위한 경영 전략으로 '조선', '민족'을 끊임없이 강조하였다. 당시 대다수 독자들은 총독부의 정책을 비판하면서 민족의식을 고양시키는 기사를 좋아하였으나 독자의 기호를 따르다 보면 불가피하게 경영상의 손실을 가져올 수 있었다. 《동아일보》의 경우 총독부로부터 1929년에 26번의 삭제와 22번의 압수를 당하였는데 (이여성・김세용, 『수자조선연구』(세광사, 1931), 139쪽 참조.) 총독부에 대한 저항보다는 일본과 구별되는 존재로서의 '조선적인 것'이나 '민족적인 것'을 부각시킴으로써 대중의 민족의식을 관념적으로 형성해 갔다. 이같은 구독자 수의 증대는 광고수주와 직결되었다. 당시 동아일보의 상업화 전략에 관해서는 장신, 「1930년대 언론의 상업화와 조선・동아일보의 선택」, 『역사비평』 70호(역사비평사, 2005) 참조.

민족의식의 실체로 제시하는 『단종애사』의 내용은 대중들의 보수적 관념[25]과 연관되어 호응을 얻었다. 당시 대중들 역시 일제에 항거할 수는 없는 상황이었기에 이 같은 관념적 명분을 작가가 구축해 놓은 소설 속에서 재확인함으로써 스스로 민족적 동질감을 회복할 수 있는 기회를 얻었고 현실 속에서는 실현할 수 없었지만 허구의 세계에서 그 같은 민족의식을 간접 경험함으로써 위안받았다.

유교적 윤리의식에 기반을 둔 작중인물의 선악 대립구도를 활용하여 대중 독자들에게 도덕적 갈등을 최소화하면서 악인들이 펼치는 욕망의 향연을 간접 경험하게 하고 또한 권위적인 편집자적 논평으로 악의 세계를 손쉽게 규정할 수 있게 하며 대중들에게 지적 흥미와 호기심을 충족시키는 『단종애사』가 당시 신문의 상업화 전략과 상호 긴밀하게 연관되었다는 점은 필연이었다. 대중의 기대지평을 충족시켜 주면서 판매부수를 늘린 신문은 역으로 역사소설을 탐독한 대중의 역사의식 형성에 중요한 영향력을 행사하면서 한국 근대 역사소설의 전개에 핵심적인 매체로 자리 잡았던 것이다.

3) 대비적 영상미와 전후(戰後) 현실도피적 심리의 투영

이광수의 소설 『단종애사』가 처음 영화화된 1950년대 중반은 한국영화의 중흥기였다. 시장, 자본, 제작편수, 기술수준 등 영화 제작의 모든 부문에서 질적, 양적인 수준이 상승했던 1950년대 영화 산

---

25) 1920년대 말부터 1930년대 초반까지 신문 연재 역사소설의 주 독자층이었던 이농(離農) 출신의 도시 노동자층과 부인층은 현실세계에서 전개되는 근대적 제 양상을 체험하면서도 전통적 취향과 정서를 유지하는 정신적 혼돈 상황에 있었다. - 유선영, 앞의 글, 290쪽. 『단종애사』가 재현한 복고적 정서는 그들이 유지하고 있던 전통적 취향이 '소중한 것'이라는 환상을 불러일으키며 대중과 호응하였을 것으로 추론된다.

업의 중심에는 사극영화가 자리하고 있다.26) 1955년 <춘향전>이 대흥행한 이후 1950년대에 40여 편의 사극영화가 연달아 제작되어 한국영화의 중흥에 큰 역할을 담당했다. 이 시기 사극영화들은 1930년대 대중의 인기를 끌었던 역사소설들을 영화화하고 있다는 특징을 가지고 있다. 1950년대 사극영화 제작 붐 과정에서 전창근 감독은 1930년대 대표적인 역사소설이었던 이광수의 『단종애사』를 1956년에 영화로 제작한다.

전창근 감독의 영화 <단종애사>는 소설의 갈등구조를 시각 이미지의 대비를 활용하여 압축적으로 표현하고 있다. 영화에서 단종 복위파와 단종 폐위파는 대비적 시각 이미지로 재현되며 선악의 구도로 대립한다. 문종이 승하하는 장면으로 시작하는 영화는 수양과 권람의 방 안과 김종서와 그의 아들이 마주 앉은 방 안을 교차적으로 제시하며 왕권을 둘러싼 갈등을 초반부터 암시한다. 두 진영의 대립각은 클로즈업으로 처리된 술상 / 서안으로 상징된다. 수양 측을 술주전자와 잔이 놓인 술상으로, 김종서 쪽을 장검과 서책이 놓인 서안(書案)으로 클로즈업하여 수양의 야심과 김종서의 충심을 상징직으로 제시한다. 이 같은 두 진영의 대비적 이미지는 영화 속에 등장하는 주요 인물의 외모에서 보다 뚜렷하게 대조된다. 일촉즉발의 위기감이 감도는 궁중의 권력암투 속에서 어린 왕을 지켜내겠다는 성삼문 일파는 곧은 선비의 외모와 근엄한 분위기로 제시되지만 수양 측 인물들은 그로테스크하고 희화화된 인물로 제시된다. 수양의 모략가인 한명회는 작달막한 키에 사팔뜨기로, 수양이 파견한 환관은 꼽추로, 유배지 영월에서 단종을 살해하는 병졸은 험상궂은 광인으로 재현된다. 전형적인 선비형 인물과 그로테스크하고 희화화된 인물 간의 대비적인 클로즈업으로 인물의 대립구도를 시각화한다.

---

26) 정종화, 앞의 책, 12쪽.

대비적 클로즈업을 병치함으로써 영화는 인물 간의 대립구도를 선명하게 할 뿐만 아니라 관객의 감정이입 대상을 결정한다.

그 같은 현상은 영화의 중심인물인 단종과 수양의 이미지에서 뚜렷하게 드러난다. 치솟은 눈썹에 육중한 덩치의 수양대군과 곱상하고 작은 외모의 단종은 왕권을 탈취하려는 '강자'와 왕권을 빼앗기는 '약자'의 이미지를 반영한다. 특히 영화에서 약자인 단종은 철없는 어린 소년의 모습으로 묘사되어 심약한 성격의 인물이 비극적인 운명에 빠질 수밖에 없었음을 드러낸다. 단종이 궁녀들과 술래잡기하다가 정사에 힘쓸 것을 간하는 환관에게 짜증을 내는 장면이나 누이인 경혜 공주와 중전을 데리고 윷놀이를 하며 즐거워하는 모습, 궁의 외진 숲 속에서 얼굴을 무릎에 파묻고 울고 있는 장면 등에서 단종은 조선 적통자로서의 왕이라기보다는 삼촌을 무서워하는 철없는 아이로 그려진다.

소설과 비교하여 비중 있게 다루어지는 철없고 심약한 단종의 이 같은 애상적이며 체념적인 이미지는 자신의 힘으로 극복할 수 없는 운명적인 상황을 심화시킨다. 반인륜적인 행태를 일삼는 강자(수양)의 폭력에 희생될 수밖에 없는 약자(단종)의 운명은 극복될 수 없는 것이며 이때 약자는 더욱 심약하게 묘사됨으로써 관객들의 감정이입을 강화한다. 영월에 유배된 단종이 산에 올라 문종과 성삼문을 부르며 울부짖고, 시중드는 궁녀에게 어머니라고 부르며 안겨 통곡하는 후반부에서 단종에 대한 관객의 연민의 감정은 최고조에 달한다. 단종의 비극적 운명을 중첩된 애상적인 분위기로 처리함으로써 영화는 주인공에 대한 연민의 정서를 강화하고 있는 것이다. 이광수의 소설이 도덕적 갈등을 최소화하는 가운데 악인의 적극성을 간접 경험하게 하여 대중 독자들의 호기심을 충족시키는 대중서사의 메커니즘을 따르고 있다면 전창근의 영화 <단종애사>는 비극적 운명에 빠진 연약한 주인공을 연민하게 하여 대중 관객에게 심리적 위안을 제공하고 있는 것이다.

1956년에 발표된 전창근의 영화 <단종애사>는 역사소설의 서사 관습이라고 할 인물의 선악 대립구도를 시각 이미지의 대비를 통해 장면화함으로써 소설에서의 대립 양상을 압축적으로 형상화하고 있으며 애상적이고 체념적인 분위기를 묘사하여 비극적 운명의 주인공에 대한 연민의 정서를 강화하고 있다. 또한 이 작품은 과거 전통적인 시공간 속에 등장하는 고풍스러운 의상과 세트 등을 보여줌으로써 전후 폐허의 상황에서 재현된 전통의 시각적 체험을 대중 관객들에게 제공하였다.[27]

주지하다시피 1950년대 한국은 전후 폐허의 상태였다. 물질적으로뿐만 아니라 정서적으로도 전쟁의 상처를 극복하기 위한 여러 방법이 모색되었는데, 이 시기에 영화계에서 전개된 사극영화의 유행은 격변의 시대 상황을 극복하기 위한 노력 중 하나였다. 무질서한 시대 상황을 안정적으로 재인식하고 흔들리는 민족의 정체성을 재구성할 수 있는 담론적 틀의 요구가 과거의 소환을 가져온 것이다.[28] 과거의 가치는 전망이 부재하는 혼란의 시기에 쉽게 성취할 수 있는 인식의 틀을 제공하였으며 정서적 폐허의 상태를 타개할 방법으로서 익숙한 정서를 재현해 내는 것은 효과적이었다. 그러나 사회질서의 재구축과 안정적인 정체성의 확보를 위해 또는 고통스

---

27) 특히 전창근의 <단종애사>는 당시까지 확정되지 않은 궁중의 여러 재현방식 – 예를 들어 휘장에 둘러싸여 있는 방에서 문종이 임종을 맞는 장면이나 왕이 궁궐 내의 옥좌에 앉아 마당에 있는 죄인을 심문하는 장면의 세트, 상궁이 특유의 상궁복이 아닌 평범한 치마저고리를 입고 있는 장면에서의 의상 – 을 시도하여 이후 제작되는 수많은 조선왕조 사극의 배경 재현방식을 형성하는 데에 시원적인 성격을 지니고 있기도 하다. – 이호걸, 「1950년대 사극영화와 과거재현의 의미」, 김소연 외, 『매혹과 혼돈의 시대: 1950년대의 한국영화』(소도출판사, 2003) 186쪽 참조.

28) 이호걸, 앞의 글, 191쪽.

러운 현실로부터 도피하기 위해 과거가 소환되었지만, <단종애사>가 고통과 슬픔에 빠진 주인공을 등장시킴으로써 애상적인 정서가 지배적이라는 점은 1950년대 시대 상황이 영화에 투영되었기 때문이다. 주인공의 비극적 운명은 개인의 힘으로 극복될 수 없는 상황으로 그려지면서 강한 애상과 체념의 정서를 동반하고 관객들은 자신들보다 비극적인 삶을 살다 간 역사적 인물을 동정함으로써 자신들이 처한 상황과 운명을 위안받는다는 점에서 <단종애사>는 관객들의 현실도피적 심리를 반영하고 있다고 하겠다. 전후 폐허의 상황과 그 극복의 요구라는 1950년대의 사회적 맥락에서 <단종애사>는 흔들리는 정체성을 재확인시켜 줄 전통의 원천이면서 전쟁의 상처로부터 도피할 수 있는 환상의 시공간으로 역할을 하였다. 그러면서도 전쟁이 남긴 애상, 체념, 공포와 같은 정서가 투사되어 1950년대의 시대적 분위기를 전달하고 있다.

4) 산업적 요구의 심화와 억압적 정치현실의 반영

1956년에 제작되어 흥행몰이를 했던 <단종애사>는 1960년대에 다시 제작되면서 그 대중적 인기를 다시 확인하게 된다. 1950년대 중반에 영화계를 주도했던 사극의 유행은 50년대 후반 사그라졌다가 1960년대 초반에 다시 찾아온다. 영화사가들은 1960년대를 사극의 전성기[29]라고 규정하고 있는데 사실 1960년대는 한국영화사상 가장 많은 영화가 제작 발표된 때로서 영화가 한국 사회에서 가장 강력한 대중문화의 장르로 자리 잡게 된 시기였다.[30] 1960년대에

---

29) 이길성, 「사극과 역사인식의 문제」, 차순하 외, 『근대의 풍경』(소도, 2003), 279쪽.
30) 이효인, 「1960년대 한국영화」, 한국영상자료원 편, 『한국영화사 공부』(이채, 2004),

영화가 대중문화로서 굳건한 자리를 잡을 수 있었던 까닭은 제도, 자본, 인력이라는 세 가지 발전요소가 조화를 이루었기 때문에 가능했다. 정부에서는 1959년 4월에 국산영화산업 장려를 목적으로 국산영화를 1편 제작하는 제작사에 외화 1편의 수입권을 부여하여 국산영화의 대량 제작이 가능한 제도적 조건을 마련한다. 또한 1950년대에 실습기를 거친 많은 신인감독들이 대거 등장하였으며 <춘향전> 이후 한국영화의 흥행에서 자극받은 자본들이 영화시장에 대거 유입되어 이 시기 한국영화계는 전성기를 구가할 수 있었다.31) 흥행을 보장하기 위해 익숙한 서사가 재창작되는 것은 문화산업의 속성이라고 할 수 있을 텐데, 1960년대 사극영화의 제작 붐은 이같이 고양된 제작여건을 바탕으로 상업적 성공에 그 중요한 목적이 있었던 것이었다.

1930년대 역사소설의 인기를 이끌었고 1950년대 궁중사극의 새로운 장을 열며 흥행몰이를 했던 <단종애사>가 사극의 전성기였던 1960년대에 다시 영화로 제작되었다는 것은 앞서 살핀 당시 영화계의 흐름에서 볼 때 당연한 일이기도 하다. 그렇지만 이규웅 감독이 1963년에 발표한 영화 <단종애사>는 1929년의 역사소설과 1956년의 영화에서와는 다른 인물의 대립구도 양상을 보인다.

1963년 영화 <단종애사>는 전작 영화와 같이 문종의 승하 장면에서 시작하여 단종의 죽음으로 끝나는 스토리 시간을 갖는다. 그러나 이 작품에서 인물의 대립구도는 사랑의 성취와 그 방해라는 멜로드라마적 갈등 구도로 변형된다. 윤리적 이분법에 기반을 둔 단종과 수양의 대립구도로 이루어진 소설에서는 악인으로 묘사되는 수양의 적극적인 행동이 강조되었고, 1956년 작 영화에서는 소설과

33쪽.
31) 이효인, 같은 책, 36쪽.

유사한 대립구도를 강자와 약자로 변형하여 약자의 비극적 운명에 초점을 둔 애상미가 주조를 이루었다. 1963년 영화에서는 단종과 수양의 왕권을 둘러싼 대립구도보다는 수양이 단종과 중전 송씨의 사랑을 가로막는 악인으로 등장한다. 그러니까 수양은 정치적 야망가로서보다는 단종과 중전의 비련을 유발한 사랑의 장애물인 것이다. 수양의 이미지 변화는 탈정치적인 주제로의 변환과 아울러 왕조사의 비극적인 사건을 개인적인 원한의 문제로 치환시키는 효과를 낳는다.

이 영화에서 중전 송씨는 문종 사후 왕위에 오른 단종의 외로운 심사를 달래 주며, 수양과 신하들의 위협에서 단종을 보호하려는 강한 의지를 가진 여인으로 묘사된다. 작품의 초반부터 단종은 중전과 사랑을 확인하는 말을 주고받으며 영원히 함께할 것을 다짐한다. 전작 영화에서 단종이 곱상하고 연약한 소년으로 등장했던 데 반해 이 영화에서 단종은 미남 청년으로 나온다. 배우의 설정부터 남녀 간의 사랑이야기를 의도하고 있음을 알 수 있는데 중전은 사랑하는 상대를 보호하려는 인물로서 단종을 위협하고 왕위를 찬탈하려는 수양과 그 일파들과 갈등하면서 서사의 전면에 부각된다.

중전은 수양대군의 거사계획을 우연히 알게 되고 그 사실을 자신의 아버지에게 알린다. 이에 격분한 중전의 아버지는 단신으로 수양을 찾아가 수양대군을 제거하려 하지만 오히려 제압당한 채 죽임을 당하고 만다. 수양은 단종을 볼모로 반대파를 제거하는 영양위궁(寧陽尉宮)의 연회 자리에서 중전에게 칼을 들이대며 위협하고 수양의 모략가인 한명회는 단종에게 중전 폐비를 간청한다. 수양과 그 일파의 위협과 협박 속에서도 중전의 단종에 대한 사랑은 애절하게 묘사된다. 영월로 유배 가는 단종과 중전의 이별 장면, 단신으로 단종을 만나러 떠나는 중전의 고난의 여정이 영화의 후반부를 채운다.

왕위 찬탈의 음모와 약자를 향한 연민의 시선보다는 두 연인의 비련이 영화의 중심축을 형성하고 있는 것이다. 1963년 <단종애사>는 이렇게 남녀의 사랑이 장애를 겪는 멜로드라마적인 서사로 변환된다. 이 영화에서 수양은 역사적, 정치적인 무게감 없이 중전의 원망의 대상일 뿐이며 관객에겐 마치 못된 시아버지 같은 이미지로 제시된다.[32)]

권력의 암투와 음모보다는 이별의 고통에 초점을 맞춘 이 영화는 단종과 중전의 사랑이야기와 직접 관련이 없는 서사 요소들을 속임수나 갑작스러운 반전으로 처리하여 극적 긴장감을 유발한다. 단종 폐위 후 등극한 수양을 제거하려는 성삼문 일파가 수양이 탄 가마를 습격하지만 그 사실을 알고 있던 수양은 가마꾼으로 변장하여 죽음을 면하고 성삼문 일파를 제거하는 장면이라든지, 단종에게 내린 사약을 난데없이 궁녀가 마셔 버리고 죽는 장면 등은 '단종과 중전의 이별 이야기'라는 중심 서사의 흥미를 다채롭게 구성하는 데 기여한다. 이 영화의 마지막은 단종이 개울가로 끌려가 교살되고 천신만고 끝에 도착한 중전이 개울가를 건너다 살해 장면을 목격하고 단종을 살리려 하지만 병졸에게 맞아 죽는 것으로 끝난다. 중전은 죽기 직전 이미 죽어 있는 단종의 손을 부여잡고 숨을 거둠으로써 단종과 중전의 사랑은 죽음을 통해 비로소 완결되는 멜로드라마의 비련의 결말을 보여 준다.

한편 이 작품은 한국영화계에 막 도입된 컬러 - 시네마스코프(총천연색 입체영화)의 기술로 촬영되어 1953년 작 영화와 달리 원색의 색감을 바탕으로 화려한 볼거리를 제공하고 있다. 궁중의 만조백관들이 입은 붉은 관복을 비롯한 주요 인물들의 의상뿐만 아니라

---

32) 1963년 영화에서 수양은 희화적으로 등장한다. 가벼운 웃음과 잦은 성냄 등 경박한 인상이 영화 곳곳에 등장한다. 이전 작품에서 보이던 근엄함을 찾아볼 수 없다.

궁 안팎의 장면들이 화려한 색감을 구성하는 세트로 촬영되어 당시 대중들에게 익숙한 비련의 서사에 볼거리를 더하고 있다. 컬러-시네마스코프의 기술로 재현되는 화려한 색채와 대규모 군중 신의 스펙터클은 1960년대 사극영화가 여타 장르 영화와 변별될 수 있는 흥행의 요소였다.[33]

비련의 분위기를 주조로 하는 볼거리로서의 사극영화의 유행은 본격적인 산업으로 성장한 영화계의 요구에 부응했을 뿐만 아니라 당시의 시대적 상황의 산물이기도 했다. 1961년에 쿠데타로 들어선 군사정권의 정치, 경제적 중앙집권화 전략은 근대화, 산업화의 구호 아래 자유주의나 근대적 주체의 확립과 같은 근대성의 사상적 발현을 억압하고 있었다. 또한 당시 군사정권은 급속한 산업화를 위해 대중을 동원하고 참여를 유도할 구심점이 필요했었는데 이때 활용된 민족주의의 담론에 부응할 수 있었던 것이 사극영화였다. 1963년 작 <단종애사>에서 볼 수 있듯이 영화의 내용은 탈정치적인 주제로 변환되어 서사의 갈등을 개인적 원한관계로 치환함으로써 당시 정치권력의 검열체제를 내면화하였다. 그러니까 당시의 사극영화는 국가권력의 중앙집권적 검열을 피해 가고 동시에 그 요구를 충족할 수 있는 영화 장르였으며 여기에 흥행이라는 상업적 요구를 달성하기 위해 등장할 수밖에 없었던 시대적 필연의 산물인 것이다. 이 같은 시대적, 산업적 요구에 따라 제작된 1963년 작 <단종애사>는 대중들의 익숙한 서사 관습을 대폭 수용하여 멜로드라마적 요소를 가미한 화려한 볼거리로서의 대중서사로 거듭났다.

---

33) 당시의 영화사가 말해 주듯이 1960년대 후반까지는 흑백으로 제작되는 것이 관행이었다. 1960년대 초반에 도입된 컬러시네마스코프 기술이 61-65년 사이에 원색의 의상과 화려한 세트를 그대로 보여 줄 수 있는 사극영화에만 집중적으로 활용되었다는 점에서 이 같은 기술과 사극영화의 결합은 흥행용 기획이었음을 말해 준다. - 정종화, 「1960-70년대 한국영화기술사」, 한국영상자료원 편, 『한국영화사공부』(이채, 2004), 246쪽. 참고.

5) 매체의 산업적 요구와 역사물의 대중성

이 글은 이광수의 역사소설 『단종애사』와 그 소설을 원본으로 하여 제작된 동명 영화 두 편을 연구 대상으로 하여 한국의 역사서사물에 내재한 대중서사적 특질을 규명하기 위해 서사 관습의 변형에 주목하여 그 관습의 변형을 추동하는 각 시대의 사회문화적 맥락을 조망하였다.

'단종의 슬픈 이야기'를 다룬 소설과 영화 모두 인물의 선명한 대립구도라는 서사 관습을 활용하여 대중의 극적 관심을 유지하고 있으나 그 대립 양상은 매체와 시대에 따라 각기 다르게 나타난다. 여기에는 각 시대의 대중의 기대지평과 그에 호응하는 매체의 산업적 요구가 반영되어 있다. 즉 대중은 재창작되는 역사물 속에서 인물들이 펼치는 긴장된 대립구도의 선명한 서사를 즐기면서 그 시대의 특수한 상황을 타개하는 방법을 찾기도 하고 당대의 억압적이며 왜곡된 상황의 분위기를 잠깐이라도 벗어날 수 있는 경험을 한다. 이 같은 대중의 기대와 요구를 수용 혹은 형성해 가며 상업적인 성공을 목적으로 하는 매체의 기획이 역사물의 생산과 유행에는 내재되어 있는 것이다.

『단종애사』의 경우를 통해 확인할 수 있듯이 역사물의 대중성은 단편적인 요인만으로 획득되는 것은 아니다. 작품 내적인 흥미 요소들 이외에도 작품의 발표 매체가 지니고 있는 매체적 특성과 매체의 산업적 요구가 역사물의 대중성을 형성하는 데 매우 중요한 역할을 담당한다. 또한 동일한 소재라고 하더라도 창작되는 시대의 사회, 정치적 맥락 역시 대중성을 획득하는 데 지대한 영향을 끼치고 있다. 대중의 기대지평은 소외되고 억압된 삶의 공간을 환기하며 그곳에서 살아가는 대중의 곤고한 일상을 위로할 대상을 추구하기 때문이다.

참고문헌

1. 기본 자료

이광수, 『단종애사』 이광수전집(삼중당, 1968).
<단종애사>, 전창근 감독(서울: 삼일영화사, 1956).
<단종애사>, 이규웅 감독(서울: 동아영화사, 1963).

2. 논문 및 저서

강영주, 『한국 역사소설의 재인식』(창작과비평사, 1991).
강한섭, 「멜로드라마의 컨벤션 연구」(서강대 석사학위논문, 1984).
공임순, 『우리 역사소설은 이론과 논쟁이 필요하다』(책세상, 2000).
김동인, 「춘원연구」, 『김동인전집』 16(조선일보사, 1988).
김명석, 「김승옥 소설 「무진기행」과 영화 <안개> 비교연구」, 『현대소
　　　설연구』 23호(현대소설학회, 2004).
김윤식, 「우리 역사소설의 4가지 유형」, 『소설문학』 11권 6호(소설문
　　　학사, 1985).
김윤식·정호웅, 「역사소설의 시대」, 『한국소설사』(문학동네, 2000).
김병길, 「한국근대 신문연재 역사소설의 기원과 계보」(연세대 박사학
　　　위논문, 2006).
김현주, 『구술성과 한국서사 전통』(월인, 2003).
대중서사학회 저, 『역사소설이란 무엇인가』(예림기획, 2003).
박숙자, 「이광수의 『단종애사』 연구」, 『한국문예비평연구』 20집(한국
　　　문예비평연구회, 2006).
박유희, 「대중서사장르 연구 시론」, 『우리어문연구』 26집(우리어문학
　　　회, 2006).
반성환, 「루카치의 역사소설이론과 우리의 역사소설」, 『외국문학』 3호

(열음사, 1985).

백낙청, 「역사소설과 역사의식」, 『창작과 비평』 5호(창작과비평사, 1967).

서정주, 「단종애사 연구」, 『영남전문대논문집』 25집(영남전문대, 1996).

유선영, 「한국 대중문화의 근대적 구성과정에 대한 연구」(고려대 박사학위논문, 1992).

이기훈, 「독서의 근대, 근대의 독서 - 1920년대의 책읽기」, 『역사문제연구』 7호(역사비평사, 2001).

이길성, 「사극과 역사인식의 문제」, 차순하 외, 『근대의 풍경』(소도출판사, 2003).

이승윤, 「근대역사담론의 형성과 소설적 수용」, 『대중서사연구』 15호(대중서사학회, 2006).

이여성·김세용, 『수자조선연구』(세광사, 1931).

이임자, 『한국출판과 베스트셀러1883 - 1996』(경인문화사, 1998).

이재선, 「역사적 경험의 미적 형태」, 『현대 한국소설사』(민음사, 1991).

이호걸, 「1950년대 사극영화와 과거재현의 의미」, 김소연 외, 『매혹과 혼돈의 시대: 1950년대의 한국영화』(소도출판사, 2003).

이효인, 「1960년대 한국영화」, 한국영상자료원 편, 『한국영화사 공부』(이채, 2004).

장 신, 「1930년대 언론의 상업화와 조선·동아일보의 선택」, 『역사비평』 70호(역사비평사, 2005).

장양수, 「비평적 소설의 더 큰 자기 모순」, 『새얼어문논집』 9집(새얼어문학회, 1996).

전흥남, 「춘원의 『단종애사』 연구」, 『한국문학이론과비평』(한국문학이론과 비평학회, 2005).

정종화, 「1960 - 70년대 한국영화기술사」, 한국영상자료원 편. 『한국영화사공부』(이채, 2004).

정종화, 『한국영화사2』(열화당, 1997).

천정환, 『근대의 책읽기』(푸른 역사, 2003).

최유찬, 「역사와 문학」, 『현상과 인식』 29호(1984).

J.G. Cawelti, 「도식성과 현실도피의 문화」, 박성봉 편역. 『대중예술의 이론들』(동연, 1994).

Alan Spiegel, 『소설과 카메라의 눈』, 박유희·김종수 역(르네상스, 2005).

2. 예술 지향과 산업적 요구의 동거
-1960년대 문예영화의 원작소설

1) 문예영화의 1960년대적 함의

한국영화사는 문예영화[1], 특히 1960년대 문예영화를 기피해 왔다.[2] 반면에 최근 들어 문학전공자들에게 문예영화는 관심의 대상이 되고 있다. 매체를 달리하는 예술의 두 범주가 합성된 조어 탓에 영화전공자와 문학전공자의 공통 연구 영역으로 이해될 수 있는 문예영화가 각 전공에서 상이한 대우를 받고 있는 이유는 무엇일까.

문학의 연구 영역이 문자텍스트에서 영상텍스트로 확장해 가는 최근 문학 연구의 경향에서 문예영화는 소설과 영화의 교섭 관계를 용이하게 이해할 수 있는 텍스트이다. 문학전공자들에게 문예영화는 소설과 영화의 매체적 특징[3]을 비교할 수 있을 뿐만 아니라 소설이

---

[1] '문예영화'의 개념은 논란의 여지가 많다. 문예영화는 보통 '예술성 있는 문학작품'을 저본으로 한 영화를 가리키기도 하고, '예술성 높은 영화'를 일컫기도 한다. 또한 '문학작품'을 시기(고전-현대), 지역(국내-국외), 장르(소설, 희곡, 수필, 시 등)에 따라 고려한다면 그 범위가 매우 포괄적이기도 하다. 본 글에서는 '문예영화'를 한국영화의 예술 지향을 목적으로 전개된 1960년대적 현상으로 이해하여 문예영화의 저본이 되는 문학작품 중 한국의 근·현대소설을 원작으로 한 영화로 한정하여 논의한다. 주지하다시피, 한국영화사뿐만 아니라 세계영화사적 맥락에서도 영화는 소설로부터 서사를 지속적으로 공급받아 왔다. 영화가 나름의 독자적인 서술문법을 가지게 되기 전까지 소설은 영화의 풍요로운 자양분이 되어 왔기 때문에 '문예영화'의 특성은 소설과의 상관성 속에서 규명될 수 있을 것이라고 생각한다.

[2] 이영일의 『한국영화전사』는 1960년대 한국영화의 주요한 작품형식을 8가지로 나누었다. 문예영화는 '일련의 문제작품(소위 문예영화 포함)'으로 분류되고 있다. - 이영일, 『개정증보판 한국영화전사』(소도출판사, 2004), 344-345쪽.

영화로 변용될 때 개입하게 되는 제작 당시의 문화·사회사에 대한 이해도 도모[4]할 수 있다. 영화의 제작 과정은 문학보다 훨씬 복합적이어서 연구의 범위가 폭넓어진다. 각색의 문제, 영화기술의 변이, 영화자본의 형성과 축적 과정, 국가정책과 제도의 개입 여부, 영화시장의 반응, 대중 취향의 이해 등 영화의 생산-유통-소비를 둘러싼 특정 시대의 전반적인 이해로까지 연구의 범위가 확장될 수 있는 것이다.

그래서인지 문학전공자들의 문예영화에 대한 개념규정은 포괄적이다. 물론 영화사의 논의에 토대를 두고 문예영화를 접근하는 경우도 있으나 '소설의 영화화'를 모두 문예영화로 간주하거나 원작이 있는 모든 영화는 모두 문예영화로 포함시키기도 한다. 한국의 소설·희곡·시·수필뿐만 아니라 라디오 드라마대본, 여성국극 및 구활자본 고전소설과 전승된 실기류, 외국소설까지를 포함하여 원작이 있는 영화를 문예영화로 보는 관점[5]은 한국영화사가 그 출발점에서부터 소재를 기존의 문학작품에서 폭넓게 취택하였다는 점을 강조한다.

문학전공자들의 활발한 연구와 달리 문예영화에 대한 영화전공자들의 관심은 많지 않다. 영화전공 논문에서 문예영화는 '문예영화 전성시대'라 할 1960년대에 한정하여 그 논의가 간단하게 언급되거

---

3) 박유희, 「1960년대 문예영화에 나타난 매체 전환의 구조와 의미-<오발탄>과 <사랑방 손님과 어머니>를 중심으로」, 『현대소설연구』 32호(현대소설학회, 2006); 조현일, 「소설의 영화화에 대한 미학적 고찰-1960년대 문예영화 <오발탄>과 <안개>를 중심으로」, 『현대소설연구』 23호(현대소설학회, 2004); 김중철, 「매체 전이와 이야기 변형에 대한 사회문화적 고찰」, 『한국언어문학』 62호(한국언어문학회, 2007); 김명석, 「김승옥 소설 『무진기행』과 영화 <안개> 비교 연구」, 『현대소설연구』 23호(현대소설학회, 2004); 김남석, 「1960년대 후반 문예영화 시나리오의 회상 기법 연구」, 『민족문화연구』38(고려대 민족문화연구원, 2003).
4) 노지승, 「1960년대 근대소설의 영화적 재생산 양상과 그 의미」, 『한국현대문학연구』 20(한국현대문학회, 2006); 권명아, 「문예영화와 공유기억 만들기」, 『한국문학연구』 26호(동국대 한국문학연구소, 2003).
5) 김남석, 『한국 문예영화 이야기』(살림, 2003).

174

나 특정 주제론을 위해 전제될 뿐이다.[6] 문예영화에 대한 영화전공 논문이 빈약한 이유는 1960년대 문예영화가 국가정책의 산물이며 이에 편승한 제작업자의 이권에 좌우된 기형적인 영화라는 한국영화사의 평가 때문이었다.[7] 1962년부터 시행된 우수영화 포상제도가 법률안으로 시행되고 특히 1968년 문화공보부 고시 제34호에 제시된 '가. 우수 국산영화에 관한 보상 기준'에 '문예영화'는 계몽영화, 반공영화와 함께 명시되어[8] 외화수입권을 획득하기 위해 제작해야만 했던 영화로 고착된다. 정책적 강제로 견인되는 1960년대 '문예영화'[9]를 당시 영화계에서 곱지 않은 시선으로 바라본 또 다른 이유는 외화수입권 확보가 우수영화의 제작에 따라 결정된다는 법령에 발맞춰 제작자들이 문예영화를 무분별하게 제작하였기 때문이었다. 1960년대 후반 '문예영화＝우수영화'라는 도식이 제작자들 사이에 만연하였고 그에 따른 영화계 내의 불만은 매우 컸다.[10]

---

6) 홍소인, 「문예영화에서의 남성성 연구 – 1966~1969년까지의 한국영화를 중심으로」(중앙대 석사학위논문, 2003).

7) "(1960년대 문예영화는) 원래 어떤 시대의 환경에 따라서 어떤 작가의 작품이 선택되어 영화화된다는 의미는 없이 '문예영화에 대한 보상'에 힘입어 닥치는 대로 제작"되었다는 이영일의 지적은 영화전공자들의 1960년대 문예영화에 대한 이해에 상당한 영향력을 끼치고 있다. 주 2)에서도 지적했지만 이영일은 1960년대 문예영화라는 명칭보다는 "일련의 문제작품" 또는 "소위 문예영화"라고 지칭하고 있다.

8) 영화진흥공사 간, 『한국영화자료편람』(영화진흥공사, 1977), 245쪽.

9) 문화공보부 고시에 명시되었던 '반공영화'와 '계몽영화'가 정부 정책을 직접적으로 제시하는 영화라면 '문예영화'는 미학을 국가가 통제한다는 의미로 이해된다. 이와 관련하여 권명아는 '문예영화' 제도는 이데올로기적 국가 기구로서 '한국인'이 자기를 기술하는 내러티브를 창안해 내고 전쟁과 분단에 관한 차별적이고 갈등적인 경험을 은폐하면서 국민 통합의 기제를 만들어 내는 데 중요한 역할을 담당하였다고 본다. 1960년대 문예영화의 체험이 현재까지도 이어지고 있는 한국인들의 자기 서사와 통합 내러티브(전통, 향토, 민족, 역사)에서 전범으로 작용하고 있다는 것이다. – 권명아, 「문예영화와 공유기억 만들기」, 『한국문학연구』 26호(동국대 한국문학연구소, 2003), 126쪽.

10) 당시 영화계 인사들의 대담에서 '문예영화＝우수영화'라는 도식이 제작자들의 외화수입권 쿼터와 직결되어 있음을 알 수 있다. 이 도식에 대한 저항감은 '문예영화'라는 명칭에 대한 기피로 이어진다.
　　이영일: 제작자들이 우수영화를 기획한다는 의도는 작품이 우수하다기 보다도 쿼

정부정책과 제작자의 이권이 결탁하여 '문예영화=우수영화'라는 부정적 편견을 고착시켰으나 1960년대 문예영화는 한국영화의 예술적 의미와 가치를 활성화하는 계기를 마련하였다. 사실 한국영화가 중흥되기 시작한 1950년대 후반부터 예술로서의 영화에 대한 기대가 영화계 내부에서 전개되고 있었다. 특히 1950년대 후반부터 '문예'라는 용어를 통해 영화는 내부적으로 가치를 부여받고 예술로서 질적인 도약을 요구받았다. 1950년대 후반 상업화 경향에 대한 반작용으로 영화가 문예, 예술로서 자리매김하려는 시도는 시나리오 작가들에게 작가로서의 자질과 정체성을 갖도록 요구하였는데,11) 이 같은 분위기가 1960년대에도 이어져 예술로서의 영화를 실현하는 방법으로 문학작품의 영화화가 유행하였던 것이다.

그런데 문학작품의 영화화를 둘러싸고 1960년대 영화계에서는 상반된 목표가 제시되었다. '한국적인 것'의 예술영화화 지향을 목표로 하는 경우가 문학작품의 영화화를 옹호하는 입장이라면, 예술을 위한 영화 정신의 회복을 주장하는 경우는 문학작품으로부터 결별하는 것으로 영화의 예술성을 추구하자는 입장이었다. 전자의 경우 '한국적인 것이 곧 세계적인 것'이라는 모토로 한국적인 휴머니즘의 예술영화를 만들어야 한다는 당위를 전개하였다.12) 그 구체적인 목

터가 따르니까 좌우간 우수영화라는 건 어떤 건지 모르지만…….

　김강윤: 쿼터를 딸 수 있으면 우수영화다 그런 정도죠.

　김강윤: 우리나라 영화를 보는 눈이 문예중심물이라든가 이런 것을 만들었을 때는 우수작이다 이런 생각들을 합니다만 …… 문예물을 영화화하면 우선 우수작이다 봐준다 이거예요. 그리고 보통 오리지널을 가지고 하면 멜로드라마라 하는 그러한 색안경을 이젠 벗어야겠어요.

　　　　　　　　　　　－「영화계 인사들의 대담」, 『영화TV예술』, 1966.12.

11) 이와 관련하여서는 백문임의 다음 글 참고. - 백문임, 『형언－문학과 영화의 원근법』 (평민사, 2004), 12－57쪽.

12) 김강윤, 「『역마』 그리고 휴머니티에의 향수」, 『영화TV예술』, 1966.10.; 안병섭, 「밖에서 보는 한국영화: '벙어리 삼룡이'에의 혹평이 던진 문제점」, 『영화예술』, 1965.12. 92쪽 등.

표는 해외 영화제에서 인정받는 것이었으며 이를 위한 방법을 완성
도 높은 문학작품에서 찾았다. 그러나 해외 영화제의 출품이 외화수
입권의 보증수표였던 1960년대 영화산업계의 풍토에서 '한국적인'13)
예술영화는 결과적으로 제도적 강제와 제작자의 상업적 이권을 공
고하게 하였다. 반면에 예술을 위한 영화 정신의 고수를 주장한 논
자는 국가정책과 제작자의 상업 논리에 길들여진 문예영화의 타성
을 영화 정신의 훼손이라 비판하며 영화의 감각과 형식을 강조한
다.14) 문예로부터 예술적 자양분을 얻으려 했던 1950년대 후반 영
화계의 모색은 1960년대 후반에는 문예의 자장권 밖으로 탈출하여
야 예술이 될 수 있다는 주장으로 변화하였다.15) 그러니까 '문예'를
영화의 예술성 확보의 필요조건으로 받아들일 수밖에 없었던 한국

---

13) 1960년대 후반에 '한국적인 것'의 발견은 영화계에서만 보이는 현상은 아니었다. 박
   정희 정권이 경제 개발을 위해 동원한 민족적 민주주의론이 국민통합의 방법으로
   '한국적인 것'의 발견에 집착하였고 이와 목표는 확연히 다르지만 당시 지식인과 문
   학담론에서도 '한국적인 것'이 강조되고 있었다. ≪사상계≫를 통해 1950년대부터
   논의되었던 '한국적인 것'에 내한 담론은 1960년대 ≪청맥≫, ≪한양≫, ≪창비≫,
   ≪아세아≫ 등의 잡지에서 창조성과 미래지향성을 강조하는 주체직 문화 일반에 관
   한 논의로 활발하게 다루어졌다. 1960년대 후반 문학계 및 지식인층의 한국적인 것
   에 관한 담론의 형성과 특징에 대해서는 김주현, 「1960년대 '한국적인 것'의 담론
   지형과 신세대 의식」,『상허학보』 16집(상허학회, 2006). 참조할 것.
14) 한재수는 당시 문예물의 유행을 "영화감독의 지성의 빈곤이 문학숭배의 幻現心理를
   낳았다."고 단정하고 문예영화가 "영화의 감각과 형식을 도외시하고 소설의 묘사문과
   같이 지루하게 만들어진다."고 비판한다. 그는 "영화연출상의 리테러리즘(literalism)
   은 시나리오의 노예일 뿐"이라고 말하며 이성구, 김수용의 문예영화를 비판한다. 한
   재수는 "유현목을 가장 영화인답다."고 평가하면서 유현목이 앵글, 몽타주, 역동적
   메커니즘을 한국에서 실현한, "영상이란 말을 보여 준 사람"이라 높이 평가한다. 그
   의 논의는 문학과 영화 매체의 근본적 차이인 문자와 쇼트를 강조하며 영화 정신의
   회복을 주장하고 있다. - 한재수, 「영화와 리테러리즘」,『영화TV예술』, 1968.7. 70 -
   75쪽.
15) 이와 관련하여 1970년대 하길종은 '문예영화'가 1960년대적 맥락에서만 의미가 있
   을 뿐이라고 선언하였다. 그 역시 순 문예에 의존하는 영화의 예술성이 아니라 영
   화전문가(감독, 시나리오 작가)의 중요성을 강조하며 '문예영화'라는 명칭 대신 '순
   수영화'라는 명명이 타당하다고 주장한다. '문예영화'는 1960년대의 시대적 맥락에
   서 활성화된 명칭이라는 점이 보다 분명해진다. - 하길종,『사회적 영상과 반사회적
   영상』(전예원, 1981), 341 - 3쪽.

영화의 전개 과정이 1960년대 후반에는 문예에 대한 의존에서 탈피하여 영화적 방법, 영화 정신의 고수로 전환되기 시작한 것이다.

1960년대 '문예영화'는 정책의 견인과 제작자의 이권이 결탁되어 대중적 흥행을 염두에 둔 영화계 외부의 의도뿐만 아니라, 예술적인 영화를 제작하려는 당시 영화계 내부의 예술 지향 의식이 반영된 독특한 영화 현상이었던 것이다. 그러므로 1960년대 문예영화는 문학—영화의 구체적인 교섭 관계를 확인해 볼 수 있는 텍스트일 뿐만 아니라 한국영화의 예술적 전개와 대중적 흥행 현상의 구체적 면모를 파악할 수 있는 중요한 연구 대상이라 할 것이다. 이에 본 글은 1960년대 문예영화 연구의 활성화를 위한 기본적 토대로서 1960년대 문예영화의 현황을 구체적으로 검토한다. 이를 위해 한국 근·현대소설을 원작으로 한 1960년대 문예영화를 대상으로 원작소설이 영화로 변용된 양상을 논구하도록 한다. 한국영화가 영화적 예술성을 획득하고 대중적 흥행을 도모하는 일련의 과정에서 무엇보다 한국의 근·현대소설이 기여한 바가 크기 때문이다.

2) 1960년대[16] 문예영화 원작소설[17]의 유형

기존의 논의에서 문예영화는 '문학작품 중에서도 극히 폭이 좁은 일부 경향의 작품을 영화화한 것'[18]이라는 포괄적인 정리에서 출발

---

16) 영화사가들의 한국영화사 시기구분에 따르면 1962년부터 1971년을 한국영화의 르네상스기 혹은 전성기로 구획하고 있다. 박정희 군사정부의 등장과 그에 따른 영화법 제정(1962년)을 그 분기점으로 삼고 있다. 그러나 이 글에서는 문예영화의 영화사적 출발점이라 할 <오발탄>, <사랑방 손님과 어머니>가 발표된 1961년부터 1969년까지를 대상 범위로 설정하였다. 1969년은 당시 정부의 우수영화 포상제도에서 '문예영화' 부문이 삭제되어 문예영화에 대한 제작자들의 관심이 소멸되었다는 점에서 하한선으로 설정하였다. — 이영일, 『개정증보판 한국영화전사』(소도출판사, 2004); 김

하여 '문학평단에서 이미 문학성을 인정받은 소설들, 근대순수문학 작품과 동시대 문학평단에서 작품성을 인정받은 소설들이 영화 화'[19])된 것으로 범위를 한정하고 있다. 그런데 '근대순수문학'이나 '동시대 문학평단에서 인정받은 소설'이라는 기준에 모든 문예영화 가 부합하지 않는다. 예를 들어 김영수의 「혈맥」이나 「소복」 같은 작품은 근대소설사에서 주목받지 못한 작품이며 홍성원의 『막차 로 온 손님들』은 작가조차 '소모품에 불과한 물건'이라고 말할 정도 로 통속적인 작품으로 알려져 있다.[20]) 그러니까 당시 영화계에서

미현 책임편집, 『한국영화사』(커뮤니케이션북스, 2006); 박유희, 「1960년대 문예영화 에 나타난 매체 전환의 구조와 의미 - <오발탄>과 <사랑방 손님과 어머니>를 중심 으로」, 『현대소설연구』 32호(현대소설학회, 2006) 참조.

17) 본 글은 한국 근·현대소설로 한정하여 1960년대 영화 중 고전소설이나 외국소설을 원작으로 한 경우는 제외하였다. 1960년대 제작된 영화 중 외국소설을 원작으로 하 여 흥행에 성공한 영화들이 눈에 띈다. 예를 들어 조긍하 감독의 1961년 작 <쟌발 쟌>은 빅토르 위고의 원작으로 제작되었고 알렉산더 듀마의 <춘희>가 1967년 정진 우 감독에 의해 만들어져 흥행에 '성공'하였다. 신상옥이 만들어 흥행에 '성공'한 1968년 작 <여자의 일생>은 모파상의 원작을 토대로 하였다. 1963년 김기덕 감독 의 <가정교사>는 이시자카 요지로(石坂洋次郎)의 원작소설을 영화화하여 흥행에 '성공'을 거두었으며 石坂洋次郎의 <청춘교실> 역시 같은 해 심우용 감독이 영화화 하여 '성공'을 거두었다. 유현목의 <푸른 꿈은 빛나리>도 石坂洋次郎의 원작소설을 영화화한 것이다. 1960년대 영화계에서 일본인 소설가의 작품은 인기가 있었다. 1966년 김기덕이 만든 <검은무늬의 마후라>는 마츠야마 요시조(松山善三)의 원작 이며, 신상옥 감독의 1967년 작 <이조잔영>은 카지야마토시유키(梶山季之)의 소설 을 영화화한 것이다. 김기덕의 <빙점>, <원죄>(1967)는 미우라 아야코(三浦稜子)의 소설을 원작으로 하였다. 이 작품은 흥행 성적이 '양호'로 기록되어 있다(1960년대 영화의 총량 및 개별 작품의 정보는 한국영화진흥조합 刊, 『한국영화총서』(영화진흥 조합, 1972)에 근거하고 있다.).

18) 이영일, 『개정증보판 한국영화전사』(소도출판사, 2004), 326쪽.

19) 홍소인, 「문예영화에서의 남성성 연구 - 1966~1969년까지의 한국영화를 중심으로」, 중앙대석사학위논문, 2003, 10쪽. 한편 김종원은 1960년대 문예영화를 크게 세 가 지 범주로 분류하였다. 1. 인습과 토속 사회의 애환을 그린 향토물, 2. 현실의 단면 과 모럴을 제시한 사회성 드라마, 3. 분단 비극과 전쟁의 상흔을 부각한 이데올로기 영화가 그 내용이다. - 김종원, 『영상시대의 우화』(제3기획, 1985), 58 - 63쪽.

20) 한국문학사에서 말하는 '근대순수문학'의 범위에 포함되더라도 문예영화로 보는 경 우도 있고 그렇지 않은 경우도 많다. '동시대문학평단의 인정을 받는 소설'의 경우 도 마찬가지이다. 가장 영화화가 많이 된 이광수의 경우만 하더라도 영화계에서는 <무정>을 문예영화로 보지 않고 통속물로 분류하기도 하며, 강신재나 박경리 같은

논의되었던 1960년대 문예영화의 개념과 범위는 '근대순수문학' 혹은 '동시대 문학평단에서 인정받은 소설'을 포괄적인 범위로 하면서 또 다른 중요 요소가 개입하고 있는 것이다.[21] 따라서 1960년대 영화의 전체적인 개관 속에서 문예영화 작품들의 범위를 귀납적으로 검토할 필요가 있다.

　문예영화의 범위를 확정하기 위해 우선 1960년대 영화 중 원작을 바탕으로 제작된 영화의 현황을 살펴보면 다음과 같다. 원작을 바탕으로 한 영화는 1961년에 26편, 62년에 38편, 63년에 49편, 64년에

동시대 작가의 경우도 이와 유사하게 이해하는 작품이 많다. 특히 이 글이 1960년대 영화의 원작소설을 조사하는 데 참고한 『한국영화총서』와 『한국영화자료편람』에서 '문예물'로 분류하고 있는 경우는 그 근거가 일관되지 않다. 예를 들어 이광수의 소설을 원작으로 한 경우 <원효대사>는 '전기시대물'로, <이차돈>은 종교물로, <사랑의 동명왕>은 '역사물'로, <무정>은 통속물로 분류하고 있다. 또한 나도향의 <벙어리 삼룡이>는 통속물인데, <물레방아>는 문예물로 분류하고 있으며, 1965년에 전범성 감독이 만든 박지사 원작 <바보>나 양수정의 옥중수기인 <하늘을 보고 땅을 보고>는 문예물로 분류하였다. 또한 박경리의 <김약국의 딸들>은 통속으로 <성녀와 마녀>는 문예물로 분류하고 있기도 하다. 1961년에 조긍하 감독의 <쟌발쟌>(빅토르 위고 원작)이나 1967년에 신상옥 감독이 만든 <이조잔영>(카지야마 토시유키 원작)을 문예물로 분류하면서도 <빙점>이나 <가정교사> 같은 작품을 통속으로 분류한 것을 보면 분류기준이 분명하지 않음을 알 수 있다.

21) 1960년대 영화의 원작소설 중 1960년대 영화계의 문예영화 담론에서 주로 거론되는 작품들은 장일호의 <흙>·<화산댁>, 유현목의 <오발탄>·<막차로 온 손님들>·<순교자>·<잉여인간>·<김약국의 딸들>·<카인의 후예>, 신상옥의 <사랑방 손님과 어머니>·<열녀문>·<벙어리 삼룡이>·<꿈>, 이만희의 <물레방아>·<흑맥>, 김수용의 <갯마을>·<유정>·<안개>·<봄봄>·<까치소리>·<혈맥>·<분녀>·<시발점>·<석녀>, 이성구의 <메밀꽃 필 무렵>·<장군의 수염>·<젊은 느티나무>·<일월>, 김승옥의 <감자>, 김기영의 <렌의 애가>, 김강윤의 <역마>, 전조명의 <소복>, 김진규의 <종자돈>, 최하원의 <나무들 비탈에 서다>·<독짓는 늙은이>, 이형표의 <절벽>, 최인현의 <이상의 날개>, 조문진의 <젊은 어머니들> 등이다. 이 작품들이 1960년대 문예영화를 논의하는 자리에서 주로 거론되는 데에는 이 영화들이 해외영화제 출품작이며, 국내 주요 영화제의 수상작이라는 점이 중심적인 이유이고, 여기에 부가적으로 대중적인 흥행이 고려되었던 것으로 보인다(본 글에 제시된 '한국 근·현대소설을 원작으로 한 1960년대 영화 목록' 참조). 그렇기 때문에 1960년대 영화계에서 일련의 국내외 시상제도에 규정되어 '문예영화는 우수영화다.'라는 일반적인 편견이 형성되었던 것이다. 1960년대 원작소설을 저본으로 제작된 영화들 중에서 제작 과정에서 국내외 시상제도를 목적으로 하지 않았거나 제작 사후 시상을 받지 못했던 작품들은 문예영화의 논의에서 배제되어왔던 것이다.

46편, 65년에 54편, 66년에 49편, 67년에 63편, 68년에 71편, 69년에 51편이 제작되었다.22) 여기에는 한국 소설, 시, 수필, 희곡 및 라디오, TV드라마 대본, 구활자본 고전소설과 전승된 실기류, 해외 소설 및 문학작품이 포함된다. 이 중 한국 근·현대소설을 원작으로 한 작품은 1961년 - 6편, 62년 - 10편, 63년 - 4편, 64년 - 5편, 65년 - 7편, 66년 - 5편, 67년 - 18편, 68년 - 17편, 69년 - 13편이다. 구체적인 목록은 다음과 같다.

〈한국 근·현대소설을 원작으로 한 1960년대 영화 목록〉23)

번호	영화 제목	원작자	감독	원작 발표 연도	비고(1. 원작제목, 2. 흥행, 3. 영화제 출품·수상 내역)
			<1961년>		
1	금단의문	정비석	홍성기	1939	『금단의 유역』, 양호
2	오발탄	이범선	유현목	1959	7회 베를린영화제
3	번지없는 주막	정비석	강찬우	1954	

---

22) 이 통계자료가 정확한 것은 아닐 수 있다. 앞서 밝혔듯이 이 자료는 영화진흥공사에서 간행한 두 권의 자료집을 토대로 하고 있기 때문에 그 외의 문헌이나 한국영화 구술자료 및 영화전공자들의 구체적인 발굴을 통해 좀 더 정확하게 보완된다면 1960년대 영화를 이해하는 데 유용한 자료가 될 것으로 기대한다.

23) 본 목록은 한국영화진흥조합 刊, 『한국영화총서』(영화진흥조합, 1972)와 영화진흥공사 刊, 『한국영화자료편람(초창기~1976년)』(영화진흥공사, 1977)을 토대로 하여 작성하였다. 본 목록의 '비고'란에서 '1. 원작제목'은 영화 제목과 원작소설이 다를 경우 소설의 제목을 밝혔다. '2. 흥행'의 기준은 『한국영화총서』를 따랐다. 이 책에서 각 작품의 흥행성적은 관람객 수 5만 이상 10만 미만의 경우 '양호'로, 10만 이상 15만 미만은 '성공'으로 15만 이상은 '대성공'으로 표시하고 있다. '3. 해외 영화제 출품 및 영화제 수상 내역'은 대표적인 내용만 표기하였다.
  한편 이 목록을 작성할 때 문제가 된 것 중의 하나는 조흔파, 한운사, 유호, 김영수 같은 작가의 작품을 어떻게 처리하느냐는 것이었다. 1960년대 영화 중에서 이들의 원작이 각색된 작품이 상당수를 차지한다. 흔히 이들은 대중소설 - 희곡 - 방송대본 - 시나리오로 이어지는 일련의 작품들을 다수 발표한 것으로 알려져 있다. 그러나 김영수의 「혈맥」이나 「소복」과 같은 작품처럼 원작소설로부터 출발하여 대중적

번호	영화 제목	원작자	감독	원작 발표 연도	비고(1. 원작제목, 2. 흥행, 3. 영화제 출품·수상 내역)
4	사랑방 손님과 어머니	주요섭	신상옥	1934	『사랑손님과 어머니』, 대성공, 1회 대종상 감독상 등
5	상록수	심훈	신상옥	1935	양호
6	연산군	박종화	신상옥	1936	『금삼의 피』, 대성공, 1회 대종상 작품상 등

<1962년>

번호	영화 제목	원작자	감독	원작 발표 연도	비고
7	육체는 슬프다	황순원	이해랑	1956	『산』
8	폭군 연산	박종화	신상옥	1936	『금삼의 피』, 성공
9	원효대사	이광수	장일호	1942	
10	이차돈	이광수	김승옥	1935	『이차돈의 사』
11	내일의태양	박화성	오영근	1958	
12	여인천하	박종화	윤봉춘	1959	
13	사랑의 동명왕	이광수	최훈	1950	
14	대도전	윤백남	노필	1931	
15	열녀문	황순원	신상옥	1953	『과부』, 13회 베를린영화제, 2회 대종상 작품상 등
16	무정	이광수	이응천	1917	양호

<1963년>

번호	영화 제목	원작자	감독	원작 발표 연도	비고
17	대지의성좌	박계주	홍성기	1957	양호
18	단종애사	이광수	이규웅	1930	양호
19	김약국의 딸들	박경리	유현목	1962	양호, 11회 아시아영화제 비극상, 3회 대종상 등
20	혈맥	김영수	김수용	1946	성공, 3회 대종상 작품상 등

인 작품으로 변환되었다는 것이 분명하게 드러나지 않는 작품이 많다. 이들은 요즘 논의되는 원소스멀티유스(One Source Multi-Use)의 작가로 이해되는데 이들의 경우 '원작소설'이 큰 의미를 가지지 않는 것으로 이해하여 본 논의에서 제외하였다.

번호	영화 제목	원작자	감독	원작 발표 연도	비고(1. 원작제목, 2. 흥행, 3. 영화제 출품·수상 내역)
					<1964년>
21	잉여인간	손창섭	유현목	1958	양호
22	아랑의정조	박종화	장일호	1940	
23	내마음은 호수	박경리	박성복	1961	
24	목마른 나무들	정연희	정진우	1963	양호
25	벙어리 삼룡이	나도향	신상옥	1925	대성공, 4회 대종상 작품상·감독상 등
					<1965년>
26	쌍무지개 뜨는언덕	김내성	손전	1956	
27	노을진들녘	박경리	김성화	1961	
28	밤에 핀 해바라기	이범선	최훈	1964	
29	순교자	김은국	유현목	1964	26회 베니스영화제, 5회 대종상 감녹상 등
30	가을에 온 여인	박경리	정진우	1963	
31	갯마을	오영수	김수용	1953	성공, 5회 대종상 작품상
32	흑맥	이문희	이만희	1963	3회 청룡영화상
					<1966년>
33	유정	이광수	김수용	1933	대성공
34	잃은자와 찾은자	김용성	고영남	1961	
35	물레방아	나도향	이만희	1925	28회 베니스영화제
36	초연	손소희	정진우	1962	『그 날의 햇빛은』, 성공
37	산유화	정비석	박종호	1955	

번호	영화 제목	원작자	감독	원작 발표 연도	비고(1. 원작제목, 2. 흥행, 3. 영화제 출품·수상 내역)
					<1967년>
38	청춘극장	김내성	강대진	1953	대성공
39	소복	김영수	전조명	1939	아세아영화제 흑백촬영상
40	애인	김내성	김수용	1955	
41	다정불심	박종화	신상옥	1947	양호, 6회 대종상 미술상
42	흙	이광수	장일호	1932	
43	꿈	이광수	신상옥	1939	양호, 28회 베니스영화제
44	일월	황순원	이성구	1962	양호, 1회 남도영화제 남우주연상
45	역마	김동리	김강윤	1948	14회 아세아영화제 남우조연상
46	서울은 만원이다	이호철	최무룡	1966	
47	종자돈	김용익	김진규	1964	5회 청룡상 특별상
48	풍운 삼국지	박종화	최인현	1958	『삼국 풍류』, 양호
49	새벽길	방인근	이혁수	1938	양호
50	안개	김승옥	김수용	1964	『무진기행』, 성공, 6회 대종상 감독상 등
51	잃어버린 사람들	황순원	전조명	1956	
52	싸리골의 신화	선우휘	이만희	1962	
53	까치소리	김동리	김수용	1966	양호
54	메밀꽃 필 무렵	이효석	이성구	1936	29회 베니스영화제
55	막차로 온 손님들	홍성원	유현목	1967	양호, 6회 파나마영화제

번호	영화 제목	원작자	감독	원작 발표 연도	비고(1. 원작제목, 2. 흥행, 3. 영화제 출품·수상 내역)
					<1968년>
56	찬란한 슬픔	강신재	전조명	1966	『이 찬란한 슬픔을』, 양호
57	사랑	이광수	강대진	1938	
58	순애보	박계주	김수용	1939	
59	젊은느티나무	강신재	이성구	1960	18회 백림영화제
60	나무들비탈에서다	황순원	최하원	1960	21회 로카르노 영화제
61	화산댁	오영수	장일호	1952	『화산댁이』, 12회 샌프란시스코영화제
62	절벽	강신재	이형표	1958	2회 남도영화제 여우신인상
63	카인의후예	황순원	유현목	1953	양호, 4회 시카고, 41회 아카데미 영화제 출품, 7회 대종상 여우주연상 등
64	별아내가슴에	박계주	정진우	1954	
65	아네모네마담	주요섭	김기덕	1936	『아네모네의 마담』, 성공
66	피해자	이범선	김수용	1958	
67	장군의수염	이어령	이성구	1966	성공, 4회 시카고, 18회 멜본, 16회 시드니 출품
68	직녀성	심훈	이성구	1935	
69	이상의날개	이상	최인현	1936	날개, 7회 대종상 남우주연상 등
70	감자	김동인	김승옥	1925	22회 로카르노영화제
71	분녀	이효석	김수용	1936	6회 청룡상 여우주연
72	대원군	유주현	신상옥	1965	양호

번호	영화 제목	원작자	감독	원작 발표 연도	비고(1. 원작제목, 2. 흥행, 3. 영화제 출품·수상 내역)
					<1969년>
73	암살자	이어령	이만희	1966	
74	젊은여인들	오유권	조문진	1959	『젊은 홀어머니들』, 양호, 22회 로카르노영화제
75	시발점	이청준	김수용	1966	『병신과 머저리』, 19회 백림영화제
76	고원	정비석	이성구	1946	
77	독짓는 늙은이	황순원	최하원	1945	성공, 42회 아카데미
78	자유부인	정비석	강대진	1954	
79	마인	김내성	임원식	1939	
80	애수의 언덕	손창섭	김대희	1959	『포말의 의지』
81	성녀와악녀	박경리	나한봉	1961	
82	봄봄	김유정	김수용	1935	5회 프랑크푸르트영화제
83	렌의 애가	모윤숙	김기영	1937	3회 서울신문문화대상
84	석녀	정연희	김수용	1968	양호, 20회 백림영화제
85	재생	이광수	강대진	1925	

위 목록을 토대로 1960년대 문예영화의 저본으로 활용된 원작소설의 유형을 소설의 주제의식과 영화적 변용방식에 따라 크게 4가지로 분류하여 그 영화화 방식을 살펴본다.

3) 계몽영화와 멜로드라마로의 변환

1960년대 문예영화의 원작소설 중 연애소설이 39편으로 가장 많다. 이 유형에 속하는 소설들은 시기별, 작가의 성별에 따라 각기 시대적 상황과 대중의 흥미요소에 부합하는 서사전개방식에 차이를 보인다. 계몽·연애소설 유형은 이상적 사랑의 구현과 대중 교화를 목적으로 하는 식민지 시기 신문연재 대중소설과 전후 여성의 사회적 활동을 전면에 내세워 여성의 탈선과 시련을 묘파한 1950년대 신문연재소설, 여성의 시선으로 근대적 도시공간의 일상을 묘사하며 애정 장애에 초점을 둔 1950-60년대 여성작가의 소설로 하위분류를 할 수 있다.

식민지 시기 대중소설에는 이광수의 『무정』, 『유정』, 『흙』, 『재생』, 『사랑』과 심훈의 『상록수』, 『직녀성』, 박계주의 『순애보』, 정비석의 『금단의 유역』, 방인근의 『새벽길』이 포함된다. 이 작품들은 식민지 시대 이후 1960년대까지 대중적 인지도가 높았으며 식민지 시대와 1950년대에 영화로 제작된 경우가 많았다. 원작자와 소설의 대중적 인지도는 작품이 형상하고 있는 낭만적 연애와 시대적 계몽성에 토대를 두고 있었다. 정신적 사랑의 숭고함과 이루어지지 못할 사랑의 고통을 묘사하고 있는 『유정』이 보여 주듯 1930년대 내중 연애소설은 이상적인 사랑의 모습을 묘사하거나 『흙』처럼 농촌 계몽의 요소를 중첩시킴으로써 대중 교화의 목적을 직접적으로 드러내는 것을 특징으로 하고 있다.

1950년대 신문연재소설에는 정비석의 『자유부인』, 『번지없는 주막』, 『산유화』, 『고원』과 김내성의 『청춘극장』, 『애인』, 오유권의 『젊은 홀어머니들』, 박계주의 『별아 내가슴에』, 『대지의 성좌』, 박화성의 『내일은 태양』이 있다. 전후 신문소설은 대중들에게 생활의 오락으로서 역할을 담당했다. 이 소설들은 청춘남녀의 애정문제와 함께 당시 새로운 세대의 의식과 행동 양식의 흥미진진한 전개가 주된 내용이었다. 특히 여성의 사회진출이나 권익신장을 위한 노력,

퇴폐향락주의와 성 개방 풍조에 따른 여성의 탈선이나 분단 상황으로 인한 여성들의 시련들을 극화하여 대중적 인기를 얻었다. 1950년대 신문연재소설이 선호하는 여성 인물의 역할 강화는 분단과 전쟁, 근대화의 사회적 급변으로 전통적 가족 제도가 해체되고 사회가 재편되는 징후로 이해되는데24) 여성 인물들의 선정적 제시를 통해 시대적 풍조를 비판적으로 다루고 있는 것이 특징이다.

1960년대 여성 작가들의 소설은 여성의 사회적 활동을 애정관계에 초점을 두고 전개하면서 1960년대 사회상을 여성적 시선으로 재편하는 특징을 보인다. 박경리의 『내마음은 호수』, 『노을진 들녘』, 『성녀와 악녀』, 『가을에 온 여인』, 정연희의 『목마른 나무들』, 『석녀』, 강신재의 『찬란한 슬픔』, 『젊은 느티나무』, 『절벽』, 모윤숙의 『렌의 애가』가 이 유형에 속한다. 여성 작가의 연애소설은 여성 독자들의 생활 경험과 여기에서 파생될 수 있는 욕망의 문제를 인물의 애정 장애로 치환하여 형상화함으로써 비련의 정조를 심화하는 특징을 보인다.

이 같은 연애소설들은 원작의 내용을 충실히 반영하면서도 애정 장애에 초점을 맞춘 멜로영화로 변용된다. <유정>, <흙>, <애인>과 같은 영화는 소설의 애정로망을 전형적으로 재현할 뿐만 아니라 현대적 감각을 가미하여 대중적 흥행에도 성공하였다. 1960년대 영화 관객은 외화 관객층을 흡수하면서 젊은 세대로 교체되는 시기였다.25) 서구 민주주의와 개인주의 세례를 받은 젊은 관객들은 이상적 사랑이나 숭고한 연애보다 감각적이며 자극적인 연애를 선호하는 것은 당연한 것이었다. 그러므로 식민지 시기 연애소설인 <순애

---

24) 변재란, 「1950년대 감독 연구」, 『영화연구』 20(영화연구학회, 2002), 197쪽.
25) 이길성, 「1950년대 후반기 신문소설의 각색과 멜로드라마의 분화」, 『영화연구』 30 (영화연구학회, 2006), 217쪽.

보>가 흥행에 실패하고 1950-60년대 연애소설을 원작으로 한 영화가 더 큰 인기를 얻은 것은 젊은 관객들의 연애관의 변화에 따른 것으로 이해된다. 그렇기 때문에 1960년대 영화계는 관객들의 욕망과 요구를 비교적 수월하게 만족시켜 줄 수 있는 주요한 원천을 1950년대 신문소설과 1960년대 여성작가들의 소설에서 찾았던 것이다.

한편 1930년대 농촌운동을 모델로 한 농촌 계몽소설의 1960년대적 맥락은 농촌을 계몽하고 개조하는 것뿐만 아니라 공동체적 가치를 앞세움으로써 여기에 대응되는 도시의 향락적인 소비문화와 잘못된 근대성을 계도한다는 이중성을 띠게 된다. 고향이 훼손되지 않았다는 것을 말하는 시골처녀(<흙>의 유순)나 일신을 아끼지 않는 희생적이고 열정적인 여성(<상록수>의 영신)은 농촌이라는 공간이 표상하는 공동체적인 가치관을 육화하고 있다.[26]

4) 반공영화와 영화의 예술적 성취

1950년 한국전쟁 이후 발표된 소설이 1960년대 문예영화로 변용된 사례는 20편이 있다. 이 소설들은 전쟁이 파생한 상황적 모순과 그 극복을 전쟁 배경으로 다룬 작품들과 전후 현실과 근대화의 사회적 격변 속에서 방황하는 개인의 심리적 징후를 암유하는 작품으로 나뉜다. 선우휘의 『싸리골의 신화』, 황순원의 『산』, 『카인의 후예』, 『나무들 비탈에서』, 김은국의 『순교자』가 전자에 속한다. 이 작품들에서는 이념적인 분극화 과정이 일으킨 격동, 6·25 전쟁에

---

26) 노지승, 「1960년대 근대소설의 영화적 재생산 양상과 그 의미」, 『한국현대문학연구』 20(한국현대문학연구회, 2006), 520-521쪽.

의해 빚어진 비탈진 현실의 갈등과 상황적인 모순에 얽힌 한국인들의 삶의 훼손과 고뇌 및 그 극복의 문제를 형상하고 있다. 이 소설들에서는 고통스러운 전쟁의 공동체험을 통해서 사회주의-공산주의 이데올로기에 대한 매혹은 현저하게 퇴조하게 된다. 이 같은 현상은 반공 정책의 강화와 함께 개인을 당이나 국가체제에 철저하게 종속시킴으로써 인간으로서의 개인의 가치를 부정할 뿐만 아니라 '조국해방전쟁'의 이름으로 다른 계급과 사회조직에 대한 살인과 폭력을 정당화하는 계급이데올로기의 오류를 지적하고 있다. 피의 제물을 요하는 이데올로기의 배타성이나 절대성에 대한 신봉을 거부하고 이념보다는 인간 그 자체를 신뢰하는 휴머니즘의 가치를 고양하며 이념이 조장해내는 영웅주의를 거부하였다.[27]

이 소설들에 내재한 휴머니즘적 관점은 영화로 변용되며 이념적 대립항의 한 축으로 기울어져 반공의 주제를 갖게 된다. 1·4 후퇴 직전의 평양시를 배경으로 '스스로 십자가를 져야할 뿐'이라고 주장하는 신 목사가 평양에 남아 교인을 돌보는 이야기인 <순교자>, 반공계몽 취향으로 변환된 <카인의 후예>, 국군 낙오병 7인이 싸리골에서 은신 중 북한군과 격전을 벌이는 <싸리골의 신화>는 전쟁의 스펙터클과 피아의 구분이 선명한 갈등구조로 단순화된다. 이 영화들에서는 반공을 국시로 채택한 국가 이념에 부응하면서 영화적 완성도를 획득하려는 영화계의 모색을 엿볼 수 있다.

한편 김용성의 『잃은자와 찾은자』, 이범선의 『오발탄』, 황순원의 『일월』, 손창섭의 『잉여인간』, 『포말의 의지』, 이어령의 『장군의 수염』, 『암살자』, 이청준의 『병신과 머저리』, 김승옥의 『무진기행』, 홍성원의 『막차로 온 손님들』, 김동리의 『까치소리』는 전후 한국 사회의 부조리와 근대적 개인의 존재론적 불안 심리를 다룬 작품들

---

27) 이재선, 『한국현대소설사』(민음사, 1991), 139쪽.

이다. 이 소설들은 이전의 문학에서 그 유례를 찾아보기 어려울 정도로 신경·생리·정서에 있어서 아픔의 환부를 가지거나 비정상적인 정신상태 및 특별한 심리적 징후 현상을 지닌 인물들과 그들의 병든 세계를 소설적인 공간으로 하고 있다. 이런 증후현상을 상징적인 음영으로 투영시키기도 한다. 이들 작품들은 비록 그 정도의 차이는 있다고 할지라도 그 병기가 하나같이 삶에 대한 임상학적 관점을 토대로 사회 병리나 역사의 잠복적인 상흔 및 불안한 개인이나 사회적 조건을 암유하려는 의미를 지니고 있다.28)

이 작품들의 대다수는 영화적 기법을 통해 전후 사회의 핍진한 재현을 시도하거나 근대인의 내면 탐색을 모색하는 영화로 거듭난다. 예를 들어 영화 <오발탄>에서는 소설에서 느낄 수 없는 미학적 효과가 산출된다. 영호와 철호의 논쟁 시퀀스나 영호의 도주 시퀀스, 철호의 방황 시퀀스가 대표적이다. 은행을 나온 영호가 깨끗하게 정돈된 은행 옆의 담장을 넘어 도주하는 순간부터 황폐한 도시의 이질적 풍경들이 제시된다. 영호는 뼈대만 앙상하게 남은 건물을 뛰어 올라가고 노동자의 데모대 속에 끼이는가 하면, 복개 중인 청계천 밑의 구조물들 사이를 지나 텅 빈 채 연기만 자욱한 공장에 도착하고 경찰에 체포된다. 도시의 이면에서 동시에 벌어지고 있는 이질적 장면들의 병치, 몽타주의 형식을 취하고 있는 것인데 이는 전후 사회의 혼란스러움을 효과적으로 표현한다. 또한 아내의 죽음을 접하고 방황하는 철호의 시점 화면 속에서 화려하게 빛나던 상품들은 사용가치를 잃은 기형적인 쓰레기 더미로 전환되며, 삶에 질서를 부여하고 갈 곳을 지시하던 도시의 계량화된 공간들은 이제 철호에게 아무런 의미도 지니지 않는 무의미의 공간으로 전환된다. 도시의 외면적 질서, 풍요로움은 무질서와 빈곤함으로 전환되는 것

---

28) 이재선, 『한국현대소설사』(민음사, 1991), 200-201쪽.

이다. 일상적 감각의 붕괴는 시점 화면의 주체, 철호의 내면의 붕괴를 의미하며 이것은 윤리적 주체의 정체성 붕괴를 시각화하고 있다고 볼 수 있다. 도시의 몽타주를 통해 영호의 도주 시퀀스가 전후 사회의 혼란스러움, 극도의 절망감을 시각화했다면, 철호의 방황 시퀀스는 주체 자신의 붕괴를 시각화하고 있는 것이다.[29]

<안개>의 경우는 소설 언어의 상징성을 시각적 명료함으로 환원하여 개인의 내면을 장면화한다. 과거 회상을 통해 현재와 과거의 인물의 모습을 계속적으로 병치시키며 과거와 현재의 나의 충돌이 강화된다. 과거와 현재가 뚜렷이 분리되고 마치 과거가 현실적 공간으로 인물 옆에 존재하는 듯한 느낌을 산출하여 궁극적으로 과거의 나와 현재의 나의 충돌을 강화한다. 주인공의 내면에 형성된 갈등들을 환상의 형태로 보여 주는 부분은 '동질의 감각으로 존재하는 다층적인 시간을 드러낸다.' 유럽 모더니즘 영화의 흔적을 발견할 수 있는 영상미학을 <안개>는 보여 주었다.[30] 이 같은 영화적 기법의 다채로운 전개는 원작소설이 가지고 있는 언어적 예술성을 바탕으로 한국영화의 예술적 성취를 이룩해 낸 1960년대 문예영화의 귀중한 성과이다.

5) '한국적인 것'의 형상화

이 유형에 속하는 소설들은 1925년부터 1950년대 중반까지 발표되어 향토적인 배경에서 전개되는 개인의 운명과 한의 정서를 주제

---

29) 조현일, 「소설의 영화화에 대한 미학적 고찰 - 1960년대 문예영화 <오발탄>과 <안개>를 중심으로」, 『현대소설연구』 23호(현대소설학회, 2004), 260쪽.
30) 이길성, 「모더니즘 영화의 자의식」, 김미현 편집, 『한국영화사』(커뮤니케이션북스, 2006), 201쪽.

로 하고 있다. 주요섭의 『사랑손님과 어머니』, 황순원의 『과부』, 『잃어버린 사람들』, 『독짓는 늙은이』, 나도향의 『벙어리 삼룡이』, 『물레방아』, 오영수의 『갯마을』, 김영수의 『소복』, 김동리의 『역마』, 이효석의 『메밀꽃 필 무렵』, 『분녀』, 김동인의 『감자』, 김유정의 『봄봄』 등 13편이 여기에 속한다.

단편 형식인 이 소설들은 서사적 세계관에 있어서 치열성이 빈약하다. 이는 작가와 사회의 주·객관적인 제약이나, 당면한 경험적인 현실이 가지는 압도력이 적지 않게 작용한 결과일 것이다. 그러나 향토적인 세계를 배경으로 한 소설들은 운명이나 한과 같은 전통적인 정서 체계를 감수성의 근원으로 둠으로써 전통과의 친밀감을 뚜렷하게 표시한다. 그러면서도 서정성을 유발하는 장치를 통해 세련미를 지니고 있다.31) 단편소설은 이야기 자체의 흥미보다는 인물이나 배경을 중심으로 소설을 진행시킴으로써 묘사에 관심을 집중시키는 경향이 있다. 묘사에 대한 관심은 묘사를 통해 얻어지는 하나의 상황, 감각적 이미지를 전면화시킴으로써 작품의 내적 정서에 대한 일체감을 형성하여 미학적 의도를 성취하게 마련이다. 또한 단편에서는 분량상 작가가 일관된 이데올로기에 의거해 삶 전반을 해석해야 할 의무에서 상대적으로 자유롭기 때문에 작가의 판단을 유보할 수 있고 굳이 해석하지 않아도 된다. 그렇기 때문에 영화의 각색자나 감독은 단편소설이 제공하는 감수성에 대한 자신의 해석적 관점을 영화에 반영하기 용이하며 여기에서 대중과 만날 수 있는 서사적 장치의 필요성이 대두된다.32)

---

31) 박헌호, 『한국인의 애독작품 — 향토적 서정소설의 미학』(책세상, 2001), 41쪽.

32) 문예영화의 원작소설로 단편이 선호되는 이유는 각색자와 감독의 영화적 변용이 용이하기 때문이었다. 1968년에 『영화TV예술』에서 진행한 '소설의 영화화 문제' 특별 좌담회에서 각색자로 참석한 신봉승은 원작에서 느끼는 매력에는 첫째, 원작의 시장 가치, 둘째, 관객의 기호문제, 셋째, 원작이 지니는 작품 성격이라고 밝히고 있다. 특히 "장편소설의 각색은 筆生의 기분이 나기 때문에 재미가 없으나 단편소설은 새

향토적 서정소설을 저본으로 한 문예영화들은 남녀의 애정문제를 서사의 골격으로 내세우고, 원작소설의 중심주제인 '한', '운명', '화해'의 이미지를 세부적으로 영화화한다. 향토적 배경의 문예영화들은 한 많은 여인과 그녀를 사랑하는 남자의 사랑을 서사의 동력으로 삼아 대중들에게 친근하게 접근할 수 있었다. 이 영화들에서 전개되는 사랑의 서사 이면에는 사회적 윤리와 개인의 욕망 간의 갈등구조가 내포되어 있다. 사랑을 가로막는 기존 윤리의 완강한 힘에 주인공들이 패배하는 듯 보이나 이 영화들에서는 이루지 못한 사랑의 한스러움을 '모성'(<열녀문>)이나 '운명'(<갯마을>) 같은 포괄적인 관념으로 감싸 안거나, '환상'(<벙어리 삼룡이>)의 방법으로 삶의 화해로움을 구현한다. 이 영화들에서 제시되는 남녀의 애정 장애문제에 선악의 인물 대립이나 감정의 과잉, 우연성의 남발 같은 작위적인 요소들이 적은 까닭은 원작소설의 짜임새 있는 구성에 힘입은 바 크다. 윤리와 사랑의 대립을 세련되게 봉합하는 방식에 향토적 문예영화의 예술적 성취가 있는 것이다. 전통적인 윤리의 위엄은 훼손되지 않은 채 주인공의 사랑도 승인되는 이 영화들의 결말방식은 '한국적인 것'의 형상화로 이해된다.

로컬 컬처와 휴머니티의 조화를 지향하는 '한국적인' 영화를 목표로 제작된 이 영화들은 1960년대 해외 영화제에 출품되거나 국내 영화제에서 수상하면서 당시 영화계의 문예영화 담론의 중심에 있었다. 1960년대 '한국적인 것'의 예술영화화가 영화계의 목표이기는 하였으나 향토적 문예영화의 유행은 결과적으로 국가정책의 견인과 제작자의 상업적 이권에 결탁하는 형국으로 전개되었다.

로운 사건이나 대사, 디테일로 발전시키는 재미가 있다."며 단편선호의 이유를 밝히고 있다. - 백철·곽종원·이영일·신봉승·최인현·도동환 참석, 「특별좌담: 소설의 영화화문제」, 『영화TV예술』, 1968.7.

6) 스펙터클의 강화와 볼거리로서의 역사

1960년대 영화의 저본으로 활용된 역사소설에는 이광수의 『꿈』, 『단종애사』, 『이차돈의 사』, 『사랑의 동명왕』, 『원효대사』, 박종화의 『금삼의 피』, 『여인천하』, 『아랑의 정조』, 『다정불심』, 『풍운 삼국지』, 윤백남의 『대도전』, 유주현의 『대원군』 등 13편이 있다. 이 소설들은 신문에 연재된 장편소설들로서 그 속성상 대중적 흥미요소를 대폭 포함하고 있다는 점에서 영화화가 용이하였다. 영웅중심으로 전개되는 역사서술, 상투적인 인물구성, 멜로드라마적인 서사전개와 같은 역사소설의 서사 관습은 영화화에 효과적인 장치들이었다. 역사적 사실과는 거리가 먼 흥미 위주의 서사 관습을 충실히 살려 제작되며 1950년대 중반부터 역사영화는 흥행에 성공한다. 원작의 스토리를 충실히 재현하면서 근대화 이전의 공간을 극적으로 형상화한 1950년대 역사영화는 애상, 공포 등의 정서를 담고 있으면서 역사에 대한 통속적인 인식을 보여 주고 있었다.[33] 그러나 1960년대의 역사소설을 원작으로 한 역사영화는 스펙터클한 볼거리를 제공하고 당시의 대중들의 기대지평을 적극적으로 반영하여 영화화된다. 1950년대와 달리 특히 궁중사극이 많이 제작되었다.[34]

1963년에 제작된 <단종애사>에서는 원작소설이나 1956년 작 영화와 달리 단종과 수양의 왕권을 둘러싼 대립구도에 변화를 주어 수양이 단종과 중전 송씨의 사랑을 가로막는 악인으로 등장한다. 그러니까 수양은 정치적 야망가로서보다는 단종과 중전의 비련을 유발한 사랑의 장애물로 묘사된다. 수양의 이미지 변화는 탈정치적인

---

33) 이호걸, 「1950년대 사극영화와 과거 재현의 의미」, 『매혹과 혼돈의 시대』(소도출판사, 2003), 199 - 200쪽.

34) 박유희, 「1950년대 역사영화의 역사소설 수용 연구」, 『대중서사연구』 18집(대중서사학회, 2007) 166쪽.

주제로의 변환과 아울러 왕조사의 비극적인 사건을 개인적인 원한의 문제로 치환시키는 효과를 낳는다. 이 영화에서 중전 송씨는 문종 사후 왕위에 오른 단종의 외로운 심사를 달래 주며, 수양과 신하들의 위협에서 단종을 보호하는 강한 의지를 가진 여인으로 묘사되며 두 연인의 비련이 영화의 중심축을 형성하고 있다. <단종애사>에서는 이렇게 남녀의 사랑이 장애를 겪는 멜로드라마적인 서사로 변환되며 다시 영화 관객들의 대중취향에 부응하였다.

한편 연산군의 복수를 그린 <연산군>은 후궁들의 쟁총과 궁중암투가 전면에 제시된다. 이 작품은 한국영화계에 막 도입된 컬러-시네마스코프(총천연색 입체영화)의 기술로 촬영되어 원색의 색감을 바탕으로 화려한 볼거리를 제공하고 있다. 궁중의 만조백관들이 입은 관복과 주요 인물들의 의상뿐만 아니라 궁 안팎의 장면들이 화려한 색감을 구성하는 세트로 촬영되어 당시 대중들에게 익숙한 비련의 서사에 볼거리를 더하고 있다. 컬러-시네마스코프의 기술로 재현되는 화려한 색채와 대규모 군중 신의 스펙터클은 1960년대 사극영화가 여타 장르 영화와 변별될 수 있는 흥행의 요소였다.[35] 역사의식 고취와 대중적 재미를 포괄하고 있는 역사소설의 대중성은 1960년대 문예영화에서 그 시각적 특징을 최대화하여 변용되었다. 당시에 도입된 영화기술을 활용한 화려한 색채미와 대중적 서사 전개는 '역사'를 볼거리로 재현해 내며 대중들의 사랑을 받았다.

---

35) 당시의 영화사가 말해 주듯이 1960년대 후반까지는 흑백으로 제작되는 것이 관행이었다. 1960년대 초반에 도입된 컬러시네마스코프 기술이 61-65년 사이에 원색의 의상과 화려한 세트를 그대로 보여 줄 수 있는 사극영화에만 집중적으로 활용되었다는 점에서 이 같은 기술과 사극영화의 결합은 흥행용 기획이었음을 말해 준다.- 정종화, 「1960-70년대 한국영화기술사」, 한국영상자료원 편, 『한국영화사공부』(이채, 2004), 246쪽. 참고.

7) 원작소설의 의의와 가치

1960년대 문예영화는 국가정책의 견인과 제작자의 이권이 결탁해 유행한 한국영화사의 독특한 영화 현상이었다. 1960년대 문예영화의 저본이 되는 원작소설은 영화의 예술 지향을 충족하기 위한 방편으로 활용되었지만 당시 영화계에서는 '문예'로부터의 거리 두기를 통해 영화의 예술성을 탐색하는 논의가 존재하였다.

1960년대 문예영화 원작소설의 유형은 소설의 주제의식과 영화적 변용 방식에 따라 계몽·연애소설과 전쟁 및 전후 사회의 탐색 소설, 향토적 서정소설, 역사소설로 분류된다. 문예영화로 변용된 한국 근·현대소설은 1917년부터 1960년대 후반까지 발표되었으며 1960년대의 영화산업적 요구에 부응할 수 있는 제반 요소를 가지고 있었다.

계몽·연애소설은 원작소설의 계몽성을 1960년대적 사회 상황으로 변환하여 대중계몽을 시도하였고 애정문제를 현대적 감각으로 묘파하여 대중적 흥미에 부합한 영화를 양산하는 데 활용되었다. 전쟁 및 전후 사회를 탐색하는 소설은 소설의 주제의식과는 상이하게 반공영화로 제작되어 국가정책에 호응하기도 하였으나, 다채로운 영화 기법의 구사가 이루어진 영화로 탄생되어 한국영화의 질적 성장을 유도한 현대적인 영화로 변용되었다. 향토적 서정소설은 1960년대 영화계에서 국제영화제의 출품을 위해 로컬컬러와 휴머니티의 조화를 지향하는 '한국적인' 문예영화의 원본이 되었다. 이 영화들은 한국영화의 대외적 영향력을 확장하는 데 일조하였으나 결과적으로 당시 국가정책과 제작자의 상업적 요구에 편승했다는 비판을 받기도 한다. 과거의 시공간을 허구적 현재로 재현하는 역사소설은 1950년대 이후로 영화화되는 경향을 보여 왔다. 특히 1960년대 문예역사영화는 궁중비화 역사소설을 적극적으로 영화화하여 화려한 볼거리와 당시 대중들이 선호했던 멜로드라마적 구성을 차용하여 대중적 인기를 얻었다.

1960년대 문예영화의 원작소설들은 영화산업의 기업화 과정에서 한국영화의 대중적 흥행과 예술적 성취를 실현하는 데 밑거름이 되었다. 문예영화의 저본으로 활용된 원작소설들은 영화를 통해 대중적 접촉의 기회를 넓히면서 한국 소설을 대표하는 문학의 정전으로 인식되는 계기를 마련하기도 하였다.

참고문헌

1. 기본 자료

<자료집>

한국영화진흥조합 刊,『한국영화총서』(영화진흥조합, 1972).
영화진흥공사 刊,『한국영화자료편람(초창기~1976년)』(영화진흥공사, 1977).

<영화>

유현목, <오발탄>, 1961; 신상옥, <사랑방 손님과 어머니>, 1961; 신상옥, <연산군>, 1961; 신상옥, <열녀문>, 1962; 이규웅, <단종애사>, 1963; 신상옥, <벙어리 삼룡이>, 1964; 김수용, <갯마을>, 1965; 이만희, <물레방아>, 1966; 신상옥, <꿈>, 1967; 김수용, <안개>, 1967; 유현목, <막차로 온 손님들>, 1967; 장일호, <화산댁>, 1968; 이성구, <장군의 수염>, 1968; 김승옥, <감자>, 1968; 최하원, <독짓는 늙은이>, 1969; 김수용, <봄봄>, 1969; 김기영, <렌의 애가>, 1969.

<영화잡지>

「영화계 인사들의 대담」, 『영화TV예술』, 1966.12.; 김강윤, 「『역마』 그리고 휴메니티에의 향수」, 『영화TV예술』, 1966.10.; 안병섭, 「밖에서 보는 한국영화: '벙어리 삼룡이'에의 혹평이 던진 문제점」, 『영화예술』, 1965.12; 한재수, 「영화와 리테러리즘」, 『영화TV예술』, 1968.7.; 백철·곽종원·이영일·신봉승·최인현·도동환 참석, 「특별좌담: 소설의 영화화문제」, 『영화TV예술』, 1968.7.

2. 논문 및 저서

권명아, 「문예영화와 공유기억 만들기」, 『한국문학연구』 26호(동국대 한국문학연구소, 2003).

김남석, 「1960년대 후반 문예영화 시나리오의 회상 기법 연구」, 『민족문화연구』 38(고려대 민족문화연구원, 2003).

김명석, 「김승옥 소설 『무진기행』과 영화 <안개> 비교연구」, 『현대소설연구』 23호(현대소설학회, 2004).

김미현 책임 편집, 『한국영화사』(커뮤니케이션북스, 2006).

김소연 외, 『매혹과 혼돈의 시대: 1950년대의 한국영화』(소도출판사, 2003).

김수남, 「윤백남의 영화인생 탐구」, 『청예논총』 9집(단국대 연극영화과, 1995).

김수남, 『한국영화감독론』 2(지식산업사, 2003).

김수영, 「<문예영화> 붐에 대해서」, 『창작과비평』 6호(창작과비평사, 1967.5).

김수용, 「영화적 시간·공간 ― 갯마을의 공간구성과 안개의 시간구조 연구」, 『예술논문집』 32(단국대 연극영화과, 1993).

김종원, 『영상시대의 우화』(제3기획, 1985).

김주현, 「1960년대 '한국적인 것'의 담론 지형과 신세대 의식」, 『상허학보」 16집(상허학회, 2006).

김중철, 「매체 전이와 이야기 변형에 대한 사회문화적 고찰」, 『한국
　　　언어문학』 62(한국언어문학회, 2007).

노지승, 「1960년대, 근대소설의 영화적 재생산 양상과 그 의미」, 『한
　　　국현대문학연구』 20(한국현대문학연구회, 2006).

박유희, 「1960년대 문예영화에 나타난 매체전환의 구조와 의미 - <오
　　　발탄>과 <사랑방 손님과 어머니>를 중심으로」, 『현대소설연구』
　　　32호(현대소설학회, 2006).

박유희, 「1950년대 역사영화의 역사소설 수용 연구」, 『대중서사연구』
　　　18집(대중서사학회, 2007).

박헌호, 『한국인의 애독작품 - 향토적 서정소설의 미학』(책세상, 2001).

백문임, 『형언 - 문학과 영화의 원근법』(평민사, 2004).

변재란, 「1950년대 감독 연구」, 『영화연구』 20(영화연구학회, 2002).

안병섭, 「김수용과 문예영화 - <웃음소리>, <물보라>, <망명의 늪>을
　　　중심으로」, 『공연예술연구소 논문집』 1.(공연예술연구소, 1995).

이길성, 「1950년대 후반기 신문소설의 각색과 멜로드라마의 분화」,
　　　『영화연구』 30(영화연구학회, 2006).

이영일, 『개정증보판 한국영화전사』(소도출판사, 2004).

이재선, 『한국 현대소설사』(민음사, 1991).

이진 · 최미애 · 천미현, 「1960년대 한국영화의 장르와 사회사」, 『영화
　　　학보』 5권 1호(동국대 연극영화과, 1994).

이호걸, 「1950년대 사극영화와 과거 재현의 의미」, 『매혹과 혼돈의
　　　시대』(소도출판사, 2003).

이효인, 「1960년대 한국영화」, 한국영상자료원 편, 『한국영화사 공부』
　　　(이채, 2004).

정종화, 「1960 - 70년대 한국영화기술사」, 한국영상자료원 편, 『한국
　　　영화사공부』(이채, 2004).

조현일, 「소설의 영화화에 대한 미학적 고찰 - 60년대 문예영화 <오발
　　　탄>과 <안개>를 중심으로」, 『현대소설연구』 23호(현대소설학회,

2004).

주유신 외,『한국영화와 근대성』(소도출판사, 2001).

하길종,『사회적 영상과 반사회적 영상』(전예원, 1981).

홍소인,「문예영화에서의 남성성 연구－1966～1969년까지의 한국영
화를 중심으로」(중앙대석사학위논문, 2003).

3. 윤리적 문학관과 현대문명의 성찰

- ≪가톨닉靑年≫ 연구

1) ≪가톨닉靑年≫ 연구의 의의

한국문학사의 핵심적 시기라고 할 수 있는 1930년대 문학의 특징은 계급문학이 퇴조하면서 나타나기 시작한 '관심의 다원화'[1]라고 규정할 수 있다. 식민지 치하의 계속적인 악랄한 검열제도 때문에 글의 상당 부분이 삭제되거나 복자(伏字)로 은폐되지 않을 수 없는 상황 속에서도 당시 작가들은 그들이 할 수 있는 한도 내에서 자신들이 보고 느끼고 경험한 것을 탁월하게 표현했다. 고전적 정형시(定型詩)에서 반시(反詩)까지 다양한 스펙트럼을 보이는 시문학, 페이소스와 시니시즘 그리고 유머 등의 수단을 통해 궁핍 일변도의 식민지 한국을 묘파하는 소설문학, 문학을 교양과 취미의 영역으로 확대시킨 수필문학 등에서 1930년대 한국 문학은 절정에 이르렀다고 해도 과언은 아니다.

근대의 충격이 파생시킨 병리적인 제 요소와 근대적 삶의 양식을 관찰한 이상과 김기림 등의 모더니즘 시와 박태원, 이태준 등의 도시소설, 자본의 유입과 집중이 본격적으로 진행되면서 황폐화되는 농촌의 궁핍한 현실과 가난한 농민의 실상을 그린 김유정 등의 농촌소설이 1930년대 대거 발표되었다는 것은 주지의 사실이다. 또한

---

1) 이재선, 『한국현대소설사』(홍성사, 1977), 313쪽.

일본 식민주의에 대항하여 한국적인 것을 발굴시킨다는 명목으로 진행된 관심을 정당하게 예술적 차원으로 승화시킨 이병기의 시조 부흥운동과 역사주의적 관점에서 가족사를 서술하거나 인간사의 역사성을 해명한 김남천, 염상섭, 채만식 등의 가족사·역사소설도 이 시기에 활발하게 발표되었다. 그리고 시의 회화성에 집착하였다가 점차로 종교적인 무욕(無慾)의 세계에 침잠하게 된 정지용과 자신의 내적 고뇌를 이상향에 대한 깨끗한 정열로 치환시킨 윤동주, 비정(非情)의 철학을 보인 유치환 등도 1930년대 문학사에서 거론해야 할 작가들이다. 여기에 해외문학파를 중심으로 급격하게 보급된 수필문학도 1930년대를 기점으로 한국 문학의 한 영역으로 자리한다.

이와 같은 한국 문학의 절정기를 꽃피울 수 있었던 까닭에는 무엇보다 이 시기에 활발하게 창간된 잡지의 영향력이 크다. 1930년부터 36년까지 대략 220여 종의 잡지가 발행되었다. 1930년대를 '잡지전성시대'[2]라고 말하기도 하지만, 사실은 창간호이자 종간호가 된 잡지가 많았고, 일제의 검열도 한층 강화되어 당시 삽시 경영은 더욱 어려웠다. 이 중에서 문학사에서 중요한 역할을 한 잡지는 ≪詩文學≫(1930-2, 4) ≪新東亞≫(1931-36, 59) ≪文藝月刊≫(1931-2, 4) ≪가톨닉靑年≫(1933-36, 43) ≪中央≫(1933-6, 35) ≪詩苑≫(1935, 6) ≪四海公論≫(1935-9). ≪詩建設≫(1935-40), ≪朝光≫(1935-44, 110) ≪朝鮮文學≫(1936-9, 19) ≪詩人部落≫(1936-7, 5) 등이 있다.

1930년대 발간되면서 작가들의 발표지면을 지속적으로 보장하고 문학의 보급에 힘쓴 위 잡지들은 한국 문학의 현재적 위상을 정립하는 데 큰 역할을 한 것이 사실이다. 그러나 이 잡지들을 통해 발

---

2) 김상태, 「매스미디어와 한국현대문학」, 『비교문학』 25집(비교문학회, 2000).

표된 작품의 문학적 가치와 의의는 1930년대의 문학사 연구에서 활발하게 논의되고 있으나 작품을 게재한 잡지의 문학의식과 문학사적 가치에 대한 연구는 많지 않은 실정이다. 물론 잡지의 편집 방향과 게재된 작품 간의 상관성이라는 것이 긴밀하게 조응되는 것은 아닐 것이며 문학작품을 게재했다고 해서 해당 잡지의 문학의식이라는 것이 논구될 정도로 반드시 유의미할 것이라고 가정할 수는 없을 것이다. 그러나 위에 열거한 1930년대 잡지 가운데 특정한 목적의식을 편집 방향으로 가졌던 경우에는 잡지의 문학의식과 문학사적 의의를 해명할 가치를 가진다.3) 1930년대 문학 공간으로서 중요한 역할을 한 잡지의 문학의식과 가치 연구는 문학사 연구를 특정한 개인으로 한정하지 않고 집단의 움직임으로 이해하게 하며 그 시대의 고민의 양상을 보다 포괄적으로 파악할 수 있다는 데에 그 의미가 있기 때문이다.

앞서 열거한 잡지들 중에서 동인지 형태의 잡지를 제외한다면 대부분의 잡지가 1930년대 상업적 의도와 맞물려 많은 문학작품들을 수록하였다. 독서 대중들의 기호와 취미에 영합한 문학작품의 수록이 잡지 판매부수와 연결되었다는 점은 주지의 사실이다.4) 이 같은 1930년대 발행 잡지의 성격을 논의하는 자리에서 특이한 위치를 차지하는 것이 ≪가톨닉靑年≫이다. 1930년대의 종교잡지로 알려진 ≪가톨닉靑年≫은 어떻게 해서 많은 문학작품을 수록하게 되었으며 그 작품들의 성향과 더 나아가 잡지의 성격과 작품 간의 상관성은

---

3) 그 예로 『詩文學』과 『詩人部落』과 같은 동인지 성격의 문학잡지들은 잡지에 게재된 작품과 작가의 연구 및 잡지의 역할과 성격에 관한 연구가 다수 있다. - 오세영, 「시문학지와 순수시파」, 『국문학논집』(단국대국문과,1985); 정연길, 「시문학고」, 『논문집』, 14집 1호, 1990; 조병춘, 「시인부락과 생명파의 시」, 『명지어문학』 19(명지대, 1990); 김용직, 「시인부락연구」, 『국문학논집』(단국대국문과, 1969); 이은정, 「시인부락의 모색과 도정」, 『상허학보』 4집(상허학회, 1998).
4) 천정환, 『근대의 책읽기』(푸른역사, 2003), 318쪽.

무엇인가라는 문제의식에서 이 글은 출발한다. 그러니까 이 글은 ≪가톨닉靑年≫를 일반 종교잡지로 이해하기보다는 한국 현대문학사의 핵심적인 시기인 1930년대의 문학 전개 과정에서 중요한 역할을 한 문학잡지로 전제하고 ≪가톨닉靑年≫의 문학의식과 문학사적 가치를 논구하고자 한다.

주지하다시피 1930년대 초반의 문단 상황은 카프(KAPF)의 쇠퇴로 요약할 수 있다. 카프의 의미는 한국 근대문학의 형성 과정에서 단순히 프롤레타리아 문예 이념을 주창한 단체였다는 사실에만 있는 것이 아니다. 카프는 자신의 이념을 뚜렷하게 표방함으로써 다른 계열 작가들의 소속도 강제적으로 구획했다는 의미를 지닌다. 카프의 이념적 배타성은 작품의 문학성과 아울러 작가를 평가하는 주요한 기준으로 작용하였다.5) 1931년 카프는 제1차 검거 사건을 전후하여 침체기에 빠지게 되었고 식민지 상황의 악화 또한 당시 작가들이 이념에서 멀어지도록 강요하고 있었다. 그래서 이 시기에 카프의 대타성으로 자신들의 입지를 인식하려고 했던 작가들의 변모는 필연적이었다. 이 시기 문단에서 이념적 구획이 완전히 사라진 것은 아니지만 작가의 이념적 성향이 잠복의 형태를 취할 수밖에 없는 정치적 상황이었던 것만은 분명하다. 1930년대 초반은 '이념을 통해 작가로서의 존재가치를 연역할 수는 없'6)게 된 상황이었으며 더욱이 신문, 잡지의 상업주의화 전략과 맞물린 문단의 상황을 고려한다면 작가의 존재의의에 대한 당시 개별 작가들의 고민은 매우 심각했으리라 생각한다. 그래서 1930년대 문단을 '작은 집단'들의 대두라고 요약한 김윤식의 지적은 카프 쇠퇴 이후 조선 문단의 새로운 문학적 동향의 출현을 적절하게 설명한 것이라 할 수 있다. 즉 '카

---

5) 박헌호, 「구인회를 어떻게 볼 것인가」, 『상허학보』 3집(상허학회, 1996), 17쪽.
6) 박헌호, 앞의 글, 19쪽.

프'라는 거대 집단의 쇠퇴 이후 1930년대 조선 문단은 작가 개개인
이 서로 고립된 단계에서 조금씩 벗어나 작은 집단을 이루어 정서
적, 지적으로 교류함으로써 점차 어떤 집단적 센티멘트를 체험하는
'작은 집단의 형성 과정'7)으로 이해할 수 있는 것이다.

이 같은 '작은 집단의 형성 과정'에서 ≪가톨닉靑年≫이라는 잡
지의 등장은 새로운 문학적 동향의 중심지 중 하나였다. 1933년 6
월부터 1936년 12월까지 매월 간행된 이 잡지에는 3－5편의 시와
2－3편의 수필이 매호 게재되었고 장편(掌篇)소설, 단편(短篇)소설,
연재 장편(長篇)소설, 희곡, 아동연극론, 조선어강좌 등이 자주 실렸
다. ≪가톨닉靑年≫에는 정지용, 이병기, 이상, 김기림 등이 자주 작
품을 게재하였으며 유치환, 신석정, 박태원, 이태준, 김소운, 김안서,
이하윤 등 1930년대 시, 소설, 수필 문학을 주도하던 작가들이 작품
을 투고하였다. 이상의 「거울」, 「꽃나무」, 정지용의 「시계의 죽음」,
김기림의 「바다의 서정시」 등 1930년대를 대표하는 모더니즘 시뿐
만 아니라 정지용의 「홍역」, 「다른 한울」, 유치환의 「영원의 편지」
등의 종교적 무욕의 세계를 노래한 시와 고현학의 태도를 드러내는
박태원, 이태준의 수필과 김소운의 평론, 이병기의 조선어강좌 등이
≪가톨닉靑年≫에 게재되었다.8) 이처럼 이 잡지에 수록된 문학작품
의 양상들은 여타 잡지들과는 달리 특정한 동인의식을 토대로 묶일
수 있는 것이 아니며 또한 당시 대다수 잡지들처럼 상업적 의도를
기반으로 설명할 수도 없다. 이에 ≪가톨닉靑年≫에 수록된 문학작

---

7) 김윤식, 『한국근대문학사상사』(한길사, 1984), 406쪽.
8) ≪가톨닉靑年≫에는 148편의 시작품과 36편의 소설, 18편의 수필, 1편의 동화와 6편
   의 희곡 작품이 수록되어 있다. 이 중 가톨릭의 신앙심과 연관되는 종교적 신앙시는
   43편의 창작시와 18편의 번역시 등 61편이 있으며 소설과 희곡, 수필의 경우 희곡은
   모두 종교적인 내용을 다루고 있는 종교극을 목적으로 한 작품들이며 소설은 20편
   가량이 종교적인 색채가 짙은 내용이고 수필은 6편 정도가 종교적 체험과 각성을 토
   대로 한 내용이다.

품들의 경향은 이 잡지가 추구한 특정한 문학의식과 긴밀한 상관관계를 가지고 있다고 추론할 수 있다. 여기에는 가톨릭종교의 입장을 포괄하는 1930년대 시대적 상황과 당시 문단의 동향을 이해할 수 있는 단초들이 내재하고 있으며 한국문학사의 거시적 안목에서 ≪가톨닉靑年≫의 1930년대 문학사적 가치가 논구될 수 있을 것이다.

≪가톨닉靑年≫은 1933년 6월∼1936년 12월까지 총 43호를 발간하고 일제의 정책에 의해 강제 폐간되었다. 일제하의 대표적인 월간잡지의 하나로 발행 및 편집인은 원형근 주교였으나 편집실무는 주로 정지용이 담당하였고 주간은 윤형중 신부였다. 이 잡지의 편집 내용은 한국 천주교의 과거와 현재 및 신학적 제 문제를 다룬 논설을 주종으로 하여 종교잡지로서의 면모가 뚜렷하였으나 근대 조선 사회가 당면한 제반 과제에 대한 각종 논문과 시, 소설, 수필 등 문예작품을 다수 수록하여 종합교양잡지의 성격을 지니고 있었다.

1933년 창간되었을 당시 ≪가톨닉靑年≫에 대한 관심은 홍효민, 배철, 임화 등의 글을 통해 확인할 수 있는데 특히 임화는 ≪가톨닉靑年≫의 활동을 바탕으로 전개되는 가톨릭문학에 대한 전반적인 고찰을 시도하였다. 그는 「가톨릭문학비판」(≪조선일보≫ 1933.8.11−18.)에서 현대 문화에 있어서의 가톨리시즘의 위치와 성질 그리고 가톨리시즘의 반동적 의의를 논했다. 그는 가톨리시즘을 '문화의 퇴화'로 규정하면서 "잡지 ≪가톨닉靑年≫을 중심으로 한 가톨릭문학운동의 제창은 조선의 근대문학의 위기 그것을 가장 똑똑히 특징짓는 사실"이라고 지적하며 비판하였다. 임화의 이 같은 비판은 김윤식이 지적하듯이 "≪가톨닉靑年≫지가 당시 세계적인 불안사조를 업었고 즉 그만큼 시대성을 띨 수 있었고 또 이 잡지에 모인 시인들이 우수했으며 이들의 작품은 '부르주아적 정신문화의 구할 수 없는 위기'라 주장하는 프로 문학에 대한 커다란 위협이

되었"9)기 때문으로 보인다. 임화가 1933년 ≪조선일보≫와 1934년 ≪조선중앙일보≫에 기고하여 ≪가톨닉靑年≫과 가톨릭문학에 대한 염려를 나타낸 점이라든가, 홍효민, 백철 등의 글을 통해 보면 당시 잡지 ≪가톨닉靑年≫에 대한 카프의 대응과 문단의 관심이 상당했음을 알 수 있다.

≪가톨닉靑年≫에 대한 관심과 가톨릭문학에 대한 연구를 지속적으로 진행한 김윤식은 ≪가톨닉靑年≫이 1930년대 중기에 한국 문단에서 크게 주목된 이유를 크게 두 가지로 보고 있다. 첫째, "이 무렵 한국 문학은 프로 문학 퇴조를 앞에 놓고 유례없이 서구 문학에 민감했던 데에서 찾을 수 있다. 근대 서구문명의 위기의식의 타개책의 하나로 가톨리시즘을 동경을 통해 유입"하였다. 둘째, "≪가톨닉靑年≫에 모인 문인들, 정지용, 허보, 장서언, 김기림, 이상 등이 한국 모더니즘 시 운동의 질적 온상이라 할 수 있다. 여기에 이동구의 비평도 상당히 공격적이었다."10)고 지적한다. 김윤식은 "1930년 시문학파가 있었듯이 1933년에 가톨릭문학파가 있었다는 것, 그것이 난해시로 대표될 수 있다는 것, 그것이 이 무렵의 시의 엘리트들이었다는 것, 그것이 가톨릭적 신념과 다소 관계도 있다는 것을 말할 수는 있을 것"이라고 했다. 김윤식은 "이상의 正式(23호), 정지용의 歸路(5호), 장서언의 古花瓶(10호) 등을 네오포멀리스트라든지, 순수시의 바탕 혹은 난해시"로 이해할 수 있다고 말하며 이 시들을 "현대시의 기점으로 고려할" 것을 주장하기도 한다.11) 그러나 김윤식의 이 같은 연구는 단편적으로 끝나고 이후 한국문학사 연구에서 ≪가톨닉靑年≫은 정지용의 작가론을 논의하는 데에만 단편적으로 언급되고 만다. 그 이유는 ≪가톨닉靑年≫이 종교잡지

---

9) 김윤식, 『한국근대작가론고』(일지사, 1974), 91쪽.
10) 김윤식, 앞의 책, 91쪽.
11) 김윤식, 「모더니즘의 한계」, 『한국근대작가론고』(일지사, 1974), 95 – 96쪽.

로 인식된 탓에 게재된 작품에 대한 관심이 부족했기 때문으로 보인다. 또한 앞서 거명한 문학사의 유명한 문인 연구의 경우에 활동 매체가 다양했기 때문에 ≪가톨닉靑年≫은 주목받지 못했다.

그러나 ≪가톨닉靑年≫에는 가톨릭시즘의 문학작품들뿐만 아니라 정지용의 시, 이상의 시(꽃나무, 이런詩, 一九三三[2호], 거울[5호], 正式<Ⅰ-Ⅵ>[23호], 易斷[33호]), 김기림의(한여름, 海水浴場의 夕陽[3호], 바다의 敍情詩[5호], 밤의 S.O.S.[8호], 戱畵, 마음, 밤[18호]) 시, 유치환의 시, 이태준, 박태원 등의 수필, 조용만의 번역 소설 등이 대거 실려 있는 귀중한 문학잡지이다. 이처럼 1930년대 잡지 ≪가톨닉靑年≫에는 1930년대 문학적 흐름을 주도한 대표적 문인 집단인 구인회 동인뿐만 아니라 1930년대 초중반 한국 모더니즘 계열 작가들의 작품들이 많이 실려 있어서 당시 젊은 작가들의 작품경향을 파악하는 데 중요한 자료가 될 수 있다. 특히 이상(李箱)의 문단에서의 활동과 연관해서는 ≪가톨닉靑年≫이 중요한 매체로 이해되어아 할 것이다. 이상을 시단에 끌어들인 자가 정지용이며 이상의 처음 시작의 발판이 된 것이 바로 ≪가톨닉靑年≫이라는 사실을 상기할 필요가 있다.12) 그리고 기존의 연구에서 다루어 왔던 시문학의 경우에만 이해를 한정할 것이 아니라 소설과 희곡, 수필, 그리고 가톨릭문학의 차원에서도 ≪가톨닉靑年≫의 문학사적 가치는 충분히 논의될 수 있다.

이에 본 연구는 1933년 6월호부터 1936년 12월로 일시 폐간될 때까지13) 발표된 ≪가톨닉靑年≫ 전 호를 대상으로 잡지에 수록된

---

12) 김윤식, 앞의 글, 95쪽, 참고.
13) ≪가톨닉靑年≫은 1936년 12월호를 끝으로 일단 폐간되지만 해방 후 1947년 4월 서울교구에서 복간한다. 그러나 한국전쟁의 발발로 1950년 6월호로 발행이 다시 중지된다. 전후 1955년 1월부터 1971년 7월까지 다시 발행되었으나 1971년 9월부터는 『창조』라는 제호로 바뀌며 가톨릭잡지사에서 사라지게 된다. - 편집위원회 편, 『한국가톨릭대사전』(분도출판사, 1994), 198쪽. 참조.

평론, 시, 소설, 희곡, 수필 등을 연구 대상으로 삼는다. 본론에서는 우선 잡지 ≪가톨닉靑年≫의 문학의식을 이 잡지의 실무책임자였던 이동구의 평론을 토대로 분석하고 이를 바탕으로 이 잡지가 지니는 1930년대 한국문학사적 특징을 당시의 사회적, 역사적 상황과 천주교의 위상과 역할을 참고하여 규명하도록 한다.

2) ≪가톨닉靑年≫의 문학의식

≪가톨닉靑年≫은 1933년 6월 '朝鮮가톨릭出版部'에서 창간하였다. 京城 元主敎의 이름으로 게재된 창간사에 나와 있듯이 "天主의 榮光과 公衆의 利益"을 목적으로 창간된 ≪가톨닉靑年≫은 당시 사회 전반에 만연되어 있던 공산주의, 무신론, 무정부주의, 사회주의, 무계급주의 등이 가톨릭 신앙을 깨뜨리고 있다는 상황 분석을 토대로 등장하였다. 교회가 나서서 반교회 세력에 적극적으로 대응해야 할 것을 주장하는 가톨릭교회 내의 주장들은 가톨릭운동을 통해 가톨릭의 적을 극복하자는 데로 모아졌다. 이를 위해 가톨릭운동이 분산되지 않고 종합적으로 전개될 수 있도록 하기 위해 각 지역 교구에서 각기 발행하는 잡지를 통합하여 단일화할 것을 결정하였고[14] 그 결과 1933년에 ≪가톨닉靑年≫이 창간되었다.

이 잡지가 천주교의 종교적 포교와 신자들의 기관지 성격을 강조한다는 것은 "『천주교회보』와 『별』報의 累年積功을 종합한다."는 창간사 내용을 통해 알 수 있다. 그러나 ≪가톨닉靑年≫은 그 시작부터 문학을 대하는 입장이 분명했다. 창간호에서 이동구가 쓴 「가

---

14) 김수태, 「1930년대 평양교구의 가톨릭운동」, 『교회사연구』 19집(한국교회사연구소, 2003), 212쪽.

톨릭은 文學을 엇더케 取扱할가」라는 평론은 ≪가톨닉靑年≫이 '문학'을 중요하게 생각할 뿐만 아니라 특정한 문학의식을 시사하고 있다는 점에서 주목을 요한다. 이 글은 천주교의 철학적 관점을 다룬 「聖토마스哲學의 序曲」이라는 창간호 첫 글 다음으로 문학에 관한 잡지 ≪가톨닉靑年≫의 입장과 태도를 밝혔다는 점에서 당시 이 잡지가 문학에 대한 관심이 남달랐음을 의미한다.

≪가톨닉靑年≫은 당시 오교구의 연합출판위원회에서 기획 발간하였으며 편집자 겸 발행자는 원형근 주교로 되어 있었지만 실제 책임자는 이 평론을 쓴 이동구였다. 그는 창간호부터 편집후기를 쓰고 작가들을 선정, 원고청탁을 하는 등 활발한 활동을 하였으며 문학열도 높은 사람이었다. 또한 같은 교우이면서 문단의 주요 인물인 정지용을 편집 실무로 끌어들인 것도 이동구였다. 그는 이 글에서 당시 전 세계적으로 만연한 자연과학적 이지주의와 자연주의 혹은 형이상학적 낭만주의에서 탈피하여 도덕적 인식을 바탕으로 한 인생철학의 문학이 중요함을 역설하였다.

> 작품의 가치는 결국은 '얼마나 잘 표현되였나'의 필치보다 '무엇을 던 각도에서 표현하였나'의 관념에 존재할 줄 안다. 물론 작품인 이상 묘사할 대상을 교묘히 표현할 필요가 잇스나 그 작품을 읽는 독자를 배양식히는 요소는 그 작품에 내포된 '조직화한 도덕'임으로 이요소를 부화할 확고한 인생철학이 필요한 줄 안다.[15]

문학에서 중요한 것은 무엇보다 '작가'이며 작가는 '무엇을 위하여, 무엇 때문에 생활하는가'라는 생활의 구극 목적을 깨닫고 있는

---

15) 이동구, 「가톨릭은 문학을 어떻게 취급할까」, ≪가톨닉靑年≫ 1호(가톨릭 청년사, 1933.6). 9쪽. 이후 ≪가톨닉靑年≫에서 인용하는 글은 호수와 쪽수만 인용문 밑에 표시하도록 하겠음.

사람이어야 하며 결국 최고진리에 도달할 만한 생활의 고뇌를 가지고 있어야 한다는 점을 이동구는 강조한다. 즉 작가는 인간생활을 현실적으로 표현하기 전에 뚜렷한 인생관으로 생활현상을 먼저 구획할 줄 알아야 한다는 것이다. 결국 이동구가 인식하는 문학은 인생철학의 비의를 자각한 작가의 인생관을 독자들이 체험함으로써 삶의 도덕을 깨닫게 되는 윤리적인 문학이라 할 수 있다. 그래서 그는 프루스트(M. Proust), 지드(A. Gide)를 고민적 문학으로 분류하고 프로문학을 파괴적 문학으로, 악마주의와 신흥예술파를 향락적 문학이라 규정하며 현대의 문학에서는 '조직화된 도덕관'이 결핍되어 있다는 진단을 내린다. 이 진단의 해결책으로 이동구가 말하는 '조직화된 도덕관'의 문학은 가톨릭문학이다.

> 가톨닉문학은 중용주의를 취하야 성토마스의 사상을 근원으로 한 인생관에서 출발할려고 하는 것이다. 이중세기사상은 전부가 철학의 부문이안이고 우리문예의 자극제가 되고 지표가 될만한 요소가 다분히 잇다. 현대에 이후승자로 지적할만한 작가에는 마리땡(J. Maritain)을 주로한 끌노델(P. Claudel) 꼭또(J. Cocteau) 기타벨녹(H. Belloc) 췌스터튼(G. K. Chesterton) 등이 있다. 우리가 이러한 작가의 작품을 가톨닉문학 정의에적합하다고 보는 이유는 그 작품에 체재적으로 내포된 '신에 대한 암시'와'영원의 생활에 대한 사념'이다(1호, 11쪽).

이동구가 보기에 이념 편향적인 사회 분위기와 철학이 부재한 문학의식의 혼돈은 현재와 미래를 더욱 혼란하게 만들 뿐이다. 혼돈스러운 1930년대적 상황 – 문학, 사회, 역사, 문화적 혼란의 타개책을 강구하는 것이 무엇보다 시급한 과제이며 이를 위해서는 신 중심의 안정된 질서와 내적인 평화의 희구가 강조되어야 하는 것이다. 위의

인용문에서 확인할 수 있듯이 그가 말하는 윤리적 문학관은 이원론
적 세계관에 기반을 둔 절대적 존재의 힘을 인정하고 영원한 세계
에 대한 동경을 지향하는 것이어야 한다. 이념 편향의 혼란 속에서
조직화된 도덕관이란 곧 신 중심의 사상과 관념을 의미하는 것이다.

> 예술의 혹은 인생의 예술이란 일원적 해석에는 맹목적 경향이
> 잇슴으로 이를 종합한 이원론에서 출발하야 '시대를 초월한' 혹은
> '시대와 접촉한' – 그 어느 작품을 쓰드래도 '신과인간', '자연과인
> 간', '사회와 인간'의 상호관계는 물론 '인간생활' 내에 조직된 생
> 활과 생활과의 상호관계 등을'신의지배'라는 관념을 통하야 표시
> 하여야 할 것이다(1호, 11쪽).

이동구는 종교와 문학의 연관성을 도덕을 매개 항으로 하여 찾고
있다. 그러니까 당시 사회의 시대적 혼란상을 반영하고 있는 문학을
비판하며 이것을 극복하여 인간의 인간성을 옹호하기 위한 방편으
로 도덕의 회복을 강조하는 것이다. 이 시대 윤리와 도덕의 회복은
바로 신의 지배를 인정하는 관념을 통해 가능한 것이며 이것은 이
원론적 세계 이해를 기반으로 한 초월적 존재의 권위를 바탕으로
세계의 안정을 유지하도록 한다는 것이다.16)

---

16) 1933년 ≪가톨닉青年≫이 창간되고 당시 문인들로부터 많은 관심을 끌고 있을 때
가톨릭문학을 비판한 임화의 글은 1930년대 초반까지 문단의 주류세력이었던 카프
진영의 사회주의평론가들의 가톨릭문학에 대한 관점을 시사한다는 점에서 주목을
요한다. 임화는 1933년 8월 12일부터 18일까지 조선일보에 실린 「가톨릭문학비판」
을 통해 세계사적으로 가톨릭문학을 주장한 사람들의 문제점이 무엇인가를 사례를
들어가며 비판한다. 그의 요지는 이원론적 관념론에 기대고 있는 가톨릭문학은 현
재와 현실에 대한 객관적 관점을 통한 문학적 재현이 불가능할 뿐만 아니라 제일차
세계대전 참전을 독려한 신부들의 예를 들어 가톨릭문학이 반평화적 이데올로기라
고 주장(15일)한다. 또한 1930년 2월 13일 피오 11세 교황의 교서에서 러시아의 종
교박해를 "볼셰비키에 의해 세계정신의 멸망의 위기"라고 주장하였다(16일)는 점을
지적하며 반동적인 관점을 지니고 있음을 강조한다. 임화는 이상주의 문학이 파시
즘에 관심을 높였듯이 가톨릭문학의 이상성이 부르주아문학의 반동화의 중심적 첨

이동구가 쓴 창간호의 평론에서 확인할 수 있듯이 ≪가톨닉靑年≫
은 현대세계의 타락과 불안을 타개할 윤리적 문학관을 지향하고 있
다. 여기에 덧붙여 당시까지 문단의 흐름을 주도하던 이념 편향의
문학관에 대한 반박과 현대에 대한 성찰의 태도는 ≪가톨닉靑年≫
의 중요한 문학의식이다. 그러니까 ≪가톨닉靑年≫은 현세적 삶에
서 신의 지배를 의식하며 살아가는 개인의 내적 평화와 안식, 구원
을 강조하고 있으며 또 다른 한편으로는 현대문명의 비판과 성찰을
통해 현세를 초월한 세계의 암시를 지향하고 있는 것이다.

이 같은 ≪가톨닉靑年≫의 문학의식에는 무엇보다 당시 사회에
서 만연하고 있는 사회주의에 대한 강한 부정의식이 깔려 있다. 인
간 이성의 극단적 형식이라고 할 수 있는 사회주의 사상을 극복하
겠다는 의지는 잡지의 이름인 '靑年'에도 포함되어 있다. 개화기와
1910년대 최남선, 이광수가 주장했듯이 '靑年'이란 사회개조의 전망
을 드러내는 활력, 힘을 의미한다. 1920년대 중반 이후 靑年들에게
불어 닥친 사회주의 열풍 혹은 사회주의적 기분은 靑年들이 선배세
대의 가치와 규범을 무시하고 멋대로 하는 새로운 행동 양식과 세

___

단이 될 것이라고 주장하고 있으며 ≪가톨닉靑年≫의 문환에의 추구 경향이 신에
대한 절대적 신앙의 경향과 합일하고 있음을 파악하고 있었다. 즉 당시에 파쇼화하
는 이상주의 문학과 가톨릭문학을 같은 것으로 이해하여 가톨릭문학은 부르주아문
학을 붕괴와 사멸로 이끌고 있다는 결론 내린다. 하지만 임화는 ≪가톨닉靑年≫에
실린 작품들이 도덕적 견고성을 가지고 있다는 점에서 당시 조선문단에서 중요한
의미가 있음을 밝히고 있다.

그러나 금반 ≪가톨닉靑年≫지를 중심으로 제창되는 가톨릭이요 작가인 문학의
대한 요구는 전에 보든 바의 기독교와 문학의 결부의 기도와는 그것이 명확한 실패
의 운명의 신압헤노혀있다는 의미에서는 동일한 것이나 그 의의에 있어서는 약간의
특수한 차이를 발견할 수가 있다는 것이다. 즉 다음예와 달니 가톨릭문학의 부르지
즘은 그것이 문학예술가운데 일정한 정신을 늣기는데 잇서서 전혀 중세기적 견고성
을 가지라는 점 또는 그 제창자들이 최근까지도 조선문단에 잇어 가장열렬히 예술
의 절대적 순수성을부르짓든 인간들이란 도덕적의미에서이다(임화, 「가톨릭문학비판
」, ≪조선일보≫, 1933.8.18).

대의식을 창출하는 신경향의 의미를 가지고 있었다. 이에 대응하여 1930년대 ≪가톨닉靑年≫은 종교적 힘으로 靑年들을 모아 사회주의에 대항할 수 있는 사상과 도덕의 구축을 목적으로 하고 있다. ≪가톨닉靑年≫에 실린 작품들 속에서 당대의 유행 사조인 사회주의를 비판하고 있는 내용이 많은 까닭이 여기에 있다.

3) ≪가톨닉靑年≫의 문학사적 가치

≪가톨닉靑年≫은 엘리어트, 모리악, 마리탕 등의 서구 지성들이 현대문명, 위기의 타개책으로 가톨릭이라는 절대주의에 의탁하여 구제하려 한 세계 사조적인 면에서 그 권위를 빌려 온 세계 지성론을 유포했다는 점과 ≪가톨닉靑年≫에 참여한 문인들의 자체 역량이 당시 조선 문단에서 만만찮은 수준에 이르렀고 특히 정지용, 이상, 김기림을 중심으로 한 모더니즘 시운동이 ≪가톨닉靑年≫에서 토대를 이루었다는 점에서 우선 그 문학사적 가치를 논의할 수 있다. 그동안 연구사에서 주목받지 못한 소설사적 관점에서는 강석현을 중심으로 1930년대 만연되어 있던 근대 자본주의적 생활 방식과 피식민지 생활인의 고뇌와 애환을 사실적으로 묘파함으로써 1930년대 지식인 소설의 새로운 양상을 확인해 볼 수 있는 계기를 마련하고 있다.

그리고 한국문학사에서 가톨릭문학이 본격적으로 발표, 논의될 수 있는 문학 공간으로서 역할을 했다는 점 역시 ≪가톨닉靑年≫이 지닌 문학사적 가치라고 할 것이다. 특히 국내에서는 찾아보기 쉽지 않은 가톨릭적 체험의 사례들을 해외 작품들을 번역 소개함으로써 번역문학의 양적, 질적 확대에 기여하고 있는 점과 가톨릭운동의 일환으로 전개된 연극활동을 위해 다수의 가톨릭 희곡이 창작, 발표되었다는 점, 개인적 위안과 안식을 담담한 어조로 소개하는 가톨릭 수필 등은 1930년대 문학의 다양한 활동의 면면을 보여 주는 좋은 예라고 하겠다.

  (1) 현대에 대한 성찰과 문명비판의 시각 - 시사적 가치

  한국 시에서 시 자체의 예술성에 대한 본격적인 추구가 이루어진 것은 1930년대였다. 1920년대 감정의 홍수와 외래 사조의 무분별한 모방에서 벗어나 시의 자율성에 근거한 독자적인 예술작품으로서 시를 인식하게 된 시기가 바로 1930년대이다. 그 이전의 한국 시는 낭만주의, 상징주의, 탐미주의 등 외래사조를 받아들여 근대적인 시와 시론을 수용하였으나 1930년대에 와서야 한국 시는 현대적 변모 과정을 거치게 된다. 1930년대 시적 지향은 크게 두 가지로 나누어 볼 수 있겠는데 하나는 우리 현실이 민족적 주체성을 지탱할 수 없는 어려운 여건 속에서도 시의 본질에 입각한 순수 서정시를 추구하는 시문학파의 경우와 서구 사조의 영향 속에 이루어진 모더니즘의 경향이다.

  ≪가톨닉靑年≫에는 현대에 대한 성찰을 시도하고 있는 모더니즘 시편들이 대거 게재되어 있다는 점을 주목해야 한다. 이상의 시(『꽃나무』, 『이런詩』, 『一九三三』[2호], 『거울』[5호], 『正式<Ⅰ-Ⅵ>』[23호], 『易斷』[33호]), 김기림의(『한여름』, 『海水浴場의 夕陽』[3호], 『바다의 敍情詩』[5호], 『밤의 S.O.S.』[8호], 『戲畵』, 『마음』, 『밤』[18호]) 시, 유치환의 시 등은 한국 현대 시사에서 주목받는 작품들이다. ≪가톨닉靑年≫에 실린 모더니즘 시의 창작 양상은 단절과 불안의식, 형이상학적 깊이의 절제된 시 형식을 통해 1930년대

한국 시의 현대적 변모를 가능하게 했다. 이 같은 모더니즘 시들은 기법뿐만 아니라 인간의 조건, 소외와 고독의 인간적 상황 등을 조명하여 현대 시의 형이상학적 깊이를 더해 주었다.17) 다음은 이상의 시「거울」이다.

거울속에는소리가업소
저럿케까지조용한세상은참업슬것이오

거울속에도내게귀가잇소
내말을못아라듯는딱한귀가두개나잇소

거울속의나는왼손잡이오
내握手를바들줄몰으는ー握手를몰으는왼손잡이오

거울때문에나는거울속의나를만저보지를못하는구료만은
거울아니엿든들내가엇지거울속의나를맛나보기만이라도햇겟소

나는至今거울을안가젓소만은거울속에는늘거울속의내가잇소
질은모르지만외로된事業에골몰할께요

거울속의나는참나와는反對요만은
또꽤닮앗소
나는거울속의나를근심하고診察할수업스니퍽섭섭하오

－「거울」全文(5호, 52쪽.)

이 작품은 한 사람 내부의 자아와 자아 사이의 분열을 다루고 있

---

17) 장은희,「1930년대 ≪가톨닉靑年≫ 지의 시사적 연구」(건국대 석사학위논문, 1999).

다. 두 개의 자아란 좀 더 구체적으로 말해서 현실 속에 살아가고 있는 ‘나’와 그것을 의식하는 반성적 자아로서의 ‘나’이다. 이 두 자아는 거울이라는 사물을 통해 맞부딪힌다. 이 경우 거울 밖에 있는 ‘나’가 현실적 자아이며, 거울 속에 비친 ‘나’는 반성적 자아에 해당한다. 거울 속의 나(반성적 자아)는 현실의 나를 비춘 것이어서 아주 닮았지만, 왼쪽과 오른쪽이 바뀌었으니 곧 서로 반대이기도 하다. 이와 같은 닮음과 불일치가 이 작품의 표면적인 의미를 이룬다. 우선 거울 속의 나에게는 귀가 있지만 내 말을 알아듣지 못한다. 또 거울 속의 나는 내가 악수를 하자고 오른손을 내밀면 같은 쪽의 손을 내밀기만 하니 왼손잡이이며, 내 악수를 받을 줄 모르는 딱한 존재이다. 이와 같은 내용들은 이상이 느꼈던 자아의 분열을 구체적으로 형상화한 것이다. 그에게 있어서 현실적 자아와 반성적 자아는 많이 닮아 있으면서도 서로 반대이며, 현실적 자아가 말을 걸고 악수를 청하는 의사소통을 시도해도 그것은 이루어지지 않는다. 둘 사이에는 영원한 분열과 불일치가 있는 것이다.

이 괴로운 사실에 대해 작가는 “거울아 니 엿든들 내가 엇지 거울속의 나를 맞나 보기만이라도 햇겟소”라고 말하며 마음의 위안을 삼는다. 그러나 그것은 슬픈 위안이다. 거울의 비유를 넘어서 그 뒤에 있는 의미를 생각할 때 이와 같은 자아의 분열은 결국 현실과 이상, 행동과 의식을 일치시키지 못한 채 괴롭게 살아가야 하는 데서 오는 것이기 때문이다. 그리하여 그는 거울, 즉 반성적 의식의 저편에 있는 자아에 대해 “잘은 모르지만 외로된 事業에 골몰”할 것이라고 말하기도 한다. 그러나 이 웃음 섞인 표현의 이면에는 자기 자신의 내부적 분열에 대한 씁쓸한 태도가 깔려 있다. 의식과 행동, 이성과 감정, 반성적 자아와 현실적 자아 등의 사이에 조화로운 통일이 이루어지기기를 갈구하면서도 그 불가능함에 절망했던 시인의 모습이 투영되어 있다.

한국 현대시사에서 현대인의 고독과 소외, 상황적 단절을 드러내는 시인은 바로 이상이며 그의 대표작 「거울」은 현대인에 대한 근본적인 성찰을 담고 있는 시이다. 이상은 ≪가톨닉靑年≫에 「家庭」, 「正式」, 「꽃나무」, 「易斷」 등 한국 모더니즘 시세계의 뿌리를 이루는 시편들을 발표하며 한국 현대시사의 중심에 위치하였다.

다음은 김기림의 「밤의 S.O.S.」이다.

구든 어둠의 장벽을 시름업시 '녹크'하는 비들의 가벼운 손과 손
과 손과 손-그는 '아스팔트'의 가슴속에 五色의感情을 기르면서-
대낮에 우리는 '아스팔트'에게 향하야 '넥 둔한자식
너도 또한 바위의 종류고나'하고 비우섯다
그러치만 지금 우둑허니 한울을 처다보는 電線柱아래서 눈물에
어린 그자식의 얼골을 보렴
'루비'-'에메랄드'-'싸파이어'-비취-호박-夜光珠-
'아스팔트'의 湖水面에 녹아나리는 '네온사인'의 음악
고양이의 눈을 가진 電車들은(大西洋을건너는 '디이타닉'처름)
구원할수업는 希望을 파뭇기위하야 검은 追憶의바다를 거러간다
그들의 救助船인드시
조히雨傘에 맥업시 매달려
밤에게 이끌려 헤염처가는
魚族들
녀자-
사나히-
아모도 救援을 찻지안는다
밤은 深海의 尖端에 坐礁했다
S O S O S
信號는 海上에서 지랄하나
어느 無電臺도 문을 다덧다

- 「밤의 S.O.S.」 全文(8호, 71쪽)

　이 시는 김기림의 시집 「太陽의 風俗」(1939년 9월 학예사 발간)에는 「비」라는 제목으로 실려 있다. 비 오는 도심의 거리를 스케치한 이 시는 아스팔트와 네온사인, 전차 등의 근대적 문물과 여자, 사나이 등 익명의 군중들의 표정을 심해를 항해 중인 타이타닉호의 재난 이미지와 연결시키고 있다. 시인은 그것을 통해 구원할 수 없는 근대문명의 위기를 진단하고 있는 것이다. 근대문명을 실은 배는 좌초한 상태이며 조난신호도 두절된 채 전달되지 않는다.[18] 아무리 구원의 메시지를 보내도 전달이 되지 않은 채 응답이 없는 현대의 상황은 희망 없는 불안한 세계를 암시한다.

　김기림의 시는 현대 정신의 이념이나 철학이 빈곤한 시인의 서구 문명에 대한 막연한 동경이나 센티멘털리즘으로밖에 보이지 않는다고 비판을 받기도 한다.[19] 극단적으로는 근대에 눈멀어 버려서 모더니즘의 본질을 꿰뚫어 볼 능력을 상실했기 때문에 환상이나 낭만적 동경에 빠져 버린 것이라는 평가를 받기까지 한다.[20] 그러나 김기림은 1930년대 초에 등장하여 모더니즘 시운동의 기수로 정지용 등과 함께 우리 시단을 주도했으며 영미 시와 문학이론을 도입하여 감상과 낭만, 병적이고 환몽적인 전대의 시를 부정하고 일상적 삶을 근거로 한 생활시를 역설함으로써 낡은 인습과 전통에 대한 타협을 거부하고 시의 건강성을 회복시키고자 하였다. 그러한 김기림의 작시태도는 우리의 시사적 전환을 의미하는 것이라고 할 수 있다.[21]

---

18) 정명호, 「속물적 세계의 확장과 예술적 응전」, 『새국어교육』 64호(국어교육학회, 2002), 333쪽.
19) 오세영, 「모더니스트, 비극적 상황의 주인공들」, 『문학사상』(문학사상사, 1975.1), 340쪽.
20) 이명찬, 『1930년대 한국시의 근대성』(소명출판사, 2000), 144쪽.
21) 김학동, 『김기림 평전』(새문사, 2001), 84쪽.

문학사의 흐름 속에서 김기림이 차지하고 있는 위상은 철저한 모더
니스트라고 말할 수 있다.

　이상과 김기림의 예에서 살펴보았듯이 ≪가톨닉靑年≫에는 1930
년대 모더니즘의 기수들이 현대인의 소외와 고독, 단절 상황을 묘사
하고 현대의 희망 없는 불안한 삶의 양상을 조명한 시들이 수록되
어 있다. 이 같은 시들은 현대문명의 비판과 성찰을 통해 현세를
초월한 세계의 암시를 지향하는 ≪가톨닉靑年≫의 문학의식과 호응
하면서 이전의 문학과는 대조적으로 현대적인 기법과 내용을 담고
있었다는 점을 주목해야 한다. 백철이 ≪가톨닉靑年≫에 실린 모더
니즘 시들을 "감각에 있어서 조선 현대시의 새 역사를 개척하"[22]였
다고 평가한 점은 ≪가톨닉靑年≫의 문학사적 가치를 분명하게 드
러내고 있다.

(2) 현대 생활인의 윤리의식에 대한 각성 – 소설사적 가치[23]

　서론의 연구사에서 살폈듯이 한국 현대문학 연구에서 ≪가톨닉靑
年≫에 대한 논의는 많지 않으며 그나마 주로 시사적(詩史的) 위치
와 연관되어 언급되어 왔다. ≪가톨닉靑年≫에 실린 서사문학에 대
한 관심은 그간 문학 연구사에서 전혀 보이지 않는데 그 이유는 김
윤식도 지적했듯 시인인 문인이 주로 글을 썼기 때문이기도 하며
이 잡지에 실린 소설이나 희곡 등의 서사문학이 주로 종교적인 내
용으로 이루어진 것이 많은 탓이기도 할 것이다.

　그러나 ≪가톨닉靑年≫에 실린 소설 중에서 강석현의 소설은 기

---

22) 백철, 『조선신문학사조사』(백양당, 1974), 233–256쪽.
23) "(2) 현대 생활인의 윤리의식에 대한 각성 – 소설사적 가치"의 내용은 '김종수, 「
　　『1930년대 월간 잡지』『가톨릭 청년』의 소설 연구 – 강석현의 소설을 중심으로」, 『
　　우리어문연구』 26집(우리어문학회, 2006)'의 내용을 발췌, 정리한 것임.

존 소설사의 맥락에서 살펴볼 때 주목을 요한다. ≪가톨닉靑年≫에 여섯 편의 소설을 게재한 강석현에 대한 구체적인 정보는 현재까지 알려져 있지 않다. 그가 ≪가톨닉靑年≫에 처음 게재했던 「秘密의 秘密」(≪가톨닉靑年≫ 8호, 34년 1월)이라는 소설이 종교적인 주제를 다룬 번안소설적 형식을 취하고 있다는 점을 고려한다면 그가 천주교 신자인 문학靑年일 것으로 유추해 볼 수 있을 뿐이다. 「秘密의 秘密」 이후 강석현은 백설공주 이야기를 번안 각색한 「거울과 王后」(9호, 34년 2월)라는 소설을 발표하였다. ≪가톨닉靑年≫에 실린 강석현의 소설은 새롭게 도래한 자본주의적 삶의 질서에서 갈피를 잡지 못한 채 불행에 빠져 있는 1930년대 도시에 거주하는 인간들의 삶을 묘사하거나 혹은 그 같은 인물들을 목격하며 식민지 조선에 대한 환멸의 정서에 깊이 침윤되어 있는 인물을 그리고 있는 것이 특징이다.

≪가톨닉靑年≫ 27호에 실린 그의 소설 「金鑛病者」에서 소설의 제목과 같이 금광에 미친 인물은 소설의 주인공이자 서술자인 '나'의 아버지이다. 사리원 근교의 수교(水橋)라는 마을에서 살고 있는 '나'의 아버지는 몇 년 전부터 시굴권을 가진 금광광구를 손에 넣어 몇 만원을 한 번에 쥐어 보자는 꿈을 가지고 금광 찾기에 몰입하였다. 그러나 얼마 있는 재산마저 탕진하고 어렵게 따 낸 금광시굴권조차 사기를 당해 서울의 광무소 사람들에게 빼앗겨 버렸지만 여전히 금광 찾기에 빠져 있다. 각기병과 심장쇠약 등 온갖 병에 시달리면서도 팔십 노인인 아버지는 사기당한 광구 옆에 새로운 광구를 얻어 시굴권을 따내 백 원의 계약금을 받고 서울 광무소 사람에게 삼천 원에 팔기로 계약하였다. 시굴권 만기일이 도래하는데도 계약이 성사되지 않자 조급해진 아버지가 서울에서 은행원으로 일하고 있는 아들인 '나'를 고향으로 불러들여 매매를 독촉하도록 하여

'나'가 매매계약을 다시 성사시키는 과정이 이 소설의 줄거리이다.

세상 사람들이 온통 허황된 금광에 빠져 있다는 것을 알고 있는 '나'는 팔십의 나이에 일확천금을 꿈꾸는 아버지를 보며 연민의 감정을 느낀다. 그러나 금광을 사이에 두고 벌이는 사람들의 헛된 기대와 그 기대를 이용한 사기, 그리고 사기당할 것을 불안해하는 '나'의 심리 등이 소설에서 간결하게 묘사된다. 금광으로 쉽게 큰돈을 벌 수 있으리라 믿는 금광꾼들과 달리 광구에서 금을 캐내는 일을 하는 이 서방은 아버지가 사기를 당한 광구에서도 금의 산출은 극히 적고, 이번에 팔기로 한 광구에서는 금이 있는지 구리가 있는지 분명하지 않다는 사실을 '나'에게 알려 준다. 그런데도 금광을 좇는 사람들은 금에 대한 맹목적인 기대를 가지고 거액을 들여 광구를 사고판다. 여기에 이번에 '나'가 상대하고 있는 서울 인흥광무소 사람들처럼 금에 대한 맹목적인 기대를 가진 금광꾼들의 심리를 이용해서 사기를 노리는 사람들이 문제를 보다 복잡하게 만든다. 아버지가 팔려고 하는 이번 광구에서는 금이 나올 확률이 매우 적을 것이라는 이 서방의 예측을 전해 들은 '나'는 이 광구를 매매힐 경우 사기죄로 고발되지나 않을까 걱정하여 서울 인흥광무소 사람들에게 사실대로 말하였으나 그들은 "평수를 채우기 위해 사려는 것"이라며 매매를 진행시키자고 이야기한다. 밑지는 계약인 줄 알면서도 매매를 진행하겠다는 그들은 그러면서도 차일피일 미루며 매매를 진행하지 않는다. 이 계약이 제대로 이행될 것 같지 않고 사기당할 것 같다는 불안 속에 있는 '나'는 아버지의 재촉에 마지못해 계약을 다시 하고 아버지는 '나'가 가져온 계약서류를 보고 삼천 원이라는 큰돈을 곧 가질 것처럼 기뻐하는 모습이 대조된다.

부친은 남어 있는 서류를 달래서 한참보시드니 만족한 얼굴로

그것을 자기 머리맡에 느신다. "이만하면 몇 일 후에는 三천원이
생겼구나 저번에도 말했지만 五천원만생기면 너한테 이제는 그리
아쉰 소리 않애도 사러나가겠다" 하신다.
　"그렇게 되었으면 좋겠습니다"
　"그렇게 되었으면 이라니 물론아니냐"
　"네 저는 내일쯤 경성으로 가겠습니다"
　"그래도 좋다. 이쪽일은 이만하면 다 잘되였으니까 서울 가 있
거라"
　"오는 겨을쯤 또 오겠습니다"
　"그래라 이번 겨을에 올 때는 나도 꽤 부자가 되어 있을 것이다"
　이렇게 좋와하시는 부친을 참아 치여다보지 못하겠다. 부친의
병은 이몇 일간 많이 나신 것 같다. 그러나 또 인제 병이 더 하
실른지 모르겠다. 부친은 때때로 머리맡에 있는 수지같은 서류를
만족한 얼골로 들처보신다(27호, 83쪽.).

이 소설에서 주목할 것은 일확천금의 꿈에 부푼 아버지의 모습을
지켜보는 아들의 심정이다. 인용문에서 보듯 금광매매가 불안하기만
한 아들의 심경은 쓸쓸하게 묘사된다. 작중에서 '나'의 의심과 불안
심리는 광산매매업자와의 대화에서 자주 제시되며 '나'의 불안은 금
광에 미친 당시 사회의 세태에 대한 두려움을 반영하고 있다. 팔십
노인조차 일확천금의 기대를 버리지 못하는 돈에 대한 욕망과 그
욕망을 이용해 사기를 벌이는 사람들. 왜곡된 경제관념이 지배하는
조선 사회에서는 모두가 금광에 미친 병자들이라는 인식 때문에
'나'는 불안하기만 하다.
1930년대는 가히 '황금광시대'라 불릴 정도로 금광에 대한 열기
가 만연한 시대였다. 「金鑛病者」와 같은 금 모티프 소설은 1930년
대 중반을 전후하여 일제의 군수자금 확보를 위한 산금장려정책이
시행되던 시기의 소설들로 당시 만연한 황금 열기를 반영하면서 궁

핍한 식민지 현실을 잘 드러내고 있다.24) 주지하다시피 1930년대 금광 열풍을 소재로 다룬 소설가는 김유정이다. 잠채꾼들의 유랑적 삶과 탐욕의 비극을 다룬 「노다지」, 금 열기에 휩쓸린 한 농부의 꿈과 좌절을 그린 「금따는 콩밭」, 광부들의 비참한 생활과 금에 대한 집착을 보여 주는 「금」, 금에 대한 환상과 절망을 가진 실업자를 묘사한 「연기」 등 김유정의 금 모티프 작품들은 1930년대 중후반 일제하 금 열풍을 해학적으로 묘사하고 있다. 이에 비해 강석현의 「金鑛病者」는 1930년대 중반 금광에 미친 인물을 바라보는 주인공의 불안한 심리가 강조되고 있는 것이 특징이다. 강석현의 「金鑛病者」는 금 열풍을 바라보는 한 지식인의 불안한 심리를 통해 금광 열풍의 허구를 사실적으로 그려 낸 소설로 의미가 있다고 하겠다.

한편 강석현의 중편소설 「李男爵과 그의 家族」은 천박한 부호 李男爵의 생활상을 그리고 있는 작품이다. 소설의 주인공 李男爵은 55세의 부호이지만 삼십대 靑年처럼 젊다. 그는 먹는 음식이나 거주하는 집, 여가생활 등에서 매우 호화롭게 살고 있다. '베르무트'라는 불란서 양주를 갈비전골 안주와 함께 매일 마시고 심심하면 인천 월미도에 '드라이브' 가고 낮에는 바둑, 밤에는 '마 - 작'을 하며, 사진 박기를 좋아한다. 식민지 조선에서 호화생활을 하고 있는 李男爵의 삶은 그가 거느린 다섯 명의 아들들이 벌이는 사건 때문에 혼란스럽게 되고, 소설은 아들들의 문제 때문에 고심하게 되는 남작의 생활상을 그리고 있다.

일찍 아내를 여의고 아들들 뒷바라지를 하며 살아가고 있는 李男爵에게는 다섯 명의 아들이 있다. 첫째 아들은 침착하고 양심적이지만 소극적이어서 李男爵은 불만스럽다. 반면 방탕한 건달인 둘째는 매번 문제를 일으키는데 술집에서 사람을 때린 혐의로 감옥에

---

24) 류종렬, 「가족사 연대기 소설 연구」(국학자료원, 2002), 265쪽.

갔다 온 둘째는 우연치 않은 사고로 죽고 만다. 둘째가 일찍 결혼을 했다면 착실하게 살았을 것이라고 생각한 李男爵은 셋째 아들을 빨리 결혼시키지만 그는 매우 소비적인데다가 여색을 밝히는 인물이다. 셋째 아들은 배우양성소의 여자들과 스캔들이 나서 신문에 떠들썩하게 이름을 올리며 감옥에 가게 된다. 아직 어린 학생들인 넷째와 다섯째는 일본에서 중등학교에 다닌다.

소설을 소개하는 작가의 말에서 강석현은 이 소설이 당시 실재인물을 모델로 썼다고 밝히고 있는데25) 식민지 조선 상류사회의 생활모습을 묘사하고 있는 이 소설에는 당시에 유행하는 여러 문화현상들을 흥미롭게 제시하고 있다. 영화제작소 사업을 미끼로 부호인 李男爵에게 접근하는 최성도라는 인물을 통해 제시되는 화려한 영화판의 세계라든가 신문마다 떠들썩하게 소개하는 유명인사들의 연애기사와 화려한 의상을 입고 벌이는 젊은 남녀의 연회 등은 식민지 조선 사회 상류층의 일상적인 삶인 듯 그려진다. 이 소설에서는 이같은 당시 유행한 문화현상뿐만 아니라 돈의 가치를 좇는 풍조와 돈을 둘러싼 사기, 속임수, 누구도 신뢰할 수 없는 조선 사회의 세태를 李男爵 가계와 최성도의 관계를 통해 제시한다. 결국 소설의 말미에서 배우학교의 배우지망생과 남작의 셋째 아들이 스캔들을 일으키고 이 문제로 셋째 아들과 최성도 간에 사이가 나빠져 영화사 주식모집이 사기로 드러나고 만다. 그리고 李男爵에게 또 다른 불행이 닥쳐오는데 중등학교에 다니는 넷째 아들이 중국여행을 떠났다가 상해에서 술을 너무 먹어 폐렴에 걸려 죽게 된다.

식민지 조선의 어느 부호 집안의 자식들 이야기로 끝나고 말 것 같은 「李男爵과 그의 家族」은 자식들의 불행을 겪으면서 李男爵이 자신이 살고 있는 조선에 대한 환멸을 경험하게 된다는 데에 중요

---

25) 강석현, ≪가톨닉靑年≫ 32호(가톨릭 청년사, 36.1), 71쪽.

한 의미가 담겨 있다. 李男爵은 왕실의 친족으로서 부와 명예에 있어서 조선에 살고 있는 그 누구보다 최상위에 있으나 일본인 선생들이 나누는 조선, 조선인에 대한 환상을 듣고, 일본 경찰이 조선인인 자신과 아들에게 보이는 불친절한 태도를 보면서 조선인으로서의 환멸을 자각한다.

> 선생들은 조선에 대한 여러 가지 질문을 하였다. 어떤 선생은 조선서 살고 싶다고 하였다. 본봉(本俸)외에 몇 활의 가봉이 있고 또 물가도 그리 빗싸지도 아니하니 조선서 몇 해 살어 부자되고 싶다는 것이였다. 선생의대부분이 동감인 것 같았다. 그들이 만선을 여행하야 제일 구체적으로 뚜렷하게 얻은 개념은 부자되는 방법이었다. 그것도 무슨 실업가나 공업가보다 가봉을 받는 전문학교나 대학교수밖에 그들은 용망이 없었다. (중략) 그들은 잘먹고 잘놀았다. 아모 걱정 없이 잘노는 그들이 남작은 부러웠다. 남작도 그 장면에 어울리게 하려고 애써 우서도보고 춤도 추어보았으나 어찌그런지 흥이나지 않았다(32호, 98 – 99쪽.).

李男爵은 남작이라는 신분적 위치에도 불구하고 조선인 – 일본인의 구별이 분명한 조선에서 식민지 조선인의 비애를 절감하고 있다. 아무리 경제적으로 부유한 사람이라고 하더라도, 높은 지위에 올라 있는 사람이라고 하더라도 피식민지 백성으로서 겪을 수밖에 없는 불행을 李男爵은 각인하게 된 것이다. 아들들의 불행을 겪고 피식민지 백성으로서의 고통을 경험한 李男爵이 조선을 떠나 바다 건너 브라질로 떠나고 싶어 한다는 결말부분은 식민지 조선에 사는 모든 사람은 환멸의 감정을 지닐 수밖에 없는 현실 속에 있음을 확인하게 된다.

　　"그리 떠나고도 싶지 않에.. 가산정리를 해가지고 다른 데로 가
고 싶은생각이 나네"
　　"어디로 가고 싶으십니까"
　　"여기도 좋고 또…… 브라질도 좋다데 그려"
　　"노동자가 가는데 말입니까"
　　"노동하러 가기는 가지만 가는 데는 노동자뿐만 아니지 좀 오
랜 일이지만 나아는 그전군수도 자기 가족二十여명을 데리고 브
라질 간 일이있지"
　　"二十명이면 꽤 많습니다"
　　"그렇지만 내야 얼마되나. 동경에 있는 큰애는 그대로 있을테
고 자식들하고 자네뿐이지. 사실 편하지 마-쟝을 못하겠나 술을
못 먹겠나. 먹고 일하고…… 그 이상 유쾌한 일이 없을게야. 조선
사회처럼 더귀치않은 사회가 어디있나 또"(32호, 100쪽)

　　자기가 살고 있는 곳을 떠나 먼 곳으로 이주하고 싶다는 열망은
현재의 상황이 어떻게 해결해 볼 수 없는 상황이라는 인식에 도달
한 사람이 꿈꿀 수 있는 최후의 방법이라고 하겠으며 그만큼 식민
지 조선 사회에 대한 환멸의 감정은 소설에서 강한 여운으로 드리
워져 있다. 강석현은 李男爵이라는 조선의 상류층 인물을 묘사하면
서 당시 상류사회에서 유행하는 문화현상들의 세태를 묘사하고 있
을 뿐만 아니라 상류층조차 환멸스럽게 여기는 식민지 조선의 억압
적 현실을 소설에서 그리고 있다.
　　이 외에 「朴一朶의 家庭」(40호)은 1930년대의 무능력한 인텔리
를 주인공으로 한 소설로서, 당시 인텔리의 경제적 무능력은 사회의
구조적인 문제이기도 하였지만, 외부적 조건을 극복하려고 하지 않
는 인텔리의 소극적 태도가 불안한 삶을 지속시키고 있음을 보여
준다. 그리고 「누이書信」(36호)에서는 결혼한 여성이 급변하는 조선
사회에서 경험하는 삶의 환멸의 정서를 보여 주고 있다. 강석현의

소설은 1930년대 중반의 식민지 조선에서 살아가는 지식인에게 세계는 불안할 뿐이고 그들에게는 그 불안을 극복할 힘과 의지조차 보이지 않는다는 점을 묘사함으로써 강한 페이소스를 보여 준다. 그러나 과도한 감상이나 연민의 정서를 풍기기보다는 지식인 인물 혹은 지식인 화자의 절제된 감정과 시선 때문에 그의 소설은 자본주의화 되어 가는 식민지의 환멸적 현실이 보다 냉정하게 환기된다. 이 같은 특성은 1930년대 중반에 활발하게 발표된 이른바 지식인 소설들과 비교될 수 있을 것이다. 시사적 의미에서 국한해 논의되어 왔던 ≪가톨닉靑年≫의 1930년대 소설사적 의미는 1930년대 중반에 발표된 허준, 최명익 등 단층파 작가들의 지식인 소설 경향과의 비교를 통해 1930년대 중반 지식인 단편소설의 양상을 파악하는 연구로 전환될 수 있을 것이며 이를 통해 ≪가톨닉靑年≫이 1930년대 소설사 논의를 재고하는 데 의미 있는 창작 공간이었음을 입증할 수 있을 것이다.

(3) 구원과 위안의 구체적 형상화 – 가톨릭문학의 본격화

≪가톨닉靑年≫에 수록된 가톨릭시즘 문학작품들의 핵심적인 내용은 구원과 은총의 세계이다. 또한 가정생활과 노동, 휴식, 기도 등 일상생활 속에서 드러나는 신앙생활의 모습을 시적 형상화를 통해 드러낸 시들이 대거 발표된다. 윤응태의 「십이월밤」, 장인균의 「낙엽」, 정지용의 「임종」, 「나무」, 전요안나의 「성화」, 이동원의 「명령」, 운산의 「가시관」과 같은 종교적 구원의 시들이 전자의 예라면, 이효상의 「숨바꿈질」, 정지용의 「다른 한울」, 「승리자 김안드레아」, 「갈릴레아 바다」, 이동원의 「예언자」, 방수용의 「명령」 등은 후자의 예이다.26)

　가톨릭시즘의 본격적인 시 작업에서 빼놓을 수 없는 사람은 바로 정지용이다. 그는 한국 현대문학사에서 가장 뛰어난 시인으로 손꼽힐 뿐만 아니라 1930년대 문학 공간에서 탁월한 감수성을 바탕으로 커다란 영향력을 행사한 문인이기도 하다. 그가 활발하게 활동한 1930년대 문학 공간 중 간과할 수 없는 것이 바로 ≪가톨닉靑年≫이며 여기에서 그는 가톨릭시즘의 시를 대거 발표함으로써 한국 현대시사에서 가톨릭시즘의 전통을 형성할 수 있는 토대를 마련한다.

나의 가슴은
조그만 '갈릴레아 바다'

때없이 설레는 波濤는
美한 風景을 이룰 수 없도다

예전에 門弟들은
잠자시는 主를 깨웠도다

主를 다시 깨움으로
그들의 信德은 福되도다

돛폭은 다시 펴고
키는 方向을 찾았도다

오늘도 나의 조그만 '갈릴레아'에서
主는 짐짓 잠자신 줄을-

바람과 바다가 잠잠한 후에야

---

26) 장은희, 앞의 글, 36 - 45쪽.

나의 歎息은 깨달았도다

―「갈릴레아 바다」(4호, 53쪽)

1931년 『시문학』 3호에 「무제」라는 가톨릭 신앙시를 발표한 이래 정지용의 가톨릭의 경사는 점점 더 깊어졌다. 1933년 6월 ≪가톨닉靑年≫ 편집을 맡으면서 정지용은 ≪가톨닉靑年≫에 이곳에 주로 발표하고 내용도 가톨릭신앙에 관련된 것이 많아진다.

위에 인용한 「갈릴레아 바다」는 구체적인 성경의 내용과 관련지어 자신의 신앙적 태도를 반성하고 있어서 인상적이다. ≪가톨닉靑年≫ 4호에 발표된 이 작품의 근거는 신약성서에 나오는 갈릴리 바다 이야기이다. 예수는 갈릴리 바닷가에서 말씀을 마친 후 제자들과 더불어 배를 타고 갈릴리 바다로 건너갔다. 중간에 큰 광풍이 일자 제자들은 공포에 떨었다. 예수는 일어나 바람을 꾸짖어 잠잠하라 하니 바다는 잠잠해졌다. 제자들은 탄복했지만 예수는 제자들에게 믿음 없음을 꾸짖었다. 정지용은 복음서의 이 내용을 바탕으로 세상을 살아가는 신앙인으로서의 자세를 반성하고 있다. '내 가슴'은 예수의 제자들이 두려움에 떨었던 갈릴리 바다처럼 심하게 동요하고 불안한 상태에 놓여 있다. 현실의 삶에서 밀려오는 여러 가지 괴로운 사연들이 그의 마음을 동요하게 한다. 이 마음의 동요를 가라앉히는 방법은 예수를 부르는 것이다. 그런데 그는 자신의 마음 어딘가에서 예수가 잠자며 자신을 기다리고 있는 것을 깨닫지 못하고 불안에 떨고만 있었다. 자신은 마음의 동요에 고통을 받으면서도 예수를 부를 생각을 하지 못했음을 탄식하고 있다.

우리는 이 시에서 세상의 모든 일들을 성서에 입각해 생각하고 신앙으로 해결하려는 시인의 태도를 확인할 수 있다. 일반적으로 사람이 절대자에게 귀의하는 것은 현실이 주는 고통과 비애에서 벗어나기 위한 것이다. 그는 고통스러운 인간 세상에서 신앙의 길을 걷게 된 기쁨을 노래하며 세속적인 삶에서 외로움을 느끼는 것을 오히려 축복이라고 생각했다. 이러한 가톨릭에의 몰입은 시의 어법까지 가톨릭의 형식미를 거느리게 한다. 위 시에서 각 연이 '-도다.'로 끝나고 있는데 이것은 사제나 신도들의 기도조를 연상시킨다. 가톨릭의 고전적인 형식미가 그의 미의식에 수용되었다.

가톨릭 신앙은 당시만 하더라도 아직 국내에 대중적인 종교로 확산되지 않았기 때문에 그것이 시로 표현될 가능성은 희박해 보였다. 그런데 정지용은 우리 시의 이질적인 요소인 가톨릭 신앙을 시에 끌어들여 선구적이고도 독보적인 자리에서 신앙시를 창작하고 발표하였다. 그의 시 「불사조」, 「나무」의 경우에서 보듯 인간 존재라는 추상적이고 존재론적인 문제를 신앙의 차원에서 사색함으로써 인간의 추상성을 구체적인 가시물로 환치하여 표현하였다. 앞서 다룬 갈릴레아 바다 역시 자신의 신앙문제라는 추상적인 내용을 성서의 갈릴리 바다 이야기로 환치하여 구체적 상황 속에 생각을 펼쳐 보였다. 이처럼 '정지용은 한국 시의 취약한 부분인 추상적 관념적 내용을 시에 도입하면서 그것을 가시적 소재로 구체화하여 추상의 그늘을 약화하는 시적 방법'27)을 ≪가톨닉靑年≫에 발표한 시들을 통해 구현해 내었다.

≪가톨닉靑年≫에서 확인할 수 있는 정지용 시의 가톨릭시즘은 1950년대 구상과 80년대 이해인 등으로 이어지는 가톨릭시즘 문학의 계보를 형성한다. "인생의 제일의적인 것은 종교요 그 생활이라"28)고 한 구상에게 문학은 부차적인 것이요 제일의적인 것은 윤리적인 완성에 있었다. 구상 시의 주제와 제재들은 '자연에 대한 서

---

27) 이숭원, 『정지용 시의 심층적 탐구』(태학사, 1999), 195쪽.
28) 구상, 『말씀의 실상』(성바오로출판사, 1980), 130쪽.

정이나 서경보다도 인간이나 현실에 대한 실존이나 실재의 추구와 그 證得 같은 것으로 일관되어 있다.'[29] 1980년대에 구상은 시대의 부조리하고 삭막한 현실과 물질만능의 황폐한 현상을 회생 치유하기 위한 처방과 같은 시집인 까마귀 연작을 발표하기도 한다. 그의 시는 자연히 존재론적 또는 형이상학적 인식 때문에 관념적인 면이 있는 동시에 또 한편 그 강렬한 역사의식으로 말미암아 현실 비평적이기도 하다. 이 점이 1930년대 정지용의 가톨릭시즘과는 변별되는 구상의 가톨릭시즘의 특징이기도 하지만 그의 시는 그리스도교적 희생과 구원, 가톨릭적 신앙 안에서의 삶과 자아 성찰을 근본적인 주제로 하고 있으며 성서적 인유와 기도문 형식[30]이라는 가톨릭시즘 시의 형식적 전통을 고스란히 이어받고 있다.

또한 1980년대에 독자 대중들에게 많은 사랑을 받은 이해인의 경우도 1930년대 정지용의 가톨릭시즘 시가 지닌 형식적이고 주제적 차원을 계승하고 있다. 기도문 형식으로 일관하는 이해인 시에는 예수그리스도의 모습과 삶의 슬기를 닮고 그대로 따르게 해 달라는 내용으로 결곡한 구도자의 자세가 확연히 드러나고 있다. 확고한 시의식 속에서 인간적인 고뇌라는 씨줄과 신앙적 차원이라는 날줄이 서로 얽혀 엮어지고 있다는 데서 이해인 시인의 시는 오늘날 독자들이 현대시에 대해 가지는 문제점인 난해성을 극복하고 있다고 말할 수 있다. 그의 시가 가진 빼어난 강점은 민들레와 같이 작고 하찮은 사물 속에서 시인다운 감수성과 정서를 통해 이 세상을 이끌어 가는 원초적인 힘인 사랑을 발견하고 노래했다는 점이다.[31] 이 사랑은 그의 시 전편에 흐르는 주제인바, 이것은 우리 삶의 궁극적인 가치이기도 하다.

---

29) 구상, 「나의 시작생활」, 『현대시문학』(학문사, 1996), 117쪽.
30) 김효중, 「구상 시에 나타난 가톨릭시즘」, 『국어국문학』 124(국어국문학회, 1999).
31) 김효중, 「이해인론」, 『여성문제연구』 16집(대구효성가톨릭대학교, 1988), 130쪽.

한편 ≪가톨닉靑年≫에는 종교적인 내용의 수필과 번역문학작품들 그리고 다수의 희곡들이 게재되어 있다. 이 작품들은 삶의 위안과 종교적 각성, 가톨릭교인으로서 갖춰야 할 자세 등을 평이하고 구체적인 사례들을 통해 제시함으로써 가톨릭교인뿐만 아니라 교육수준이 낮은 일반 대중들에게도 가톨릭에 대한 쉬운 이해를 제공한다.

≪가톨닉靑年≫에 수록된 수필의 경우 가톨릭의 교리를 직접 제시하는 것은 아니지만 일상에서의 작은 행복이 소중하고 고귀하다는 것을 강조하고 있다. 마음의 평안을 찾는 일을 강조하는 이 같은 수필들에서는 평안을 위해 무엇보다 신앙심이 중요하다는 점을 내세움으로써 신의 섭리를 자연스럽게 내면화하도록 한다. 장데레시아의 「隨感」이라든가, 신인식의 「팔호실」, 윤을수의 「양심」과 같은 글들이 대표적이다. 자본주의적 가치 질서가 정착되고 일제 식민지의 억압적인 분위기가 고조되어 가는 1930년대에 혼돈스럽고 부자유로운 일상에서 살아가고 있는 일반 대중에게 무엇보다 필요한 것은 심리적인 안정이다. 혼란스러운 가치질서와 신산스러운 삶의 여건을 받아들인 채 살아가야 할 일반 대중들에게 작은 '행복'의 고귀함을 제시하고 그것으로 위안을 제공하고 있는 ≪가톨닉靑年≫의 수필들은 일반 대중들에게 종교의 목적을 더욱 알기 쉽게 전달하고 있다.

한편 번역 작품의 경우 당시 해외에서 널리 알려진 문학작품을 소개함으로써 국내의 지식인들이 가지고 있는 지적 욕구를 충족시켜줄 뿐만 아니라 종교적인 내용을 보다 평이하고 쉬운 이야기로 접할 수 있는 기회를 마련하였다. 1880년 미국 소설가 L. 월리스가 쓴 역사소설인 『벤허』는 1936년 1월부터 12월까지 12회에 걸쳐 『벤후르』라는 제목으로 소개된다. '그리스도 이야기'로 잘 알려진 『벤허』는 1926년에 개봉한 프레드 니블로(Fled Niblo) 감독이 만든

영화 속 장면들을 소설 속에 함께 게재하여 독자들의 흥미를 유도
하였다. 그리스도 시대의 시공간적 배경을 바탕으로 그리스도의 사
랑으로 새로운 인생을 찾아낸다는 이야기는 극단적인 삶의 여건 속
에서 발견하는 그리스도의 모습이다. 이 작품에서 어머니의 존재를
무엇보다 강조하고 있다는 점이 특이한데 이처럼 모성의 강조는 다
른 번역 작품들에서도 두드러진다.

오기선이 번역한 「모성애」(13호)는 희생적 삶을 살아가는 '로사'
라는 여주인공을 내세워 가톨릭적 삶을 실천하는 여인의 윤리적
모습을 보여 준다. '로사'는 이웃에 살고 있는 고아 여덟 명을 위
해 그들의 어머니가 될 것을 천주교 신부님께 약속하고 그녀의 보
살핌을 받고 자란 여덟 명의 아이들은 신에 귀의하거나 성공한 청
년으로 성장하여 로사에게 효를 다한다는 내용이다. 종교적이며 윤
리적인 목적에 부합하는 내용만으로 이루어진 짧은 예화이지만 어
머니, 여인의 가톨릭 귀의가 어린이의 성장에 얼마나 중요한가를
분명하게 보여 주는 글이다. 또한 김교주가 번역한 「챤틀부인의 묵
상」(5호)에서도 신에 귀의하는 여인의 삶을 형상화하고 있다. 남편
을 여읜 후 홀로 남은 아들을 떼어 놓고 신에 귀의하여야 하는 여
인의 갈등과 고통을 그리는 이 소설에서는 모성만큼이나 신의 뜻
이 고귀한 가치를 지니고 있음을 그리고 있다는 점에서 흥미롭다.

또한 룰네바샨(김수명 역)의 「네뜻대로」(20호)라는 소설은 반뮤르
촌에 사는 지루다의 이야기이다. 사랑하는 여인을 떠나 불쌍한 이웃
과 어린아이들을 위해 성직자로 신에 귀의한다는 내용의 「네뜻대로」
에서는 전쟁과 같은 삶의 극단적인 상태에서도 정신적 신심을 잃지
않고 신앙에 귀의함으로써 신의 뜻을 받드는 것이 중요하다는 점을
강조하고 있다.

≪가톨닉靑年≫에는 다수의 희곡 작품들이 소개되고 있다. 성경

에 나오는 예화를 상황극으로 제시하거나 가톨릭에 귀의하는 인물들을 통해 종교적 귀의의 정당성을 말하고 있는 이 가톨릭적 희곡들은 당시 가톨릭운동과도 밀접한 관련이 있었던 것으로 생각된다.32)

성경의 예화를 활용하여 성극으로 만든 예는 헤르만 호이 뻬르스의 번안 희곡 「수난」(10호)이다. 예수가 십자가에 못 박히기 전 예수를 세 번 부인하는 베드로 이야기를 통해 연약한 인간의 의지와 절대적 사랑의 예수를 대비적으로 묘사함으로써 가톨릭교의 사랑과 구원의 문제를 형상화하고 있다.

그리고 김기영의 「삼종」(34호 - 35호)은 삼종 소리를 듣고 불안을 해소하고 교회에 나가게 되는 점쟁이 태봉의 이야기를 다루고 있다. 특히 이 희곡의 주 무대는 만주인데 당시 만주로 이주한 농민들의 삶을 다루고 있다. 작중 인물들은 현세보다는 사후세계를 희망하며 살아가는 종교적인 믿음을 가지고 현재를 견디고 있다는 점에서 당시 만주에 이주했던 조선인들의 삶이 얼마나 빈궁했는가를 보여 주고 있다. 또한 다른 작품들에서도 자주 나오지만 여기에서도 당시 젊은 세대, 청년들이 가지고 있는 관심이 사회주의임이 드러난다. 작품 속 젊은 청년들은 공산주의에 대한 믿음과 기대로 흥분해 있다. 그러나 아버지 김용수의 입을 통해 인간사회에서 절대적 자유는 없으며 인간 이성의 꿈인 사회주의는 실패했음을 강조한다. 사회주의에서는 인간의 진정한 인간성을 찾지 못함을 내세

---

32) ≪가톨닉靑年≫에 수록된 다수의 종교극이 실제 상연되었는지 여부는 알 수 없으나 가톨릭 문화 운동과 관계있음은 쉽게 추론해 볼 수 있다. 종교극이 종교적 내용을 대중들에게 알리는 데 보다 용이하게 활용되는 점을 염두에 둔다면 ≪가톨닉靑年≫에 발표된 다수의 희곡들은 가톨릭 문화 운동과 연계하여 대중 포교의 역할을 담당하였으리라고 생각한다. 1935년은 한국 천주교 수용 150주년 기념행사 중 하나로 가톨릭 연극 대회가 평양에서 개최되었다. 이 대회는 가톨릭 문화 운동과 관련하여 마련되었다. 가톨릭 문화 운동의 일환으로 가톨릭 극 운동의 필요성이 역설되었다. 이와 관련하여서는 김수태, 앞의 글, 222쪽 참고.

우며 종교적 귀의의 정당성을 주장하는 내용으로 이루어진 김기영의 『삼종』은 당시 청년들에게 만연된 사회주의 열풍과 빈궁한 삶을 살아가는 만주 이주민의 생활상을 묘사하면서 가톨릭적 가치의 소중함을 전파하고 있다.

1930년대 지식청년들에게 만연되어 있던 사회주의 열풍은 ≪가톨닉靑年≫에 게재된 종교 희곡의 중심적인 소재였다. 궁핍한 식민지 백성으로 살아가야 했던 당시 청년들의 고뇌와 새로운 세계에 대한 열망은 사회주의 사상을 통해 발현되는 것으로 묘사되고 있는데, 오기순의 「최후의 승리」(20호) 역시 사회주의자인 인물의 종교적 귀의를 통해 인생의 최후 승리를 획득할 수 있다는 종교적 내용의 희곡이다. 조부제사에 참례하지 않는 천주교도 선길은 모스크바에서 온 사회주의자인 친구 영철로부터 혁명에 필요한 원조를 요청받는다. 그러나 천주교도의 신념으로 친구의 요청을 거절한 선길은 영철의 총에 맞아 부상을 당하고 급기야 가문을 돌보지 않는다는 이유로 집안에서 쫓겨나는 이중의 고통을 당한다. 가난한 사람들에게 선교를 하던 선길은 추운 어느 날 거리를 방황하다 쓰러지고 이를 우연히 발견한 영철은 선길의 고행을 이해하게 되고 사회주의 사상을 포기하고 크리스천이 된다. 선길의 고행과 고난이 모든 사람을 신에 귀의하게 만들었다는 이 희곡에서 '최후의 승리자'는 선길이다. 신의 뜻에 따라 어떠한 고난도 감수하며 살아가는 사람만이 현세적 삶의 유일한 승리자임을 묘사하고 있는 이 희곡은 가톨릭 교인으로서 이 시대를 살아가는 태도가 어떠해야 하는가를 분명하게 보여 준다.

한편 오기순의 또 다른 희곡 「사선을 넘든 군상」(29호)에서는 빈궁한 사람들을 위해 구휼을 실천하는 가톨릭 청년들의 모습을 묘사하고 있다는 점에서 가톨릭 교인의 실천적 생활상을 구체적으로 보여 준다. 지주와 수리조합, 면서기 등에게 세금의 명목으로 겨울 식량까지 강탈당하는 궁핍한 농촌 소작인의 생활은 죽음 직전에 이른 절망적 상태에 빠져 있다. 그러나 지역의 가톨릭 청년들은 자신들의 식량을 조금씩 모아 소작인들을 죽음의 나락에서 건져 낸다.『사선을 넘든 군상』은 빈민 구휼이라는 종교적 가치를 직접 실천하는 가톨릭 청년들의 모습을 통해 1930년대의 가톨릭 정신이 무엇인가를 형상화하고 있다.

4) 민족문화의 보급과 문학적 감수성의 확대

1930년대 가톨릭교계의 역량 결집을 목적으로 발간되었던 종합교양지 《가톨닉靑年》은 가톨릭운동의 일환으로 창간되었으나 1930년대 문학 공간에서 중요한 역할을 담당한 문학잡지였다. 《가톨닉靑年》이 발간되던 1933년은 카프로 대표되는 이념 중심의 문학이 지배하던 시기에서 카프의 퇴조가 급격하게 진행되면서 문단의 중심이 부재하던 시기였다. 이 시기에 문단에는 다양한 문학적 흐름이 등장하였고 각기 새로운 문학의식을 바탕으로 활발한 작품 활동이 전개된다. 이때 《가톨닉靑年》은 이념 편향적인 문학관에 반기를 들고 조직화된 도덕관으로 무장한 윤리적 문학관을 지향하면서 등장한다.

신 중심의 이원론적 세계관을 바탕에 둔 《가톨닉靑年》의 문학의식은 1930년대 인간 이성의 극단적 발현이라고 할 사회주의에 대한 적극적인 반대와 현대문명에 대한 성찰적 태도를 지향하고 있다. 또한 《가톨닉靑年》은 당시 혼돈된 사회상을 극복할 방안으로 신 중심의 도덕의식을 통한 인간적 각성을 목표로 하는 문학의식을 견지하였으며 이것은 곧 구원과 위안의 형상화를 지향하는 가톨릭문학을 본격적으로 가능하게 하였다.

전자의 문학의식에서 비롯된 다수의 모더니즘 작품들의 소개는 카프 이후 1930년대 중반 식민지 조선의 새로운 문학 경향을 선도하였다. 현대적 정신세계에 대한 반성을 수행하며 당시 억압적이며 획일화된 문학담론에 새로운 문학적 가치를 소개, 토론을 이끌었다. 또한 근대적 가치 체계의 유입과 정착 과정에서 전개되는 사회의 갈등적 상황에 대응하는 소설 작품을 소개하며 당시 소설사적 가치를 재고하는 기회를 제공하였다.

후자의 문학의식에서 비롯된 가톨릭 문학작품들은 가톨릭의 대중화를 지향했다. 이것은 당시 1930년대 가톨릭운동과 연관하여 대중들에게 친밀하게 다가가기 위한 조선 천주교회의의 전략과 부합하는 것이기도 했다. 《가톨닉靑年》에 수록된 가톨릭시즘의 시와 종교적인 수필, 번역 작품과 희곡은 종교적 신심의 전파와 강화를 이루어 낼 수 있는 좋은 방법이었다. 이 같은 가톨릭 문학작품은 억압적인 정치현실 속에서 대중들에게 위안을 제공하였으며 폭압적인 식민지 상황에 대한 새로운 인식을 가능하게 하는 기회를 마련하기도 하였다.

인간 이성의 극단적 형태인 사회주의 사상에 반기를 들고 조직화된 도덕적 가치를 옹호하면서 출발한 《가톨닉靑年》은 현대문명 비판과 윤리적 문학관을 지향한 매체였다. 이 같은 포괄적인 방향성에 부합하는 문학작품들이 이 잡지를 통해 적극 발표될 수 있었고 결과적으로 《가톨닉靑年》은 한국문학사의 핵심적 시기인 1930년대 문단의 풍성한 작품들이 빛을 보게 되는 귀중한 창작 공간으로서 역할을 할 수 있었다.

1930년대 잡지 《가톨닉靑年》은 한국 현대문학사에서 문학의 문학성 확립이라는 문학의 본령에 대한 지향을 적극적으로 보여 주었을 뿐만 아니라 특히 1930년대 폭압적인 식민지적 현실에서 가톨릭교계의 실천적 활동이 단순한 종교적 포교나 교회 안의 자폐적 상황에 한정된 것이 아니라 민족적인 문화의 보급과 국민의 문학적 감수성의 확대라는 고차원적 영역에서 활발하게 이루어졌음을 증명해 주는 좋은 예이다.

참고문헌

1. 기본 자료

≪가톨닉靑年≫, 가톨닉靑年社 발행, 1933.6. - 1936.12.(총 43호)

2. 논문 및 저서

구상, 「나의 시작생활」, 『현대시문학』(학문사, 1996).
구상, 『말씀과 실상』(성바오로출판사, 1980).
김상태, 「매스미디어와 한국현대문학」, 『비교문학』 25집(비교문학회, 2000).
김수태, 「1930년대 평양교구의 가톨릭운동」, 『교회사연구』 19집(한국교회사연구소, 2003).
김용직, 「시인부락연구」, 『국문학논집』(단국대 국문과, 1969).
김윤식, 『한국근대문학사상사』(한길사, 1984).
김윤식, 『한국근대작가론고』(일지사, 1974).
김학동, 『김기림 평전』(새문사, 2001).
김효중, 「구상 시에 나타난 가톨리시즘」, 『국어국문학』 124(국어국문학회, 1999).

김효중, 「이해인론」, 『여성문제연구』 16집(대구효성가톨릭대, 1988).

류종렬, 「가족사 연대기소설연구」(국학자료원, 2002).

박헌호, 「구인회를 어떻게 볼 것인가」, 『상허학보』 3집(상허학회, 1996).

백철, 『조선신문학사조사』(백양당, 1974).

오세영, 「모더니스트, 비극적 상황의 주인공들」, 『문학사상』(문학사상사, 1975.1).

오세영, 「시문학지와 순수시파」, 『국문학논집』(단국대 국문과, 1985).

이명찬, 『1930년대 한국시의 근대성』(소명출판사, 2000).

이숭원, 『정지용 시의 심층적 탐구』(태학사, 1999).

이은정, 「시인부락의 모색과 도정」, 『상허학보』 4집(상허학회, 1998.11).

이재선, 『한국현대소설사』(홍성사, 1977).

임 화, 「가톨릭문학비판」(≪조선일보≫. 1933.8.12 - 18).

장은희, 「1930년대 가톨닉靑年 지의 시사적 연구」(건국대 석사학위논문, 1999).

성밍호, 「속물적 세계의 확장과 예술적 응전 - 김기림의 『태양의풍속』」, 『새국어교육』 64호(국어교육학회, 2002).

정연길, 「시문학고」, 『논문집』 14집 1호(명지대, 1990).

조병춘, 「시인부락과 생명파의 시」, 『명지어문학』 19(명지대, 1990).

부 록

≪가톨닉靑年≫에 게재된 문학작품 현황(1933.6.－1936.12. 총 43호)

작가명   작품명(장르와 게재 호수)

姜石鉉   秘密의 秘密(소설－8호), 거울과 王后(소설－9호), 金鑛病者(소설－27호), 이男爵과 그의 家族(소설－30～32호), 누이書信(소설－36호), 朴一朶의 家庭(소설－40호)

桂德   사러진 메리(수필－43호)

金公欽   바다의 追憶, 전원의 하로(시－19호)

金敎周   챤틀부인의 黙想(소설－5호), 運命論者(소설－13호)

金起林   한여름, 海水浴場의 夕陽(시－3호), 바다의 敍情詩(시－5호), 밤의 S.O.S.(시－8호), 戲畵, 마음, 밤(시－18호)

金基永   三鐘(희곡－34～35호)

金德在   개고리(시－3호), 鍾이 울어 별을(시－19호), 東窓(시－26호), 따리아, 傷心(시－42호)

金麗峰 譯   경사스러운 鍾(바이론 원작, 시－17호)

金成煥 譯   아름다운 五月의 女王(Guido Gereres 원작, 시－10호), 聖母의 자장歌(Lope de Vego 원작, 시－32호)

金수명 譯   네뜻대로(루네바샨 원작, 소설－20호), 도라보면(시－25호)

金始鍾   望月(시－10호), 古木(시－13호)

金岸曙 譯   하늘은 지붕우에, 검고 끗없는 잠은(폴 뻬르렌 원작, 시－6호)

金요안나   너를뫼시기에(시－10호)

金重謙   黃昏, 아츰(시—10호)

金태운   동요에 나타난 어머니(수필—22호)

羅竭道 譯   벤후르(레위왈라스 원작, 소설—32—43호)

瑪泰五 譯   마리아의 바람(아이헨돌푸 원작, 시—25호)

朴泰遠   病院(수필—21호)

方마테오   바다, 追憶(시—26호), 事實같지 않은 事實(소설—32호)

方壽龍 譯   너에게 축복이 있으라(헨릭셍키윗치 원작, 소설—26호), 聖旨
             (스위따블유카민스 원작, 소설—29호), 배보구니[梨籠](샤를비
             루도락 원작, 소설—30호), 쟈고포네다토디(죠안니파뛰니
             원작, 소설—35호), 生命의 별(獨逸19世紀民謠, 시—13호),
             平和(하인리히하이네 원작, 시—13호), 失題, 燭불(시—42
             호), 저녁의 思想, 날마다 오는 비(시—43호), 靜寞, 春朝(시
             —14호), 五月의 노래, 失題(시—24호), 命令(시—31호), 젊
             은마음아(아이헨돌푸 원작, 시—15호), 자장가(죠지워떠 원작,
             시—17호), 聖母(中世獨逸民謠, 시—19호), 恩惠의 배(타울렐
             원작, 시—20호), 밤의 꾀꼬리(포워뻬를렌 원작, 시—27호),
             거룩한밤(제이몰 원작, 시—31호)

方俊玉   罪人의 마음(시—36호)

새별   敎會로보내는글월(수필—30호)

徐아가다 譯   黃燭에 불을 밝히며(데니스에이맥카이 원작, 시—9호), 곱으라
             진가시(버튼칸프레 원작, 시—9호)

서연하   박아지(소설—38호)

徐昌洙   가을동산(시—11호), 이젓든탓(시—13호), 五月의 牧場(시—
             14호), 墓地에서(시—19호), 비소리(시—31호)

徐恒錫 譯   아둠속에 바람(피세르콜브리 원작, 시—6호), 어린것을일코서
             (하이헨도르프 원작,시—6호), 안개속을 걸음의 야릇함이여(헤
             르만헤세 원작, 시—21호)

松—竹   聖誕前夜(소설—19호)

申伯鉉   日曜日, 靑銅(시—2호)

辛夕汀   日光浴(시—2호)

申海鳴   車中吟, 들메(시—17호)

失名氏   聖誕(희곡—31호)

啞牛   落書(수필—29호)

安甲年   나의 마음에 오실主(시—11호)

安應烈 譯   遺書(수필—35호)

安헤르미나 譯   크리스마스노래(메헤틸드폰 원작, 시—7호), 만일은세계가(막
               데브르흐 원작, 시—7호), 風景의 論理(시—5호)

野孤步   少女(시—10호), 宇宙의 마음(시—13호)

梁基涉 譯   인도하소서 간곡한 빗치여(카디날뉴믄 원작, 시—9호)

吳基先 譯   가장아름다오신자(안젤루스실레시우스 원작, 시—7호), 死線을
               넘든群像(희곡—29호), 希望의돗(소설—33~34호), 迫害의大
               王네로(희곡—3739호), 오를레앙의少女(소설—39, 43호), 요
               비니안의 放漫心(소설—9호), 母性愛(소설—13호), 黃金을짓밟
               는어버이사랑(소설—18~19호), 最後의 勝利(희곡—20~21
               호), 天主만아시는秘密(소설—26호)

吳알벨도   山谷의 黃昏(시—8호)

雲山   가시관(시조—37호)

柳鳳九   늦어가는가을(수필—30호)

유치환   鐵路, 永遠의 嗣子, 無題(시—8호), 가을의 Monologue /
               無題 / 항구의 가을(시—11호), 가을의 Monologue / 市日 /
               松籟(시—23호)

尹聖淳   하루 사리(시—36호)

尹泰雄   새벽의 湖心(시—17호), 네靈의 보금자리(시—19호), 十二月
               밤, 죽엄(시—32호)

李東九   渡航勞動者(소설—4호), 風船(소설—10~17호)

李東園   豫言者(시—10호), 命令(시—24호)

李秉岐 譯   어둠에반작이는빛(헨릭센키위츠 원작, 소설—1호), 換節(수필
             —4호), 紅桃(시조—1호), 함박꽃, 달, 幸州(시조—3호), 怪石
             (시조—13호), 天磨山峽(시조—21호)

李箱   꽃나무, 이런詩, 一九三三, 六, 一(시—2호), 거울(시—5호),
            正式[Ⅰ—Ⅵ](시—23호), 易斷[火爐 / 아츰 / 家庭 / 行路](시—
            33호)

李瑞海   저녁의 안악네, 憧憬하는 田園의 여름(시—27호)

李如星   저녁비, 하늘과바다(시조—20호)

李載風   할머니의 祈求(시—36호)

李泰俊   古器物(수필—5호), 水仙(수필—21호)

李河潤 譯   만일네가, 너는 오려니(프란시스쟈므 원작, 시—6호)

李孝祥   숨바꿈질(시—33호), 奇蹟, 生活(시—43호)

임경신   학자목공쌔뮤엘리(수필—32호)

林明和 譯   聖誕頌(그리스티나로젯틔 원작, 시—20호),
             성상맨드는수사(소설—26호)

林忠信   羅旬小品(수필—13호)

林學洙 譯   베니스(아더사이몬 원작, 소설—11호), 가마귀(시—18호), 밤그
             늘(시—20호) 五月밤(시—8호), 主人은어데가고, 별알에(시—
             11호), 초밤별(시—15호),

張勍   누이(소설—24~25호)

張瑞彦   車窓[夏 / 秋 / 유리창](시—1호), 枯花甁(시—10호), 白日夢(시
             —24호)

張仁均   鶴(시—3호), 서리, 落葉(시조—8호)

張泰景   轉向者의過程(소설—22~23호)

全永薰   黃昏(시—3호), 고스모쓰(시—9호), 지새는 새벽(시—32호)

全요안나   聖火(시―13호)

田雲   왁살스러운여자(소설―33호)

丁甲秀   六月하늘(시―20호)

鄭聖德   港口(시―36호)

鄭榮水   실험실(시―1호)

鄭芝溶   素描(수필―1～4), 海峽의 午前二時, 毘盧峰(시―1호), 臨終,
               별, 은혜, 갈릴레아 바다(시―4호), 時計를죽임, 歸路(시―5
               호), 다른한울, 또하나다른太陽(시―9호), 不死鳥, 나무(시―
               10호), 승리자김안드레아(시―16호), 紅疫, 悲劇(시―22호)

조숙경   고양이와쥐(동화―33호)

趙容萬 譯   두노인(알퐁스도데 원작, 소설―2호), 秋信一章(수필―4호)

曺雲   病友를 두고(시―8호)

崔玟順   양떼를 찾어(수필―37호), 曉鐘(소설―37호), 가신님그리워(수
               필―42호), 헌양말(소설―42호), Mateo Crawely師에게(시조―
               39호)

河漢珠   금강산옛터(시―37호)

한상   石像, 心象(시―20호)

許保   가을아침(수필―5호), 거픔[발 / 힌눈](시―1호), 方言[나무가지 /
               地球(시―2호), 고원지대(시―3호), 어느듯이날도[어린이 / 느
               진봄비](시―10호)

湖人   새벽(시―37호)

XYZ   이상스러운모델(수필―43호)

작자 미상   受難(헤르만호이뻬르스 원작, 희곡―10호)

*이 책은 다음 글들을 수정·보완한 것이다.

김종수, 「한국근대소설의 정치적 담론 수용 양상 연구」, 『현대문학이론연구』 13집(현대문학이론학회, 2000.7).

김종수, 「이광수 문학론의 계몽의식 연구」, 『한국문학이론과 비평』 11집(한국문학이론과 비평학회, 2001.6).

김종수, 「1960년대 장편소설에 나타난 한국전쟁의 체험 양상」, 『현대문학이론연구』 16집(현대문학이론학회, 2001.12).

김종수, 「「소나기」와 「驛馬」의 공간적 특성연구」, 『우리어문연구』 17집(우리어문학회, 2001.12).

김종수, 「1930년대 월간 잡지 ≪가톨닉靑年≫의 소설 연구 - 강석현의 소설을 중심으로」, 『우리어문연구』 26집(우리어문학회, 2006.6).

김종수, 「≪가톨닉靑年≫의 문학의식과 문학사적 가치」, 『교회사연구』 27집(한국교회사연구소, 2006.12).

김종수, 「소설 『단종애사』와 영화 <단종애사> 비교연구」, 『현대문학이론연구』 31집(현대문학이론학회, 2007.8).

김종수, 「근대소설 연구방법의 한 경향 -『무정』 연구사 중 '사랑 - 연애담론'을 중심으로」, 『비평문학』 27집(비평문학회, 2007.12).

김종수, 「1960년대 문예영화의 원작소설 연구 - 그 유형과 영화적 변용을 중심으로」, 『대중서사연구』 19호(대중서사학회, 2008.6).

●ㄱ

『가을에 온 여인』　183, 188

『가톨닉靑年』　114, 115, 120, 124, 127, 202, 204~208, 210, 214

가톨릭문학　207~209, 213~215, 238

가톨릭시즘　209, 229, 230, 232, 233, 239

간접화법　23, 24, 29, 33

「감자」　107, 180, 193

감정　13, 39~45, 48~50, 74, 102, 123, 133, 134, 147, 229

강사적 요소　158

강석현　114, 115, 118, 121, 124, 126, 127, 215, 222, 225, 226, 228

강신재　179, 185, 188

강용준　95, 96, 100, 111

「갯마을」　180, 193

「거부오해」　26~28, 34

「거울」　206, 209, 216~219

「거울과 王后」　115, 128, 222

결혼　73, 75, 77, 79, 80, 104, 125, 127, 225, 228

경계　49, 80, 82

경계적 공간　132~135

계몽　17, 31, 37, 40, 42, 49, 74, 76, 187, 189, 197

계몽담론　74, 85

계몽영화　175, 186

『고원』　186, 187

공동체 의식　104

공산주의　58, 59, 98, 110, 190, 210, 236

공포　106, 107, 164, 195, 231

과부　104, 182, 193

관념　28, 59, 61, 63, 65, 66, 84, 98, 159, 194, 211, 213

관념소설　66

관습　37, 43, 50, 169

『관촌수필』　55

『광장』　92, 110

교육소설　73

교화소설   73

구상   32, 41, 232

구활자본 고소설   156, 158

국가주의   24

군사정권   168

궁중사극   154, 165

귀납   75, 84, 131

그로테스크   161

근대 계몽기   13, 14, 16, 17,
  26, 30, 33, 34, 36, 37, 40

근대문학   16, 36, 37, 39, 85,
  86

근대성   36, 39, 81, 85, 168

근대소설사   89, 179

근대소설의 기원   86

근대소설의 형성과정   75, 85

근대주체   75, 90

『금단의 유역』   181

『금삼의 피』   182, 195

「金鑛病者」   115, 116, 118,
  128, 222, 224, 225

기독교   65, 214

기생   79

기억   52, 95

김기림   202, 206, 209, 216,
  220, 241

김기영   180, 186, 236

김남천   203

김내성   183, 184, 187

김동리   14, 131, 132, 141,

145, 190, 193

김동인   151, 155, 193

김수용   177, 179, 180, 183,
  185, 198

김승옥   170, 180, 190, 198,
  199

김영수   179, 181, 184, 193

김용성   183, 190

김유정   114, 118, 126, 193,
  202, 225

김은국   183, 189

「까치소리」   180, 190

「꽃나무」   206, 209, 216, 246

꿈   99, 100, 116, 118, 180,
  195, 224, 236

ㄴ

나도향   180, 183, 193

『나무들 비탈에 서다』   189

낙동강 전투   95, 100

낭만적 사랑   75, 81, 82, 84

낭만주의적 역사소설   152

『내마음은 호수』   188

『내일은 태양』   187

내적 독백   57, 98

『노을진 들녘』   188

농촌소설   202

「누이書信」   115, 121, 124,
  127, 228, 243

〈ㄷ〉

「다른 한울」　206, 229
『다정불심』　184, 195
『단종애사』　151, 154~166,
　168, 169, 171, 195, 196, 248
단층파　114, 229
담론　17, 20, 37, 86
담화　56, 57, 67
『대도전』　182, 195
대립적 구성　139, 143
대원군　185, 195
대의명분　157, 159
대중문화　154, 164
대중서사　153, 162
대중성　152, 169, 196
대중소설　181, 187
『대지의 성좌』　187
대하장편소설　95
도덕　31, 39, 40, 42, 43, 45,
　48, 49, 92, 212, 215
도덕주의　39, 40, 50
도시 소시민　125
도시소설　202
독립신문　17, 23
독백　110
「독짓는 늙은이」　180, 186,
　193, 198
동정(同情)　45, 48~50

〈ㄹ〉

「레디메이드 인생」　120
『렌의 애가』　180, 186, 188
루카치　151, 152, 170
리얼리즘　14, 85, 132

〈ㅁ〉

『마록열전』　55
『막차로 온 손님들』　179, 180,
　184, 190, 198
매체　81, 153, 169, 173, 200
「메밀꽃 필 무렵」　180, 184,
　193
멜로드라마　154, 167, 170,
　186, 196, 200
모더니즘　14, 206, 208, 209,
　216, 220, 221
모윤숙　186, 188
모험　67, 133
『목마른 나무들』　183, 188
무능력한 인텔리　120, 127
『무정』　39, 72, 74, 76, 80,
　82, 83, 85, 88, 89, 132
「무진기행」　170, 174, 184,
　190
문명개화　74
문순태　55
『文藝月刊』　203

문예   49, 93

문예란   155

문예영화   173~175, 177~180,
  197

문학적 감수성   238, 240

문학적 실천   14, 15, 34

「물레방아」   180, 193

미하일 바흐친   19, 72

미학주의   85, 88

민족문학   39, 93

민주주의   57, 59, 188

민중언어   27, 28, 33

ㅂ

「바다의 서정시」   206

박경리   106, 107, 112, 151,
  179, 188

박계주   182, 185, 187

「朴一朶의 家庭」   115, 116,
  119, 128, 243

박종화   151, 182, 195

박태원   202, 206, 209

박화성   182, 187

반공영화   175, 189, 197

반어   56, 61

반유교주의   38, 52

『밤으로의 긴 여로』   95, 96,
100, 101, 111, 113

『방앗골 혁명』   102, 105, 113

방인근   184, 187

번역소설   127

『번지없는 주막』   187

벙어리 삼룡이   176, 180, 193,
  194, 198, 199

『벤허』   234

『별아 내가슴에』   187

「병신과 머저리」   186, 190

본격소설   153

「봄봄」   180, 186, 193

「분녀」   180, 185, 193

분단   59, 60, 102, 188

분단소설   92, 93, 95, 106,
  111, 112

분단시대   95, 110, 112

비극   54, 64, 93, 100, 102,
  105, 106, 118, 179, 225

「秘密의 秘密」   115, 128, 222

빨치산   102, 103

ㅅ

사극영화   153, 154, 160, 161,
  165, 168, 196, 200

사랑   5, 64, 74~81, 83, 86,
  88, 109, 134, 144, 153, 187,
  188, 194, 235

사랑-연애담론   72, 74, 85, 86

<사랑방손님과 어머니>   174,
  178~180, 198

「사랑손님과 어머니」　182, 193
『사랑의 동명왕』　180, 182, 195
사변　64
사상계　177
사실주의적 역사소설　152
사적 영역　80
사회문화적 조건　81
사회진화론　79
4·19혁명　92, 112
『四海公論』　203
산　103, 133, 136~138, 162
『산유화』　183, 187
『상록수』　182, 187, 189
상징　74, 79, 108, 136, 142, 147, 161
『새벽길』　184, 187
생명의지　106~110, 112
서기원　55
서사관습　154, 156, 157, 158, 163, 168, 169, 195
서술방식　24, 95, 131, 138
서정소설　130~132, 194
「석녀」　180, 186, 188
선우휘　184, 189
선형　74, 77
설화　145
설화적 공간　139, 142, 147
『성녀와 악녀』　188
섹슈얼리티　83, 88
센티멘털리즘　220

「소경과 안즘방이」　25, 28
「소나기」　132, 136~138, 146, 147, 248
「소복」　179, 180, 181, 184, 193
소설 연구방법론　71
「소설가 구보씨의 일일」　66
소설의 영화화　174, 192
속어　62
손창섭　94, 186, 190
수기　100, 101
수필문학　202, 203
순결　75, 78
『순교자』　180, 183, 189
순수주의　130, 131
『순애보』　185, 187, 188
스펙터클　168, 190, 195
『詩人部落』　203
『詩建設』　203
『詩文學』　203, 204
『詩苑』　203
「시계의 죽음」　206
『시장과 전장』　106~110, 112
시조부흥운동　203
식민지 조선　44, 82, 120~123, 226
『신동아』　95, 203
신문소설　187, 189
신상옥　179, 180, 182, 198
신생어　76

신세대작가　93

『신천지』　93

신화　55

실존주의　93

심미성　131

심미화　86

심정주의적 속성　106

심훈　182, 187

『싸리골의 신화』　184, 190

ㅇ

『아랑의 정조』　195

『아세아』　177

「아홉켤레의 구두로 남은 사내」
　55

<안개>　174, 180, 184, 192,
　199

알레고리　73

「암살자」　186, 190

애국계몽기의 전기소설　156

애상　162, 163, 195

양민학살　102

억압적 정치현실　164

에로스　73

에세이　65

엘렌 케이　80

여성국극　174

『여인천하』　182, 195

여학생　79

「역마」　141, 145~148, 180,
193

역마살　142, 145

역사드라마　153

역사물　151, 153, 155, 169

역사소설　151~153, 155

역사소설론　151, 152

역사소설의 유형화　152

역사의식　152, 196, 233

역설　31, 67, 211, 236

연산군　182, 196

연설　30, 31, 33

연애　71, 73~76

연애론　75, 79

연애소설　73, 76, 186~188,
　197

연작소설　53~56

<열녀문>　180, 194, 198

열정　81, 109

염상섭　13, 75, 90, 203

영웅시대　112

「영원의 편지」　206

영채　74, 76~79

영화산업　198

영화자본　174

영화적 변용　151, 186, 197

「오발탄」　174, 178~180,
　190~192, 198

오상원　94

오영수　131, 183, 193

오유권   102, 111, 113, 186, 187
욕망   74, 78, 118, 133, 137,
  189
욕망의 환상도   74
「우리동네」   55
우수영화 포상제도   175, 178
운명   94, 141~143, 145, 147,
  162~164, 192~194
원소스멀티유스   182
원작소설   178, 179, 181, 197
『원효대사』   180, 182, 195
『유정』   183, 187, 188
유주현   151, 185, 195
유치환   203, 206, 216
유토피안   53, 67
유현목   177, 179~182, 198
유호   181
육욕   77, 81
육체   75, 77, 78, 83
윤리적 문학관   202, 212, 214,
  238
윤백남   151, 182, 195
윤흥길   55
이광수   37~39, 47, 154, 195
이규웅   154, 165, 198
「李男爵과 그의 家族」   115,
  121, 122, 124, 127, 128,
  225, 226
이데올로기   66, 78, 82, 105,
  213

이동구   208, 210, 214
이만희   180, 183
이문구   55
이문열   41, 112
이범선   181
이병기   203, 206
이상   75, 131, 155, 180
이성구   177, 180, 184, 185
이어령   185, 190
『이차돈의 사』   182, 195
이청준   55, 186, 190
이해인   232, 233
이해조   14
이호철   55, 184
이효석   131, 193
인물의 선악대립 구도   154
인연   140, 142, 145
1910년대   37, 40, 76, 79, 81,
  82, 156, 214
1930년대   38, 114, 115, 118,
  126, 127
1950년대   92, 93, 111, 113
1960년대   14, 53, 72, 94, 95,
  105, 111, 112, 154, 165,
  174, 176~179, 181, 188, 189,
  195, 197, 198
1970년대   53~55, 92
1990년대   71, 72, 85
일본 유학생   81
일부일처제   83

일상사 82, 94

『일월』 180, 184, 190

「잃어버린 말을 찾아서」 55

「잃어버린 사람들」 134, 148,
　184, 193

「잃은자와 찾은자」 183, 190

「임꺽정에 관한 일곱 개의 이야기」
　55

입체적 맥락 95

「잉여인간」 180, 183, 190

「애인」 187

ㅈ

자기반성 65

자본주의 59, 97, 120

『자유부인』 186, 187

자유연애 42, 76, 81

「사유종」 13, 17~19, 24~26,
　28~31, 33

자율성 42, 82, 216

잡지전성시대 203

「장군의 수염」 180, 190, 198

장용학 94

장일호 180, 182, 198

『재생』 186, 187

재현 23, 82, 84, 139, 147,
　158

『전선문학』 93

전장 94~97, 108

전쟁 체험 92

전쟁의 후유증 104, 105

전창근 154, 161

전형 82, 158

전후소설 92, 93, 102, 111

「절벽」 180, 185, 188

『젊은 느티나무』 180, 188

『젊은 홀어머니들』 186, 187

정(情) 38, 40, 42

정비석 181, 187

정연희 183, 188

정지용 203, 206, 215, 220,
　233

정치성 5, 15, 67

정치소설 17

정치적 논평 60

정치적 비전 66

조선어 49

조세희 55

『朝光』 203

『朝鮮文學』 203

조해일 55

조혼 42

조혼파 181

종교극 127, 206, 236

종교소설 127

죄책감 98, 100

주요섭 182, 193

『中央』 203

지드 212

『직녀성』 185, 187
「징소리」 55

ㅊ

『찬란한 슬픔』 185, 188
『창비』 177
창작방법 14, 65
채만식 114, 203
『청맥』 177
『청춘극장』 184, 187
초점화된 인물 138
「총독의 소리」 55~57, 60, 62,
    65~67
총체성 66
최명익 114, 128
최인호 55
최인훈 55, 56, 63, 65
최하원 180, 185, 198
『춘향전』 160, 165

ㅋ

『카인의 후예』 180, 189, 190
카프 14, 205, 208, 238
컬러시네마스코프 168, 196
「크리스마스 캐럴」 65
클로즈업 161

ㅌ

텍스트 19, 37, 80, 82, 83,
    86, 87, 153, 178
토론체 17, 18, 23
통속성 153, 154
통일 32, 60, 63, 218

ㅍ

파노라마적 관점 145
파토스 76
판소리 62
페이소스 120, 127, 202, 229
편집자적 논평 26, 158, 160
포로수용소 95, 96, 98, 100
포말의 의지 186, 190
포스트모더니즘 85
풍속 66, 79, 86
『풍운 삼국지』 184, 195
풍자 24, 27, 28
프루스트 212
플롯 56, 154
피난민 108

ㅎ

한 17, 20
한국어 64

한국영화사　　154, 173, 175, 179, 197

한국적인 휴머니즘　176

한국전쟁　　13, 60, 92, 102, 111, 112, 189, 248

한승원　55

『한양』　177

허준　114, 128, 229

현대문명의 성찰　202

현실추상화　94

현재의 전사　152

현진건　151

「혈맥」　179~182

「혈의 누」　83

형식　15, 17, 30, 54, 62, 76, 78, 81, 156, 191

홍명희　151

홍성원　179, 184, 190

홍역　206

화개장터　139, 141~143, 146

화산댁　180, 185, 198

환멸　47, 93, 122~127, 222, 227

환상　107, 118, 160, 220, 227

황금광　86

황순원　14, 130, 131, 132, 189

효용주의　73

『흙』　180, 184, 187~189

• 저자 •

김종수

•약 력•

1971년 서울 출생. 고려대 문과대학 국어국문학과를 졸업하고 동대학원 박사과정 수료 후 미국 럿거스 대학교(Rutgers, The State University of New Jersey) 아시아언어문화과(Dept. of Asian Languages & Cultures)에서 방문 연구원을 역임(2003)하였다. 2005년에 「1930년대 장편소설의 서술관점 연구」로 박사학위를 받았으며 고려대와 수원대에서 현대문학과 글쓰기를 강의했다.

현재 고려대학교 민족문화연구원 국제한국학센터에서 선임연구원으로 일하며 동대학교에서 현대문학과 글쓰기 및 토론 수업을 강의하고 있다.

•주요저서•

역서 『소설과 카메라의 눈』(르네상스, 2005.)
공저 『대중서사 장르의 모든 것: 1. 멜로드라마』(이론과 실천, 2007.)

한국 현대소설의 경계

The Boundaries of Modern Korean Novels

• 초판 인쇄	2008년 10월 30일
• 초판 발행	2008년 10월 30일
• 지 은 이	김종수
• 펴 낸 이	채종준
• 펴 낸 곳	한국학술정보㈜
	경기도 파주시 교하읍 문발리 513-5
	파주출판문화정보산업단지
	전화 031) 908-3181(대표) · 팩스 031) 908-3189
	홈페이지 http://www.kstudy.com
	e-mail(출판사업부) publish@kstudy.com
• 등 록	제일산-115호(2000. 6. 19)
• 가 격	15,000원

ISBN 978-89-534-0389-5 93810 (Paper Book)
　　　978-89-534-0390-1 98810 (e-Book)